CLAUDIA ROMES

Die Fabrik der süßen Dinge

Helenes Träume

atb aufbau taschenbuch

Claudia Romes wurde 1984 als Kind eines belgischen Malers in Bonn geboren. Mit neun Jahren begann sie, ihre eigenen Geschichten zu erzählen, und fasste den Entschluss, eines Tages Schriftstellerin zu werden. Nach einigen beruflichen Umwegen widmete sie sich ganz dem Schreiben und lebt heute ihren Traum. Die Autorin wohnt mit ihrem Mann und ihren zwei Kindern in der Vulkaneifel.
Im Aufbau Taschenbuch sind bereits ihre Romane »Das Geheimnis der Hyazinthen«, »Beethovens Geliebte« sowie »Die Fabrik der süßen Dinge – Helenes Hoffnung« erschienen.

Köln, 1933: Helene von Ratschek genießt nicht nur unter den Arbeitern der Süßwarenmanufaktur ihrer Familie großes Ansehen, auch privat scheinen ihre Träume mit der Geburt ihrer Tochter Anita in Erfüllung zu gehen. Doch warum distanziert sich ihr Ehemann Georg zunehmend von ihr, und wie soll sie künftig ihren Beruf und ihre Verantwortung als Mutter unter einen Hut bekommen? Helenes Leben steht kopf, als zudem eine Urheberrechtsklage gegen sie erhoben wird. Die Erdbeer-Taler, die sie damals noch in der Fabrik Spiegel in Hamburg entworfen hat, seien ursprünglich seine Idee gewesen, behauptet ein Bremer Fabrikant. Um ihre Unschuld zu beweisen, ist Helene plötzlich ausgerechnet auf die Hilfe ihres ehemaligen Verlobten angewiesen. Dass Frederik jedoch alte, vergessen geglaubte Gefühle wieder in ihr weckt, damit hat sie auch in unsteten Zeiten wie diesen nicht gerechnet …

CLAUDIA ROMES

Die Fabrik der süßen Dinge

Helenes Träume

ROMAN

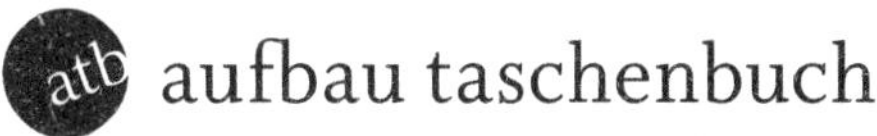

ISBN 978-3-7466-3944-4

Aufbau Taschenbuch ist eine Marke
der Aufbau Verlage GmbH & Co. KG

1. Auflage 2024

www.aufbau-verlage.de
10969 Berlin, Prinzenstraße 85

Umschlaggestaltung ww.buerosued.de, München
unter Verwendung eines Bildes von © Joanna Czogala / Arcangel
Satz Greiner & Reichel, Köln
Druck und Binden CPI books GmbH, Leck, Germany

Printed in Germany

⋙ Kapitel 1 ⋘

Köln, Ende 1933

Schwer senkte sich die frühe Abenddämmerung über das Deutzer Industrieviertel. Dichte graue Wolken hatten sich darüber gespannt und raubten das letzte Licht des scheidenden Tages.

Helene riss die Autotür auf und verstaute ihre Aktentasche auf dem Beifahrersitz. Wieder einmal hatte sie lange Stunden in der Fabrik zugebracht. Trotz Doktor Wunderlichs Warnung, sie solle sich nicht übernehmen, hatte sie die Produktion ihres neuen Lakritz-Karamell-Konfekts persönlich überwacht. Mit den Angestellten der Bonbonwerkstatt hatte sie letzte feine Änderungen am Rezept vorgenommen und eine erste Anzahl der Süßigkeit über das Band laufen lassen. Nebenbei hatte sie den Kampf mit dem Vertrieb für sich entschieden. Dieser hatte sich anfangs wenig begeistert von ihrem Vorschlag gezeigt, die Ware in Schachteln anzubieten.

»Schönes Wochenende, Frau Kronenberg!« Die Vorarbeiterin Helma Berens klopfte sacht gegen das Autofenster, und Helene hob zum Abschied die Hand. Helma führte eine Gruppe Frauen und Männer an, die zum Schichtende aus der Süßwarenfabrik strömte. Mantelkrägen wurden hochgeschlagen, Mützen aufgesetzt und Schirme aufgespannt, um dem einsetzenden Schneeregen zu trotzen.

Helene startete den Motor. Leise zischend umschloss sie mit einer Hand ihren Bauch, wieder spürte sie dieses Ziehen im Unterleib. Vor ein paar Tagen hatte sie es zum ersten Mal bemerkt, aber niemandem davon erzählt. Der Geburtstermin war in sechs Wochen und Scheinwehen, so wie Eva sie nannte, waren in dieser Zeit völlig normal. Ihre Schwägerin hatte selbst zwei Kindern das Leben geschenkt und Helene ausführlich vorbereitet. Ohnehin hatte Helene keine Zeit zur Schonung. Ihr Terminkalender war voll und eng aufeinander abgestimmt. Es galt ein weiteres Produkt auf dem Markt zu platzieren und auch das Weihnachtsgeschäft war bereits angelaufen. Möglichst viel musste bis zur Geburt erledigt werden, damit sie die Firmenleitung ruhigen Gewissens in die Hände ihres ältesten Bruders Alfred legen konnte – zumindest für ein paar Wochen.

Als sie in der Backsteinvilla ihrer Familie ankam, war sie erleichtert, dass der Tag sich dem Ende zuneigte. Im Flur nahm ihr das neue Dienstmädchen Mantel, Hut und Schal ab. »Noch ein Tee vor dem Abendessen, Frau Kronenberg?«

»Nein danke, Fanny. Ist mein Mann schon zu Hause?«

»Der gnädige Herr ließ ausrichten, dass es spät bei ihm wird. Sie mögen ohne ihn zu Abend essen.«

Helene nickte mit einem schwachen Lächeln. Fanny bestach durch angenehme Zurückhaltung. Schon nach kurzer Zeit war Helene außerdem ihr Intellekt aufgefallen. Das Dienstmädchen rechnete ihr blitzschnell die Ausgaben für den Wocheneinkauf vor und ihre Ausdrucksweise war stets gewählt. Doch in Fannys Familie war es üblich, in Stellung zu gehen. So gehörte sie, wie schon ihre Mutter vor ihr, zum Hausstand der Kronenbergs. Während Georgs Eltern durch Italien reisten, unterstützte sie das Personal der von Ratscheks in der Fabrikantenvilla.

In aufdringlicher Lautstärke hallte Marlene Dietrichs »Ich bin von Kopf bis Fuß auf Liebe eingestellt« durchs Haus. Helene folgte der Musik ins Esszimmer. Ihre Mutter stand mit ihrem Hündchen Goldie auf dem Arm neben dem Plattenspieler am Fenster. Wie immer war Klara von Ratschek die Eleganz in Person. Über dem schmal geschnittenen Rock trug sie eine Samtbluse mit Puffärmeln. Gedankenverloren starrte sie hinaus auf die sich verdunkelnde Straße und summte die Melodie mit, obwohl die Platte hakte – immer an derselben Stelle.

»Guten Abend, Mama«, begrüßte Helene sie, dann hob sie die Nadel des Plattenspielers an und unterbrach damit die sich wiederholende Dietrich. »Wirf diese Scheibe endlich weg. Ich kaufe dir eine neue.«

»Die ist völlig in Ordnung«, erwiderte ihre Mutter trotzig.

»Du behältst sie, weil sie von Papa stammt.«

Klara zuckte leicht die Schultern und wechselte das Thema. »Du kommst reichlich spät, Lenchen.«

Helene küsste sie auf die Wange. »Verzeih mir. Ich konnte mich nicht eher loseisen.«

»Du verlangst dir zu viel ab.« Sie strich wie in Trance über das glatte Rückenfell ihres Jack Russell Terriers. »Georg sorgt sich ebenfalls um dich, und um euer Kind.«

»Ich kenne meine Grenzen genau.« Helene nahm am Tisch

Platz und entfaltete ihre Serviette. »Außerdem bin ich nicht krank. Ich bin lediglich in anderen Umständen.«

»Gewiss doch. Nichtsdestotrotz solltest du dich nicht so strapazieren. Es ist nicht notwendig, dass du täglich in die Fabrik fährst. Du hast doch das Fräulein Berens, auf das du dich verlassen kannst. Jedenfalls behauptest du das immer.«

»Ich möchte einfach sichergehen, dass im Betrieb alles funktioniert, bevor ich niederkomme.«

Seufzend kam Klara an den Tisch. »Georg sieht es nicht gern, dass du immerzu dort bist.«

Helene nickte brummend. Im Gegensatz zu ihrer Mutter und ihrem Mann nahm sie ihre Schwangerschaft gelassen hin. Seit Georg sich vermehrt um den Außenhandel kümmerte, war sie oft allein mit ihrer Mutter in der Villa. Immer regelmäßiger blieb er auch über Nacht fort. Dann kam Helene das große Haus gespenstisch leer vor.

Das Abendessen wurde aufgetragen. Rindfleischsuppe mit Markklößchen und Hefebrötchen.

»Alfred und Eva sind von ihrer Kreuzfahrt zurückgekehrt«, durchbrach Klara die bedrückende Stille am Tisch. »Wir erwarten sie am Donnerstag zum Kaffee.«

»Da habe ich zu tun.«

»Du wirst es einrichten, Lenchen. Es ist längst an der Zeit, dass ihr eure Unstimmigkeiten beilegt. Wir sind doch eine Familie.«

Helene hob die Augenbrauen. »Ich bin nicht diejenige, die Alfred Böses will. Es ist umgekehrt.«

»So ein Unfug! Henri wollte nie etwas mit der Fabrik zu tun haben. Er hat sich gegen sie entschieden.«

»Und Alfred hat ihm die Anteile nur aus reiner Herzensgüte abgenommen?« Helene konnte ihren Zynismus nicht zügeln.

»Er hat ihm ein Angebot gemacht, und Henri befand es als recht.«

Helene legte ihren Löffel ab und seufzte tief. »Warum hat er nicht mit mir darüber geredet? Ich verstehe einfach nicht, wieso er mir nichts davon gesagt hat, dass er aussteigen will. Warum ausgerechnet Alfred?« Helene belastete die Tatsache, dass Henri wortlos nach Paris gegangen war – und das am Tag ihrer Hochzeit. Er, der stets ihr Lieblingsbruder und Verbündeter in der Familie gewesen war, hatte sich gegen sie gestellt, ohne dass sie wusste, warum.

»Er wird sich dir erklären, wenn er zurückkehrt, da bin ich sicher«, entgegnete Klara leise und trank einen großen Schluck Wein.

»Hast du etwas von ihm gehört?« Helene traute sich kaum mehr nachzufragen. Die Antwort würde doch nur wieder ernüchternd sein.

Klara säuberte sich mit ihrer Serviette die Mundwinkel, dann schüttelte sie den Kopf. Binnen Sekundenbruchteilen wechselte jedoch ihre Miene, und sie wirkte plötzlich vorfreudig. »Wir sollten allmählich die Taufe planen. Wie du weißt, sind nicht alle Gäste leicht abkömmlich, und es dauert sicher nicht mehr lang, bis das Kleine da ist.« Ihr Blick streifte Helenes Bauch.

Noch ist es nicht so weit. Noch nicht, widersprach Helene vehement in Gedanken. Innerlich war sie zerrissen und verspürte den Drang, die Zeit anzuhalten. Sie in den Wartemodus zu versetzen, bis ihr Bruder an ihre Seite zurückgekehrt war. Henri fehlte in ihrem Leben, in dem sich unverhofft so vieles zu ihren Gunsten entwickelt hatte. Inzwischen war sie neben Alfred Geschäftsführerin. Es war ihrem Engagement zu verdanken, dass die Umsätze trotz der Wirtschaftskrise gestiegen waren. Als wäre das nicht schon genug, erwarteten sie und Georg den ersehnten Nachwuchs. Manchmal schäumte Helene schier über vor Stolz. In den vergangenen sieben Jahren hatte sie allen bewiesen, dass auch eine Frau Großes schaffen konnte. Sie wurde in einer von Männern dominierten Branche akzeptiert. Allein der Umstand, dass Henri sich von der Familie, allen voran von ihr, abgewandt hatte, warf einen Schatten über ihr Glück. Dabei wünschte sie sich nichts mehr, als dass ihr jüngster Bruder die Patenschaft für ihr Kind übernehmen würde. Aber wie sollte sie sich ihm mitteilen, wenn niemand genau wusste, wo er sich momentan aufhielt?

Mühsam rollte Helene sich am nächsten Morgen auf die andere Seite. Unerwarteterweise war sie am späten Abend sofort eingeschlafen und hatte mehrere Stunden am Stück tief und fest geschlummert. Die bleierne Müdigkeit hallte noch in ihr nach. Kurz überlegte sie, einfach im Bett zu bleiben und sich weiter auszuruhen, kam gegen ihre innere Unruhe aber nicht an.

»Morgen«, nuschelte sie und streckte ihren Arm zur Seite aus. Sie griff ins Leere. Georgs Kissen war verwaist, seine

Decke nicht einmal zurückgeschlagen. Vermutlich hatte er wieder im Gästezimmer übernachtet – wie so oft in letzter Zeit. Helene konnte es ihm nicht verdenken. Momentan war es wenig behaglich, neben ihr zu liegen. Sodbrennen und Wadenkrämpfe plagten sie und hielten sie oft stundenlang wach. Hinzu kam der häufige Harndrang, der sie immer mal wieder aus dem warmen Bett scheuchte. Zwischen all diesen Schwangerschaftsbeschwerden wälzte sie sich rastlos hin und her, auf der Suche nach einer angenehmen Liegeposition. Alles war schlichtweg anstrengend geworden.

Stöhnend hievte sie sich auf die Bettkante und zwang ihre geschwollenen Füße in die Pantoffeln. Es war unfassbar. Jedes Mal, wenn sie ihre Knöchel betrachtete, schienen sie größer geworden zu sein. Das Laufen fiel ihr zunehmend schwer. Fanny betrat das Zimmer, wünschte einen guten Morgen und zog leise die Vorhänge auf, so dass die Wintersonne ihr warmweißes Licht ins Schlafzimmer warf.

»Wie ist es heute?« Fanny half Helene dabei, sich auf den tiefen Hocker vor dem Frisiertisch zu setzen.

»Ach, ich komme mir aufgeschwemmt vor. Kein Wunder, dass mein Mann mich meidet«, entgegnete sie mit einem schiefen Lächeln.

»Gnädige Frau, aber er meidet Sie doch nicht. Er nimmt Rücksicht auf Ihren Zustand. Sie werden sehen. Sobald das Kind gesund zur Welt gekommen ist, werden sich die Dinge wieder normalisieren.« Fanny bürstete ihr das lange dunkelblonde Haar und steckte es hoch.

»Hm.« Helenes Miene war ernst. Seltsamerweise empfand sie Georgs Distanziertheit nicht als Rücksichtnahme –

obwohl ihr das jeder sagte. Fanny, ihre Mutter und ihre Schwiegermutter. Sogar Katharina, das andere Hausmädchen und Alfreds Liebschaft, hatte ihr ihre Meinung dazu aufgedrängt. Es sei völlig normal, dass sich der Mann während der Schwangerschaft von der Frau zurückzieht. Aber was verstand sie schon davon? Dass Katharina bei ihrer vorlauten Art überhaupt noch im Haus angestellt war, entzog sich Helenes Verständnis. Zugegeben, es wusste niemand von ihrem Verhältnis mit dem verheirateten Fabrikantensohn, denn noch hatte Helene ihr Wissen darüber für sich behalten. In den vergangenen zwei Jahren war einfach zu viel geschehen, was ihre Mutter hatte verkraften müssen: den Tod ihres geliebten Mannes, die Angst, nach der Wirtschaftskrise in die Mittellosigkeit abzusinken und letztlich Henris Verschwinden. Helene wartete auf einen günstigen Augenblick, in dem ihre Familie einen solchen Skandal verkraftete.

Es klopfte an der Tür. Wenig später steckte Georg den Kopf hindurch. »Darf ich reinkommen?«

Fanny ließ die beiden allein.

Georg neigte sich zu Helene vor und küsste sie flüchtig auf den Mund. »Wie geht es dir?«

»So langsam wird es beschwerlich.«

Er nickte knapp, kniete sich vor sie und legte seine Hände auf ihren prallen Bauch. »Du bist auf der Zielgeraden und hast es bald geschafft.«

Helene erbebte unmerklich unter seiner Berührung. Seit er von dem Kind erfahren hatte, hatte er sie nicht mehr angefasst, nicht auf seine leidenschaftliche, liebevolle Art. Seinen Rückzug erklärte er damit, dass er das Ungeborene nicht gefährden wolle. Für Helene kam dies einer Strafe gleich. Ihr fehlten die Zärtlichkeiten. Sie fühlte sich weniger beschützt und, was noch viel schlimmer war, gebrandmarkt und hilflos in einem Zustand gefangen, der sie doch eigentlich beglücken sollte.

»War das Treffen mit dem schwedischen Handelsvertreter erfolgreich?«, fragte sie rasch.

»Es war vielversprechend. Wir werden noch ein, zwei Termine wahrnehmen müssen, aber alles sieht danach aus, als würde die Handelskette unsere Produkte aufnehmen.«

»Großartig!« Helenes Freude war aufrichtig. Sie hatten lange darauf gehofft, ihre Süßwaren endlich ins Ausland exportieren zu dürfen. Nun schien dieser Traum zum Greifen nah. Sie nahm Georgs Hand und drückte sie fest. »Das sollten wir gebührend feiern. Essen wir heute zu Mittag, in der Altstadt. Was sagst du?«

Seufzend streichelte er ihren Handrücken. »Bedaure, kleines Lenchen, ich muss nach Düsseldorf zu einer Besprechung. Der Wagen wartet schon vor dem Haus. Ich wollte mich noch von dir verabschieden. Es wird sicher wieder spät heute.«

Helene entzog ihm ihre Hand. Erneut fühlte sie sich verschmäht und allein gelassen von ihm. »Es ist Wochen her, dass wir Zeit miteinander verbracht haben. Alles scheint dir momentan wichtiger zu sein.«

»Ach, Leni. Nichts ist mir wichtiger als du! Wir holen das nach, versprochen.« Er drückte ihr einen Kuss auf die Stirn. »Und bitte, arbeite nicht mehr so viel, ja? Deine Mutter sagte mir, du hättest gestern sehr erschöpft ausgesehen.«

»Sicher«, knurrte Helene. Es war verrückt. In dieser einen Sache war er sich mit ihrer Mutter ausnahmsweise einig. Es war, als hätten sich beide gegen sie verschworen.

Verdrossen blickte sie Georg nach, wie er aus der Tür und aus ihrem Tag verschwand. Wann hatten sie sich so entfremdet? Am Anfang ihrer Ehe war alles perfekt gewesen. Entgegen der dunklen Prophezeiung von Alfred, schon die Hochzeitsreise würde ein Reinfall werden, war diese ausgesprochen harmonisch verlaufen. Als Georg mit ihr im Mondschein an Madeiras Küste entlangspaziert war, hatte sie das Gefühl gehabt, die richtige Entscheidung für ein glückliches Leben getroffen zu haben. Und auch noch bis vor einem Jahr hatte sie nicht damit gerechnet, dass sie der Alltag so schnell einholen würde. Aber vielleicht war es das, was die Ehe zweier Menschen ausmachte, die ihre Berufe liebten und nach mehr Erfolg strebten.

Als Helene hinunter ins Esszimmer zum Frühstück ging, hörte sie das Geräusch sich schließender Türen und einen aufheulenden Motor. Aus dem Fenster blickend, sah sie, wie sich der schwarze Wagen entfernte, auf dessen Rücksitz sie Georgs Umrisse erkannte. Schließlich bog er am Straßenende um die Ecke und verschwand.

⋟ Kapitel 2 ⋞

Drei Wochen später war die Zusammenarbeit mit der schwedischen Handelskette vertraglich festgelegt. Die erste Auslieferung sollte noch vor Weihnachten erfolgen. In der Fabrik arbeitete man deshalb auf Hochtouren. Es wurden Sonderschichten eingelegt, um den zusätzlichen Mengen an Süßwaren gerecht zu werden. Überstunden waren an der Tagesordnung, und Personal aus den Lagern wurde herangezogen.

Seit dem frühen Morgen ging Helene die Bestellungen für die kommenden Wochen durch. Während ihrer Abwesenheit sollte Alfred keine Entscheidungen zu treffen oder Schwierigkeiten zu bewältigen haben, die letztlich auf sie zurückfallen würden. Helene gab sich für die Erholung nach der Geburt nur wenig Zeit. Auf keinen Fall wollte sie der Fabrik länger als zwei Monate fernbleiben. Damit dies funktionierte, war bereits ein Kindermädchen ausgewählt worden. Helenes Mutter war äußerst angetan von den fortschrittlichen Erziehungsmethoden von Lilo Melmann, die auf Empfehlung des Stabsführers in der Fabrikantenvilla vorstellig geworden war. Klara, die betont hatte, dass im Haus reichlich Platz wäre, hatte mit großem Eifer zwei Zimmer im Obergeschoss freigeräumt. Die Melmann würde gleich neben ihrem eigenen Schlafzimmer und der Kinderstube unterkommen. Überhaupt schien der Familienzuwachs in Klara von Ratschek die Lebensgeister neu geweckt zu haben. Eine Wandlung, die Helene sehr begrüßte.

Ein lautes Knattern ließ sie an ihrem Schreibtisch hochfahren. Wenig später war die Fabrik von einem ohrenbetäubenden Knall erfüllt, der wie ein Donnerhall bis in die oberste Etage des Gebäudes reichte. Helene ließ den Füllfederhalter auf das Auftragsbuch sinken, stand auf und lugte zur Tür hinaus. Bedienstete liefen hektisch und aufgescheucht umher. Unverständliches Gemurmel herrschte vor. Dazwischen klangen gedämpfte Schreie von unten zu ihr hinauf.

»Was ist denn passiert?«, fragte Helene ihre Sekretärin aufgewühlt.

»Es gab einen Unfall … an der Walze«, erklärte Regine Wolf mit dem Telefonhörer am Ohr.

»O nein!« Helenes Puls schnellte so rasant in die Höhe, dass ihr kurz schummrig vor Augen war. »Ist mein Mann schon informiert?«

»Er ist noch in einer Besprechung.«

Helene nickte angespannt, dann eilte sie über den Korridor.

»Gehen Sie lieber nicht da runter, Frau Kronenberg«, rief Regine ihr hinterher. Helene ließ sich aber nicht aufhalten. Auf der Treppe, die zur Produktionshalle hinabführte, strömte ihr beißender Rauch entgegen. Hüstelnd wedelte sie mit einer Hand vor ihrem Gesicht.

»Reißt alle Fenster und Türen auf«, brüllte jemand. Ihren Seidenschal vor Nase und Mund haltend, bahnte Helene sich einen Weg durch den nebligen Schleier, der zwischen ihr und der motorbetriebenen Walze stand. Vage Konturen von Menschen entstiegen dem Rauch. Einige gehetzt, andere bewegungsunfähig, am ganzen Leib zitternd. Helene klopfte das Herz bis zum Hals. Sie schluckte mühsam, als ihr aufging, dass etwas Furchtbares die Arbeit in der Fabrik zum Erliegen gebracht haben musste.

»Mehr Verbände!«, hörte sie jemanden rufen. Helene hielt inne und verfolgte mit dem Blick die Rauchschwade, welche von der Anlage zur Decke hinaufstieg. Männer mit rußverschmierten Gesichtern waren hektisch daran zugange. Einer von ihnen rüttelte kraftvoll am Rad, bis es sich endlich bewegte. Wie aus einem Teekessel, der mit kochendem Wasser befüllt war, entwich der Druck surrend und pfeifend dem Getriebe, das gerade erst gewartet worden war. Der Rauch verschwand ins Freie, und Helenes Herz verkrampfte sich unter dem Ausmaß des Unglücks.

»Frau Kronenberg. Nicht!«, mahnte Helma. Helene erbebte unter ihrer Hand, die nun schwer auf ihrer Schulter auflag. »Ich bitte Sie, gehen Sie wieder hinauf.« Helma klang unerbittlich.

Helene sah ihre Vorarbeiterin an. Helmas Augen waren schreckgeweitet. Rote Spritzer leuchteten auf Ärmel und Kragen ihres beigefarbenen Hemdes. Ein kehliges, erstickt klingendes Wimmern drängte sich Helene auf und trieb sie an, weiterzugehen. Müßig setzte sie einen Fuß vor den anderen und schaute erst nach ein paar Schritten zu Boden. Ihre Riemchenpumps standen in einer klebrigen Lache. Es war Blut. Atemlos blickte sie auf und erstarrte, als sie dessen

Ursprung erkannte. Die Frau, die sie wimmern gehört hatte, war jung, fast noch ein Kind.

»Halt durch, Franzi. Halt durch«, redete ihr eine Freundin zu. »Es wird alles gut.«

Das Mädchen saß zwischen Band und Walze, die Wangen kreideweiß.

»So viel Blut!«, stammelte jemand neben Helene.

»Sie hat noch versucht, sich selbst zu befreien«, hörte sie daraufhin einen Mann leise sagen.

»Dat wird wieder.« Eine Frau presste ein Handtuch auf die blutdurchtränkten Verbände.

Helene sah das verletzte Mädchen mit den Sommersprossen an und ihr Atem stockte. Sie gehörte zu Agnes Kowalski. Einer Arbeiterin, die seit mehr als zehn Jahren in der Firma angestellt war. Kowalski hatte ihre fünfzehnjährige Tochter zur Arbeit verpflichtet, weil ihr Mann sich im Zuge des Börsenkrachs das Leben genommen hatte und die kinderreiche Familie seitdem unter Geldnot litt. Helene schauderte.

»Der Rettungswagen ist auf dem Weg.« Regines Stimme schallte von oben durch die Fabrikhalle.

»Gehen Sie wieder hoch. Sie sollten nicht hier sein«, ermahnte Helma Helene. »Wir kümmern uns schon.«

»Ich bleibe, wo ich bin.« Sie entriss einer vorbeigehenden Arbeiterin die Verbände und kniete sich zu der Verletzten auf den Boden. »Du bist sehr tapfer, Franzi. Darf ich mir das mal ansehen?«

Auf das zaghafte Nicken der Fünfzehnjährigen hob Helene vorsichtig den Verband an, um ihn auszuwechseln. Da ging ein erschrockenes Raunen um. Helene fuhr der Schrecken in die Glieder und im letzten Moment schluckte sie einen Laut der Bestürzung hinunter. Franziskas Hand war blau angelaufen und hing schlaff im zertrümmerten Gelenk. Zwei Fingerglieder waren abgetrennt. Flüchtig blickte Helene in das tränennasse Gesicht des Mädchens und schalt sich, selbst die Ruhe zu bewahren.

»Ich habe gesagt, sie soll nicht zu nah an die Walze. Ich hab's ihr gesagt«, brachte sich Frau Kowalski fahrig ein.

»Holt Eis!«, forderte Helene. »Es muss gekühlt werden, damit es nicht zu stark anschwillt.«

Helma sauste ins Lager und kehrte eiligst zurück. In ihrer Schürze klimperte es. Helene gab die Eisbrocken in ein Tuch und bedeckte damit vorsichtig Franziskas Hand. Die Farbe war aus dem Gesicht des Mädchens gewichen. Ihre Lider flackerten.

»Halte durch«, sprach Helene ihr Mut zu und strich ihr sanft eine rotblonde Strähne aus der Stirn.

Sie blieb bei ihr, bis der Rettungswagen eintraf und die Sanitäter sich ihr annahmen. Als der Krankenwagen mit heulender Sirene vom Gelände fuhr, nahm Helene am Rande die schwarze Limousine wahr, die in die Einfahrt einbog und vor ihr zum Stehen kam. Alfred stieg aus, schmiss die Tür zu und warf einen brüskierten Blick auf das Personal, das mit Helene vor der Produktionshalle stand.

»Wir haben einen Zeitplan einzuhalten. Warum wird hier nicht gearbeitet?« Er tippte ungeduldig auf seine in Gold gefasste Rolex. Schnell kehrten die Arbeiterinnen und Arbeiter in die Halle zurück. Alfred hatte die Hände in die

Hüften gestützt und schaute belehrend auf seine Schwester herab.

»Was ist?«, zischte er.

Helene stand unter Schock. Sie fand keine Worte für das, was soeben geschehen war, und ließ ihren Bruder an sich vorbei in die Fabrik. Bald darauf kam er aufgebracht zu ihr zurück. Er hielt das Brecheisen in der Hand, mit dem beherzte Arbeiter die Walze angehoben und einen noch schlimmeren Ausgang verhindert hatten.

»Ein Totalschaden!« Alfred war außer sich. »Welcher gedankenlose Esel hat die Walze gewaltsam vom Band getrennt?«

Im ersten Moment war Helene wie erstarrt. Perplex blinzelte sie mehrmals hintereinander. War ihm in der Halle denn ansonsten gar nichts aufgefallen? Hatte er das viele Blut etwa nicht gesehen? Sie war so fassungslos, dass sie ihm nichts entgegenzusetzen hatte als ein vages, verständnisloses Kopfschütteln.

Hinter Alfred öffnete sich die Fabriktür. Georg trat heraus und kam an Helenes Seite. Benommen blickte sie zu ihm auf. Überrascht und unendlich dankbar darüber, dass er in dieser Stunde bei ihr war.

»Wir werden das reparieren lassen«, sagte er ruhig an seinen Schwager gewandt. »Morgen ist die Maschine wieder einsatzbereit.«

Alfred nickte mürrisch.

Georg umfasste Helenes Rücken. »Ich bringe dich nach Hause. Du musst dich ausruhen!«

Helene wehrte sich nicht, als er sie in den Wagen setzte

und mit ihr zur Villa fuhr. Doch ihr Blick haftete bis zuletzt an der roten Fassade der Fabrik. Ein Tränenschleier verzerrte ihre Sicht. Es war zu viel, schalt sie sich gedanklich. Wir haben zu viel gewollt.

Einige Tage später hatten Monteure einen Kurzschluss im Getriebe als Ursache für die außer Kontrolle geratene Walze ausgemacht. Es war kein menschliches Versagen gewesen und doch gab Helene sich die Schuld, denn sie hatte die Fünfzehnjährige arbeiten lassen. An den Tag, an dem sie ihr Einverständnis dazu gegeben hatte, erinnerte Helene sich genau. Sie hatte nicht auf ihr Bauchgefühl vertraut, das ihr davon abgeraten hatte, sondern eingewilligt, um die finanzielle Not der Familie zu lindern. Franziskas Leben würde nie wieder dasselbe sein.

Bei einer Vorstandskonferenz fand der leitende Firmenjustiziar Hans Büdenbender klare Worte: »Es ist tragisch. Unendlich tragisch.« Er rieb sich über den grauen Schnurrbart, dann schlurfte er geräuschvoll seinen Kaffee. »Aber die Fabrik trifft keinerlei Schuld.«

»Wunderbar. Dann sind wir also aus dem Schneider. Die Zeitungen werden vermelden, dass es ein unglücklicher Zwischenfall gewesen ist. Das dürfte die Produktion nicht weiter beeinträchtigen.«

Jochen Bendricks kühle Aussage veranlasste Helene dazu, unmerklich mit den Augen zu rollen. Er besaß das Einfühlungsvermögen eines Kieselsteins. Ginge es nach ihr, so wäre er längst aus dem Unternehmen entfernt worden. Bedauerlicherweise verbürgte Alfred sich für ihn und seine fragwürdigen Kompetenzen.

»Es geht mir nicht darum, die Haftung zu klären«, betonte sie nachdrücklich. »Und mir ist gleich, was irgendwelche Analysen ergeben haben. *Wir* haben das zu verantworten! Hätten wir das Personal nicht so angetrieben, wäre das Mädchen jetzt noch heil.« Sie sank in ihren Stuhl und konnte ein leises Ächzen nicht zurückhalten. Die sorgenvollen Nächte seit dem Unfall forderten ihre ganze Kraft.

»Noch heil. Sie sagen es, Frau Kronenberg.« Friedrich Schilling grunzte. »Das Mädchen hat es überstanden. Ihre Entlassung aus dem Krankenhaus steht kurz bevor.«

Erbost schlug Helene mit der flachen Hand auf den Tisch, so dass einige der Männer zusammenzuckten. »Nur zur Erinnerung: Franziska Kowalski wird kein normales Leben mehr führen können«, klärte sie auf. »Ihre linke Hand musste zwar nicht amputiert werden, durch die Quetschung hat sie aber verheerende Verletzungen erlitten. Sie hat Teile ihres Ring- und Mittelfingers verloren. Ihre Hand ist nahezu unbrauchbar geworden. Und nach dem Tod des Vaters ist die Familie auf ihr Einkommen angewiesen.«

»Nun ja, wir könnten eine Übernahme der Arzt- und Heilkosten anbieten«, schlug Büdenbender vor.

Helene trommelte abwägend mit den Fingern auf den Armlehnen. »Das ist zu wenig«, entschied sie dann. Eine nachdenkliche Stille schlich sich ein.

»Was ist mit einer Art Abfindung? Eine einmalige Zahlung, die die Familie fürs Erste versorgt?«, fragte Büdenbender.

Helene überlegte. Eine Sache gefiel ihr bei seinem Vorschlag nicht. »Warum einmalig?«

»Wie meinen?« Büdenbender lehnte sich mit schmalem Blick vor.

Helene stand auf und ging einige Schritte. »Was wäre, wenn wir monatliche Zahlungen leisten würden? Eine Entschädigung für ihre Arbeitsunfähigkeit. Hätte das Mädchen nicht mehr davon?«

»Sicher …« Büdenbender zuckte die Schultern.

»Und wie lange soll das gehen?« Bendrick klang nicht angetan von Helenes Idee. »Sollen wir sie etwa bis zu ihrem Tod bezahlen? Damit würden wir uns auf unbestimmte Zeit an eine finanzielle Verpflichtung binden.«

»Hm«, machte Helene. Obwohl sie seine Abneigung gegen ihren Vorschlag spürte, den Kowalskis zu helfen, war sein Einwand nicht unbegründet.

»Wir könnten ärztliche Kontrolluntersuchungen ansetzen. In denen regelmäßig neu über ihre Arbeitstauglichkeit entschieden wird«, bot Büdenbender an.

Helene nickte. »Ich möchte, dass Sie die monatliche Zuwendung hochrechnen. Und dann setzen Sie ein Dokument auf, das allen neuen Arbeitsverträgen beigelegt wird. Ich will, dass die Menschen wissen, dass wir für sie sorgen, wenn in der Fabrik etwas passiert.« Helene warf einen Blick auf die Uhr. Schon Viertel nach neun. In einer halben Stunde musste sie bei ihrer Hebamme sein.

Schilling zeigte sich beschwichtigt. »Das wird den Kunden gefallen. Unternehmerische Fürsorge kommt immer gut an. Besonders in diesen Zeiten. Geben Sie das an den Stadtanzeiger weiter«, wies er den jungen Praktikanten neben sich an, der emsig mitschrieb.

»Ich erwarte in zwei Tagen einen ersten Entwurf auf meinem Schreibtisch«, sagte Helene an Büdenbender gewandt. Er schob sich seine Brille die Nase hinauf und machte sich Notizen.

»Also dann …« Helene holte ihre Tasche und warf sich den Mantel über. Die Herren erhoben sich mit einer obskur anmutenden Synchronizität von ihren Stühlen.

»Verzeihung, Frau Kronenberg«, bremste Bendrick sie, bevor sie zur Tür hinausgehen konnte. »Wir müssen Ihren Bruder in dieser Sache einbeziehen.«

Sie schnappte nach Luft, nickte aber schließlich. »Sicher«, knirschte sie durch zusammengebissene Zähne. »Er wird seine Zustimmung nicht verweigern.«

Wenige Tage später lief der Betrieb in der Fabrik wieder völlig normal. Es wurden Lakritz- und Zuckerwerk angesetzt. In hohen Behältern kochte die Gelatine, bis sie weich genug war, um mit den unterschiedlichsten Fruchtmischungen zu verschmelzen. Das Personal hatte den Verzug fast wieder aufgeholt. Man arbeitete akribisch und mit verkürzten Pausen. Helene hörte kein Murren und keine Klagen. In den Gesichtern vereinzelter Arbeiterinnen und Arbeiter spiegelte sich aber noch das, was sie mitangesehen hatten. Auch Alfreds Ausbruch vor Helma und den Frauen vom Band und als er seinen Unmut über die defekte Walze an den Mechanikern ausgelassen hatte, hallte nach. Die Situation hatte die Furcht vor dem Verlust der Arbeitsstelle neu geschürt. In Zeiten der Inflation schien ihnen nichts mehr sicher zu sein.

Hinzu kam Alfreds Entscheidung, sich gegen seine Schwester zu stellen. Er hatte entschieden, keine Sonderzahlungen an Franziska zu leisten. Damit heizte er die Gerüchte über geplante Entlassungen in der Fabrik weiter an.

An Helenes Namenstag traf sich die Familie im Restaurant. Klara hatte dazu eingeladen. Als einzige Bedingung hatte sie aufgeführt, dass für die Dauer des Abendessens nicht über die Firma gesprochen wurde. Dass Alfred Helenes Autorität im Unternehmen untergraben hatte, lag dieser aber schwer im Magen. Die Geschwister hatten etwas zu klären und sobald Eva und Klara auf der Toilette verschwunden waren, nahm Helene den günstigen Augenblick wahr.

»Du hast das Personal verunsichert«, begann sie in dem Wunsch ungerührt zu klingen, doch sie bemerkte sogleich, dass sie dafür zu ernst klang. »Das Schicksal des Mädchens hat die Stimmung in der Fabrik getrübt.«

»Du setzt dich über Mutters Regel hinweg. Das ist ein wenig respektlos, findest du nicht?«, entgegnete Alfred kühl.

»Im Moment sehe ich nur uns beide an diesem Tisch.«

Er lächelte schroff. »Wir sprechen nicht mehr über den Vorfall. Er hat sich erledigt.«

Helene kräuselte die Stirn.

»Offenbar weißt du es noch nicht«, urteilte er beiläufig.

»Was weiß ich nicht?«

»Wir sind anders mit der Mutter des Mädchens verblieben. Dein Vorschlag war einigen Vorstandsmitgliedern doch etwas zu unrentabel – zu samaritanisch. Wir sind kein Wohltätigkeitsverein, Helene. Wir sind ein großes Unternehmen und wir müssen auch an die Zukunft denken.«

Helenes Miene verschloss sich. Warum war sie darüber nicht informiert worden? Wo doch die Mitglieder immerzu darauf bestanden, Alfred über sämtliche Kleinigkeiten zu unterrichten. Sie schluckte diese Frage hinunter, denn sie kannte die bittere Antwort. Offenbar war sie in den Augen einiger immer noch nur »die Frau« neben dem wichtigen Alfred von Ratschek in der Geschäftsleitung. Sie riss sich zusammen, um nicht verletzt zu klingen, konnte die Kränkung aber nicht vollständig aus ihrer Stimme verbannen. »Darf ich erfahren, was ausgehandelt wurde?«

»Jetzt sei nicht eingeschnappt. Schließlich ging es nur um eine Abweichung deines Vorhabens. Die Mutter des Mädchens hat sich bereit erklärt, zusätzliche Schichten zu übernehmen, und erhält dafür ein Drittel mehr Lohn. Du kennst unseren gegenwärtigen Produktionsaufwand. Diese Einigung kommt allen zugute.« Er spießte eine Gurkenscheibe auf und schob sie sich zwischen die Lippen.

»Am meisten kommt es uns zugute, nicht wahr?« Helene konnte nicht fassen, was er getan hatte. Er schien gar stolz darauf zu sein. »Frau Kowalski hat kleine Kinder zu versorgen, die nun ohne die Mutter auskommen müssen. Mehr noch als ohnehin schon.«

»Also ich bin der Letzte, der einer hilfebedürftigen Familie etwas verweigert. Unterstell mir nicht, ich würde ausschließlich tun, was dem Interesse der Firma dient. So jemand bin ich gewiss nicht.«

»Nein. Du doch nicht«, zischte Helene. »Und du hattest nicht vorgehabt, mit mir noch einmal darüber zu reden?«

Er setzte sein Glas an und trank einen großen Schluck vom Burgunder. »Helene, ich wollte dich nicht damit behelligen, deshalb habe ich es mit deinem Mann besprochen und der war einverstanden. Ich meine, du bist …« Er deutete mit dem Glas in seiner Hand auf ihren dicken Bauch. Helene biss die Zähne aufeinander und funkelte ihn an.

»Hat er dir das etwa nicht erzählt?« Er tat überrascht.

Langsam nickte sie und fasste sich gespielt nachdenklich an die Stirn. »Doch. Doch. Jetzt, wo du es sagst.«

Sie grinste stumpf, und er tat es ihr nach. Am liebsten hätte sie ihm den Wein ins Gesicht gekippt.

»Zitronensorbet«, trällerte Klara, als sie mit Eva an den Tisch zurückkehrte. »Gerade sind wir daran vorbeigekommen. Es sieht köstlich aus. Will sonst noch jemand ein Dessert?«

»Ich. Unbedingt.« Eva wandte sich Helene zu. »Und du?«

»Ich habe genug gehabt, danke«, antwortete Helene finster, den Blick auf ihren Bruder geheftet.

Fragend schaute Klara zwischen ihren Kindern hin und her. »Ist irgendetwas?«

Helene schüttelte den Kopf und lächelte bemüht. Sie wollte ihr nicht den Abend verderben, auf den sie sich so gefreut hatte. Schwerfällig schluckte sie ihre Gefühle und den Groll, der damit einherging, hinunter. Schlimm genug, dass Georg wieder einmal geschäftlich unterwegs war. Er hatte Alfred seine Zustimmung in einer Sache erteilt, von der er gewusst hatte, wie wichtig sie ihr war. Kein Wort hatte er ihr gegenüber dazu verloren. Sie war empört! Still vor sich hin leidend, ließ Helene den Rest des Abends über sich ergehen.

Als sie später endlich in ihrem Bett lag, war sie erleichtert, allein zu sein. Georgs Anwesenheit hätte einen Streit provoziert, dem sie nicht gewachsen gewesen wäre. Alfred hatte erneut gezeigt, dass er sich darauf verstand, ihre Schwächen zu wittern. Er hatte versucht, Georg und sie gegeneinander auszuspielen. Sie durfte ihm diese Genugtuung nicht geben.

Helene seufzte in ihr Kopfkissen und dachte an ihren anderen Bruder. Warum hatte Henri sie mit ihm allein gelassen? Erneut sah sie sich gezwungen, sich einen Schlachtplan zu überlegen, der Alfred zeigte, dass sie nicht so leicht kleinzukriegen war. Allein. Innerlich jedoch sehnte sie eine Pause vom Kämpfen herbei. Fortwährend musste sie sich im Unternehmen bewähren und doch hatten immerzu Alfred und Georg das letzte Wort. Manchmal hasste sie es, eine Frau zu sein. Gerade als sie diesen Gedanken zu Ende gebracht hatte, spürte sie die Tritte ihres Kindes. Erst zaghaft, dann kräftiger und plötzlich so heftig, dass sich ihre Bauchdecke unter dem Druck kleiner Füße wölbte. Helene drehte sich auf den Rücken und zum ersten Mal spürte sie intensiv in sich hinein. Zuvor war sie so sehr mit ihrer Arbeit in der Fabrik beschäftigt gewesen, dass sie den Bewegungen in ihrem Leib zu wenig Aufmerksamkeit geschenkt hatte. Jetzt war es, als verlange ihr Kind mit aller Kraft danach.

Helene knipste das Nachtlicht an und schlug die Bettdecke zurück. Ihr ganzer Körper erzitterte unter den Stößen. Abdrücke zeichneten sich ab – Schatten rund um ihren hervorgewölbten Bauchnabel. Helene griff nach der alten Spieluhr, die aus ihrer Kindheit stammte. Sie zog sie auf, und Vivaldis »Vier Jahreszeiten« erklang. Vorsichtig stellte sie sie auf ihrem Bauch ab. Ein paar kleine Knuffe folgten von innen gegen die hölzerne Schatulle, dann entspannte sich die Bauchdecke.

»Gefällt dir die Musik?«, fragte sie von einer überirdischen Ruhe erfüllt. Helene lächelte, als gäbe es weder Leid noch Unrecht auf der Welt. Das Kind, das in ihr heranwuchs, war ihr Wunder. Etwas vollkommen Neues, nie Dagewesenes, und es gehörte ihr allein.

⋙ KAPITEL 3 ⋘

Der Himmel war strahlend blau. Nur vereinzelte Schönwetterwolken ließen sich vom Wind rheinabwärts tragen. Es war ein freundlicher Samstagnachmittag im Dezember, an dem Helene die Familie Kowalski besuchte. Die Adresse hatte sie sich von ihrer Sekretärin heraussuchen lassen und war bei dem Straßennamen zusammengezuckt. Unter Krahnenbäumen befand sich in der Nordstadt, ein typisches Proletarierviertel in einem der ärmsten Bezirke Kölns. Nicht allein deshalb, sondern auch, weil ihr Bauch mittlerweile beim Autofahren störte, hatte Helene sich chauffieren lassen. Helmut Schmitz hatte schon bei ihrem Vater als Fahrer in Diensten gestanden und hatte eine zuverlässige, verantwortungsvolle Ader. Vor allem für Klara, die sich nie selbst hinters Steuer setzte, war er unentbehrlich.

»Soll ich Sie wirklich nicht hineinbegleiten?«, fragte er zum wiederholten Mal fürsorglich. Die Straße mit ihrem buckligen Kopfsteinpflaster lud nicht gerade zum Flanieren ein. Vielmehr strahlte sie eine Tristesse aus, der sich auch Helene nicht entziehen konnte. Dennoch schüttelte sie den Kopf. Den Gang zu den Kowalskis wollte sie allein bewältigen.

Trotz der Kälte legte sie ihren Pelzüberwurf ab. Angesichts der erbärmlichen Verhältnisse der Gegend kam er ihr unpassend vor. Viele Bewohner der Krahnenbäume hatten alles verloren. Sie waren die wahren Verlierer der Wirtschaftskrise und hatten arge Verluste erlitten. Auch Frau Kowalskis Mann hatte bis 1930 eine kleine Polsterei betrieben. Nach seiner Pleite war er eines Morgens in den Rhein gegangen und nicht mehr herausgekommen. So jedenfalls hatte Helma es Helene berichtet.

Das Reihenhaus der Familie war aus grauen Ziegelsteinen, davor spielten vier Jungen auf der Straße Fußball. Helene schaute die Fassade mit den notdürftig geflickten Fensterscheiben hinauf, und ein kalter Schauer jagte ihr den Rücken hinunter.

»Achtung!«, warnte eines der Kinder. In letzter Sekunde rettete sie sich vor einem heranschnellenden Ball auf den schmalen Bordstein.

Helmut steckte den Kopf aus dem Autofenster. Seine buschigen Brauen hatte er mürrisch nach unten gezogen. »Passt gefälligst auf, wo ihr hin schießt!«, schimpfte er mit väterlicher Strenge.

Helene bedachte die Kinder mit einem nachsichtigen Lächeln. Eines von ihnen klemmte sich den Ball unter den Arm, nuschelte verlegen »Tschuldigung« und lief dann eilends mit den anderen davon.

Helene trat durch die offen stehende Tür des Hauses und gelangte über einen Durchgang in den Hinterhof. Wäscheleinen waren hier gespannt, voll behangen mit Kleidung, die ihre besten Tage hinter sich hatte. Die unterschiedlichsten

Gerüche schienen auf wenigen Quadratmetern gefangen. Gemüsesuppe, gebratene Zwiebeln, Fett und Fleisch vermischten sich mit dem Gestank des Mülls, der sich zu einer Seite hin stapelte. Ratten und Mäuse zerpflückten den Abfall auf der Suche nach Fressbarem. Gebrüll, Hundegebell und Kindergeschrei tönten aus den zahlreichen Wohnungen. Ein wenig fühlte Helene sich an das Mietshaus erinnert, in dem sie in Hamburg zusammen mit ihrer Freundin Magda gewohnt hatte. Dort hatte sie damals dasselbe mulmige Gefühl erfasst, das sie beim Betreten des schmutzigen Treppenhauses nun überkam. Ein Mädchen mit zerzaustem Haar und dreckverschmiertem Gesicht hockte auf dem Absatz zur zweiten Etage. Die Kleine schaute mit geöffnetem Mund zu Helene auf. Diese beugte sich zu dem Mädchen hinunter.

»Hallo. Kannst du mir vielleicht sagen, wo genau die Kowalskis wohnen?« Sie gab ihr einen der Dauerlutscher mit Kirschgeschmack, die sie in ihrer Jackentasche verwahrt hatte.

Das Mädchen riss staunend die Augen auf. »Da drüben«, verriet es und deutete auf eine Tür am Ende des Flurs. Helene warf einen Blick über ihre Schulter. Das Kind schnappte sich den Lutscher und rannte blitzschnell die Treppe hinunter und hinaus auf den Hof.

Kindergeschrei und Gepolter waren zu hören, als Helene an die Tür der Kowalskis klopfte. Es dauerte eine Weile, bis jemand öffnete. Ein Junge, etwa zwölf, stand vor ihr. Ungeduldig schaukelte er ein rotwangiges Kleinkind auf dem Arm, das in etwas gehüllt war, das aussah wie ein abgelegtes Herrenhemd.

»Was wollen Sie?«, fragte er misstrauisch.

Mühsam riss Helene sich vom Anblick des Kleinkindes los. »Ist deine Mutter zu sprechen? Ich komme aus der Süßwarenfabrik.«

Seine Züge entspannten sich kaum.

»Darf ich reinkommen?«

Der Junge blieb skeptisch, bis die Tür weiter aufgerissen wurde, und Frau Kowalski persönlich im Rahmen auftauchte.

»Frau Kronenberg. Was machen Sie denn hier?« Sie zog an ihrer Zigarette und scheuchte ihren Sohn mit einer hektischen Handbewegung weg.

»Ich wollte sehen, wie es Franziska geht.«

Frau Kowalski nahm einen Zug von ihrer Zigarette und blies den Rauch neben Helene ins Treppenhaus, dann winkte sie sie hinein. »Beachten Sie die Unordnung nicht. Ich hatte noch keine Zeit aufzuräumen.«

Helene kam in einen Raum, der zum Wohnen und Schlafen genutzt wurde. Es roch muffig. Matratzen lagen auf dem Boden, eng aneinandergereiht und gegen die Wand geschoben. Die Zimmerdecke war grau-weiß gesprenkelt. Vier Kinder im Alter von drei bis acht Jahren lieferten sich eine erbitterte Kissenschlacht.

»Normalerweise lasse ich niemanden rein.« Frau Kowalski führte Helene durch die enge Küche. Ein dampfender Topf stand auf dem kleinen Ofen in der Ecke und verströmte penetranten Fischgeruch. Helene unterdrückte einen Würgereiz. Sie brachte eine Hand vor die Nase und atmete durch den Mund.

»Darf ich Ihnen was anbieten? Ein Glas Wasser, 'nen Kaffee?«, fragte Frau Kowalski.

»Nein danke«, brachte Helene stockend hervor. Ihr war flau im Magen. Kalter Schweiß benetzte ihre Stirn. Frau Kowalski hob stöhnend die Oberlippe an.

»Oha, ich erinnere mich nur zu gut an diesen Zustand. Sind Sie sicher, dass Sie kein Glas Wasser wollen?«

Helene ließ kurz ihren Blick über das schmutzige Geschirr auf dem Esstisch schweifen und schüttelte den Kopf.

Frau Kowalski entging ihre Abneigung nicht. »Es ist nicht gerade geräumig hier, und wir brauchen jeden Zentimeter.« Sie klang weniger beschämt als rechtfertigend.

»Zwei Zimmer? Für Sie alle?« Helene brachte das Problem auf den Punkt.

»Muss reichen.« Frau Kowalski drückte ihre Zigarette in einer Pfanne mit Fettresten aus. »Mehr kann ich mir nicht leisten. Nachdem mein Mann gestorben ist, mussten wir aus dem Vorderhaus ausziehen. War 'ne schöne Wohnung mit ausreichend Platz für uns alle.«

»Tut mir leid, das zu hören.«

»Ist nun mal so.« Sie presste die Lippen aufeinander. »Wir hatten Glück, dass wir hier untergekommen sind.«

Helene hob unmerklich die Brauen darüber, dass Frau Kowalski von Glück gesprochen hatte. Sie empfand die Bleibe der Familie als schockierend. Nie hätte sie gedacht, dass Angestellte der Fabrik so hausten. Die Kinder sahen mager und verwahrlost aus, ihre Mutter erschöpft. Helene fühlte sich schlecht, weil es ihr im Vergleich zu ihnen an nichts fehlte. Ihr Kind würde nicht in einem feuchten Zimmer schlafen und von einem Tisch essen müssen, unter dem sich der Mäusekot türmte. Ein solches Leben war kein Leben.

Frau Kowalski schob die Tür zu einer Kammer auf, die quietschend nachgab. »Hast Besuch, Franzi«, sagte sie ruhig und kehrte ins Wohnzimmer zurück. Franziska richtete sich von ihrer Pritsche auf, ließ die Beine hinunterbaumeln und sah Helene überrascht an. Diese schenkte ihr ein aufbauendes Lächeln. »Wie geht es dir, Franzi?«

Sie zuckte die Schultern. »Es wird besser mit jedem Tag.«

Helene bemühte sich, der Unordnung im winzigen Raum keine Aufmerksamkeit zu schenken. Den süßlichen Geruch von faulem Fleisch jedoch konnte sie nicht so leicht ausblenden. Unauffällig legte sie die Hand vor die Nase.

Franziska musterte sie mit zusammengezogenen Brauen. »Was führt Sie zu uns? Frau Kronenberg?« Sie stand auf und ging zu ihr. »Ist Ihnen nicht wohl?«

»Können wir ... können wir uns vielleicht draußen unterhalten?«

»Sicher.«

Zügig nahm Helene den Weg zurück durch die Wohnung. Franziska folgte ihr auf den Flur und zog die Tür hinter sich zu.

»Ich weiß, mein Bruder hat eine Vereinbarung mit euch getroffen«, erzählte Helene, nachdem die Übelkeit sich ein wenig gelegt hatte.

»Das war großzügig von ihm«, meinte Franziska höflich.

Helene zog ungläubig die Brauen tief und korrigierte sie: »Es ist nicht genug! Nicht in Anbetracht dessen.« Ihr Blick glitt auf Franziskas Hand, die diese in einer Schlinge vor sich hielt. »Ich werde in Auftrag geben, dass dein Lohn weitergezahlt wird. Deine Geschwister brauchen ihre Mutter. Des

Weiteren werden wir auch etwas an eurer Wohnsituation ändern.«

Franziska blinzelte verwirrt. »Aber ich werde nicht mehr in der Fabrik arbeiten können. Wie soll ich Lakritz drehen? Die Weingummis aus den Formen lösen? Dazu braucht es zwei Hände.«

Ihr Tonfall war am Ende so bitter geworden, dass Helene erschauderte. Gleichzeitig festigte er ihren Entschluss. »Nun, schon seit einiger Zeit spiele ich mit dem Gedanken, eine persönliche Assistentin einzustellen.«

Franziska schaute sie an, hoffnungsvoll und erstaunt.

»Du kannst doch lesen und schreiben?«

»Ja, sicher.«

Helene lächelte. »Ich brauche jemanden, der meine Termine koordiniert. Geschäftsessen und so was in der Art. Messebesuche vorbereitet und das Kindermädchen über Änderungen in meinem Zeitplan informiert, wenn es so weit ist.« Sie sah auf ihren hervorstehenden Bauch hinab, dessen Masse ihre Füße darunter verschwinden ließ.

»Du müsstest verlässlich sein, selbstständig arbeiten und mitdenken können. Es werden bestimmt auch schon mal Überstunden anfallen. Die werden natürlich bezahlt.«

»Ich mach's!«, platzte es aus Franziska heraus. »Wann soll ich anfangen?«

Helene lächelte, dann fasste sie sie sanft an der Schulter. »Du fängst an, wenn du dich erholt hast.«

Das Mädchen nickte hastig und strahlte übers gesamte Gesicht.

»Dann ist es entschieden.«

Franziska begleitete Helene hinaus. »Vielen Dank!«, rief sie ihr nochmals über den Innenhof nach, den die Dämmerung in graues Licht getaucht hatte.

Vor dem Gebäude machte Helene halt. Sie stützte sich mit der Hand an einer Mauer ab und atmete tief durch den Mund ein und aus. Langsam setzte sie sich wieder in Bewegung und stieg in den Wagen. Helmut musterte sie besorgt. »Geht es?«

Sie nickte knapp und mit einem erleichterten Lächeln. Die Senkwehen waren vorüber, und sie konnte wieder durchatmen.

Am selben Abend telefonierte Helene mit der Hausverwaltung eines Bekannten. Sie organisierte der Familie Kowalski ein kleines Stadthaus in der Domgasse. Ihr Besuch in Unter den Krahnenbäumen hatte Helene aufgezeigt, wie sehr sich die Lebensumstände der einfachen Leute nach dem Börsenzusammenbruch verschlechtert hatten. Insbesondere alleinerziehende Mütter verdienten es, mehr Unterstützung zu erfahren. Sie waren die Vergessenen – die Ausgestoßenen der Gesellschaft. Das musste sich ändern.

In der Folge wies sie die Vertragsabteilung an, einen Zusatz auszuarbeiten, der die Rechte von Müttern in der Fabrik stärkte. Für Alfred hatte sie damit zu weit ausgeholt. Er warf ihr vor, sich weniger um Firmenangelegenheiten als um die Zufriedenheit des Personals zu kümmern. Ihr Entwurf schaffte es zwar dennoch in die Vorstandssitzung, wurde aber erst einmal auf Eis gelegt und die Entscheidung aufs nächste Jahr verschoben. Helene war enttäuscht. Sie war frustriert und wütend, weil ihre Pläne wiederholt vereitelt worden waren.

»Du kämpfst an zu vielen Fronten auf einmal«, befand Georg, als sie am späten Abend im Wohnzimmer den vorläufigen Entschluss des Rates diskutierten.

Helene schüttelte unzufrieden den Kopf. Sie hatte auf seinen Zuspruch gehofft. »Ich verstehe dich nicht, Georg. Du tolerierst, dass Männer über Frauen bestimmen. Dass sie besser bezahlt werden. Für die gleiche Arbeit, obwohl Frauen nebenbei noch ganz allein für die Kinder zuständig sind? Ich dachte, uns treiben dieselben Werte an. Als Nächstes pflichtest du noch dem Herrn Hitler bei, der behauptet, die Weltordnung sei allein von den Männern dominiert.«

»Du vergisst dich, Leni! Man könnte ja meinen, Helma spräche aus dir. Oder ist dein Gerede das Resultat dieser kontroversen Zeitungen, die die Fabrikarbeiter anschleppen?«

»Und wenn schon? Wenigstens steht darin, wie die Dinge wirklich sind. Jeder, der ein wenig Grips hat, muss doch merken, dass Hitler ein Blender ist.«

»Deshalb ist die Politik den Männern vorbehalten«, murmelte er und zog brummig an seiner Zigarre.

»Hitler will uns Frauen entmündigen, da wir nach der biblischen Schöpfungsgeschichte das unterworfene und dienende Geschlecht sind. Und jeder weiß, dass alles stimmt, was dort geschrieben steht …«

Er schüttelte den Kopf, schnalzte, aufgrund ihres zornigen Tons, mit der Zunge und schwieg sich aus. Wie so oft hatte er nichts zu sagen. Auf ihre ironisch vorgetragene Kritik reagierte er ohnehin nie. Das machte sie rasend.

»Können wir nicht einmal offen reden?«, setzte sie daher

fort. »Ich bin nicht einer deiner Geschäftspartner. Ich bin deine Frau! Schlimm genug, dass du Alfreds herzlose Lösung für das arme Mädchen so mir nichts dir nichts abgesegnet hast.«

»Das hatten wir doch schon geklärt. Wir wollten dich nicht belasten.« Georg stöhnte.

»Du weißt genau, dass das nicht der Grund war. Ihr wolltet nur keine weiteren Diskussionen.«

»Du reagierst hysterisch«, urteilte er gelassen. »Das ist nicht gesund für das Baby.«

»So? Jetzt bin ich also hysterisch?«

»Nun ja, du machst aus einer Fliege einen Elefanten, Leni«, sagte er sanft. Helene bemerkte das Zucken um seinen Mundwinkel und fühlte sich ausmanövriert. Dass er sie nicht ernst nahm, machte sie wütend.

Entschlossen, ihn herauszufordern, stellte sie sich vor ihm auf, die Hände vor der Brust verschränkt. »Vermutlich stimmst du auch damit darüber ein, dass der Begriff Emanzipation von den Juden erfunden wurde, um die vorbestimmte Geschlechterordnung zu zerstören.«

»Das verbitte ich mir, Helene!«, fuhr er sie brüsk an. Er ließ die Zigarre in seine Tasse fallen und kam ihr nah, drohend mit erhobenem Zeigefinger. Helene wich zurück; so erzürnt hatte sie ihn noch nie erlebt.

»Ich teile sicher nicht die Meinung von diesem Hitler. In keiner Weise!« Georg holte mit der flachen Hand aus. Helene drehte schützend ihren Kopf zur Seite und hielt den Atem an. Aber seine Wut traf nicht sie, sondern das Teeservice. Donnernd landete es auf dem Fußboden.

»Das muss ich mir nicht anhören!«, brüllte er und stürmte hinaus. Er schlug die Tür hinter sich zu und ließ Helene verschreckt zurück. Wenige Sekunden später kam Fanny herein. Abwechselnd sah sie zu Helene und zum zerbrochenen Service.

»Ein Missgeschick.« Helene sammelte rasch die Scherben auf. »Es ist mir heruntergefallen. Ich Dummerchen. Jetzt habe ich das ganze Haus geweckt.« Sie zog die Nase hoch, atmete stockend ein.

»Aber nein, lassen Sie nur.« Fanny half ihr auf. »Ich mach das schon.«

Helene war wie gelähmt. Sie war nicht sicher, was gerade passiert war oder warum. Zum ersten Mal hatte sie sich mit Georg richtig gestritten. Von ihren Eltern wusste sie nur zu gut, dass Streit zu einer Beziehung dazugehörte, regelmäßig war im Hause von Ratschek etwas zu Bruch gegangen. Aber nun war sie nicht mehr das Kind, das sich unter der Bettdecke verkriechen konnte. Sie war die eine Seite des Konflikts und vielleicht, so dachte sie im Nachhinein, sogar Schuld daran.

Tage verstrichen, ohne dass Georg sich mit Helene aussprach. Vergeblich wartete sie darauf, dass er auf sie zukommen würde. Sie hatte sich eine Rechtfertigung für ihr Verhalten zurechtgelegt, obwohl sie eigentlich nicht das Gefühl hatte, sich entschuldigen zu müssen. Oder womöglich doch? Sie hatte gesagt, was sie auf dem Herzen hatte. Ihr Frust, in der Firma erneut übergangen worden zu sein, hatte sich in einer einseitigen Debatte über die politische Zukunft des Landes entladen. Mitunter neigte Helene zur Überreaktion, wenn Georg sich ausschwieg, dabei schätzte sie sein diplomatisches Geschick. Es war ein Erfolgsgarant, wenn es um Verhandlungen mit Geschäftspartnern ging. In ihrer Ehe war diese Eigenschaft jedoch mehr schädlich als nützlich, denn sie hielt Georg davon ab, die Dinge beim Namen zu nennen.

⇛ Kapitel 4 ⇚

Am Abend des vierten Advents setzten bei Helene die Wehen ein – wenige Tage vor dem errechneten Termin. Georg steckte mitten in der Abwicklung der Pachtverträge für zwei Süßwarenläden in München und war deshalb nicht sofort abkömmlich. Die Geburt war beschwerlich. Trotz des unermüdlichen Einsatzes der Hebamme, die das Kind im Mutterleib in die rechte Position rückte, ging es nur schleppend voran. Zähe Stunden vergingen, in denen die Wehen stetig heftiger und schmerzhafter wurden. Eva blieb die ganze Zeit an Helenes Seite, sprach ihr Mut zu und lobte ihre Stärke. So löste der Tag die Nacht ab und als die Morgenröte den Himmel über dem Rhein verfärbte, legte Eva Helene endlich das Kind in die Arme, auf das sie so sehnsüchtig gewartet hatte. Ein kerngesundes Mädchen mit rosigen Wangen und weichem braunen Flaum auf dem Köpfchen.

Erleichtert schmiegte Helene den kleinen, leise wimmernden Menschen an ihre Brust. Augenblicklich blieben die Anstrengungen hinter der Herzenswärme zurück, die sie beim Anblick ihres Wunders überkam. Ungläubig betrachtete sie, wie die kleine Hand ihren Zeigefinger umklammerte – entschlossen, sie nie wieder loszulassen. Tränen der Freude liefen Helene über die Wangen. Nichts konnte sich mit diesem Moment messen. Die Morgensonne schien durchs Fenster, als wolle sie die neue Erdenbürgerin persönlich willkommen heißen.

»Sie ist perfekt!« Eva strich Helene eine schweißnasse Strähne aus der Stirn.

»Fürwahr«, hauchte Helene glücklich. Dieses Kind in ihren Armen war vollkommen. Sie sog den Duft des Neugeborenen tief ein und empfand eine Liebe, die mit nichts zu vergleichen war, was sie zuvor verspürt hatte.

»Das hast du großartig gemacht, Lenchen.« Klara setzte sich ans Bett, den Blick liebevoll auf Mutter und Kind gerichtet. Auch sie hatte in der Nacht ihre Tochter angespornt durchzuhalten, nicht aufzugeben und damit eine Seite an sich offenbart, die Helene neu gewesen war.

Unten fiel die Tür ins Schloss. Schnelle Schritte drangen vom Flur zu ihnen hinauf, dann betrat Georg mit reuiger Miene den Raum. Langsam und kopfschüttelnd näherte er sich seiner jungen Familie.

»Ist es …« Fahrig schaute er abwechselnd Klara, Eva und Helene an.

»Ein Mädchen«, erlöste Eva ihn lächelnd.

»Ein Mädchen!«, wiederholte er flüsternd und Begeisterung glitzerte in seinen Augen. »Es ist unverzeihlich, dass ich nicht eher hier sein konnte.«

»Jetzt bist du ja da.« Eva tätschelte seinen Arm, dann ging sie mit Klara aus dem Raum.

Georg neigte sich vor und beäugte seine Tochter stolz.

Vorsichtig strich er ihr über die rosig zarte Stirn, die sich unter seiner Berührung leicht kräuselte. »Sie ist so winzig.«

»Anita«, sagte Helene ermattet an die Hebamme gewandt, die diskret ins Zimmer zurückgekehrt war. »Sie soll Anita heißen.« Die Hebamme nickte und notierte den Namen im Geburtsprotokoll.

»Ich glaube, das gefällt ihr.« Georg setzte sich aufs Bett. Im Vorfeld hatten sie sich auf den Namen geeinigt. Helene hatte ihn aussuchen dürfen, für den Fall, dass es ein Mädchen werden würde. Achtsam übergab sie Georg das Baby. Er hielt es verkrampft und mit übertriebener Vorsicht, stützte das Köpfchen und seufzte leise. »Wie zerbrechlich sie doch wirkt.«

»Sie wird wachsen«, versicherte Helene.

»Ja, das wird sie.« Georg nickte beseelt. »Himmel, Lenchen. Es tut mir leid, dass wir uns gestritten haben.«

Helene seufzte erleichtert. »Mir tut es auch leid.«

Georg lächelte breiter und schaute verliebt auf sein Kind herab. »Sie ist wunderschön!« Das Mädchen betrachtete seinen Vater durch schmale Augen, gähnte und gab ein leises Schmatzen von sich. Georg wirkte vollkommen hingerissen. Strahlend wandte er sich Helene zu. »Ich habe großes Glück, dich zu haben, Lenchen. Ich habe dich gar nicht verdient. Ich habe euch nicht verdient.« In seiner Stimme lag plötzlich etwas Niederschmetterndes.

Helene runzelte die Stirn, denn sein Tonfall passte nicht zu einem freudigen Ereignis wie diesem. Machte er sich etwa Vorwürfe, weil er so viel arbeitete?

Helene schüttelte energisch mit dem Kopf. »Nicht doch, Georg. Mach dir keine Sorgen. Dann bist du eben bei unserem nächsten Kind pünktlich«, erwiderte sie mit gespielter Ernsthaftigkeit.

Er sah sie einen Moment verwirrt an, dann entspannten sich seine Züge. Lächelnd schaute er auf seine Tochter herab. Anita war in seinen Armen eingeschlafen.

»Soll ich sie wieder nehmen?«, fragte Helene heiser. Allmählich spürte sie die Müdigkeit in den Gliedern. Die Geburt hatte sie all ihre Kräfte gekostet.

»Nein. Ich will sie nicht aufwecken. Ruh dich aus, Leni. Das hast du dir verdient. In der Zwischenzeit wache ich über unseren kostbarsten Schatz.«

Zufrieden sank Helene zurück in die Kissen. Ein erlösendes Gefühl flutete ihr Herz, als ihr aufging, dass es geschafft war. Der kleine Mensch aus ihrem Bauch hatte einen Namen. Von nun an war Helene eine Mutter, und dieser Umstand änderte alles.

»Wohin willst du denn, Liebes?«

Helene schnaufte leise aus, während sie sich langsam von der Tür ab- und zu ihrer Mutter hinwandte. Klara stand auf der Treppe, eine Hand auf das Geländer gelegt, und betrachtete Helene wachsam. Hinter ihr trat Katharina aus dem Schatten. Hatte sie sie etwa verraten? Innerlich verdrehte Helene die Augen. Fast wäre es ihr gelungen, sich aus dem Haus zu stehlen. Aber Katharina, die inzwischen nicht nur zur Zofe ihrer Mutter, sondern auch zu deren Spionin aufgestiegen war, beschattete sie zu jeder Zeit. Ausgerechnet! Ihr unschuldiges Getue trieb Helene die Zornesröte ins Gesicht. Kurz spielte sie mit dem Gedanken, sie bloßzustellen und ihrer Mutter freiheraus zu sagen, dass ihre doch so geachtete Kati seit mindestens zwei Jahren ein Verhältnis zu Alfred unterhielt. Der Moment erschien Helene aber nicht passend für so viel ungeschönte Wahrheit. Sie schluckte ihren Ärger hinunter und entschied sich für eine feinfühligere Taktik.

»Die Geburt ist fast vier Wochen her. Ich muss mal etwas anderes sehen als dieses Haus. Ich möchte Eva besuchen. Nur für eine Stunde«, erklärte sie und stieß auf eine verständnislose Miene.

Klara sah auf sie herab. In ihren Augen war Helenes Wunsch nach Abwechslung völlig absurd. »Du weißt sehr wohl, dass dir der Arzt Bettruhe verordnet hat. Du musst erst wieder zu Kräften kommen, Leni.«

Selbstverständlich hatte Helene nicht vergessen, dass Wunderlich ihr zur Vorsicht geraten hatte. Die Nachgeburt hatte sich zu spät abgelöst, in den Tagen nach der Entbindung hatte sie deshalb viel Blut verloren. Sie war so schwach gewesen, dass sie nicht einmal ihr Kind hatte stillen können. Fräulein Melmann hatte Anitas Versorgung übernommen und sie an die Flasche gewöhnt, wofür Helene ihr dankbar war. Beim Blick in den Spiegel fiel auch ihr die unnatürliche Blässe auf, die ihre Wangen beinahe durchscheinend weiß wirken ließ. Ihr ganzer Körper fühlte sich blutleer an. Klara hatte Käthe beauftragt, Helene mit viel rotem Fleisch zu versorgen, täglich kam also Rindfleisch auf den Teller. Dazu gab es nährstoffreiches Gemüse wie rote Bete und Mangold. Helene empfand das als übertrieben.

»Geh wieder zu Bett, Liebes«, befahl Klara mit sanftmütiger Strenge. Katharina ging die Treppe hinunter und auf Helene zu.

»Aber wenn du darauf bestehst, werde ich Eva bitten herzukommen«, fuhr Klara fort. »Ich bin sicher, sie wird es einrichten können. Wenn dir das die Ablenkung verschafft, die du brauchst.«

Widerstrebend reichte Helene Katharina ihren Mantel, Mütze und Schal. »Es ist nur zu Ihrem Besten, Frau Kronenberg«, versicherte sie ihr. Helene bedachte sie mit einem finsteren Blick.

»Ich lasse dir eine heiße Schokolade aufs Zimmer bringen. Wie wäre das?« Klara legte den Arm um Helene, sobald diese die Treppe hinaufgekommen war. Sanft schob sie sie weiter, als fürchtete sie, ihre Tochter könne es sich noch mal anders überlegen.

»Klingt wunderbar, Mama«, knurrte Helene.

»Du bist gereizt, Leni. Das verstehe ich. Mir ging es nicht anders nach deiner Geburt – oder denen deiner Brüder. Gefühlsschwankungen sind absolut normal.«

»Ich komme mir entsetzlich unbeholfen vor. Und kontrolliert. Das ist etwas anderes.«

Klara warf ihr einen missfälligen Seitenblick zu, sagte aber nichts. Helene presste die Lippen aufeinander. Sie hatte nicht undankbar erscheinen wollen, doch die Pflege ihrer Mutter erdrückte sie förmlich. Sie vermisste ihre Arbeit, ihr fehlte der Duft von geschmolzener Zuckermasse, von Lakritz und frischem Pfefferminz. Auf dem Flur im Obergeschoss war Anitas Wimmern zu hören, das lauter wurde und binnen eines Sekundenbruchteils zu einem herzzerreißenden Weinen anschwoll.

»Ich geh schon.« Helene machte sich von ihrer Mutter los und winkte das Kindermädchen fort, das just aus seinem Zimmer kam.

Fräulein Melmann betrachtete Helene überrascht. »Sie hat Hunger, gnädige Frau«, sagte sie ruhig.

»Würden Sie die Flasche vorbereiten? Ich werde sie ihr geben.«

Melmann nickte mit einem kühlen Lächeln und ging hinunter in die Küche, wo Glasflaschen und Milchpulver für das Neugeborene bereitstanden.

»Aber Lenchen, brüskiere die Melmann doch nicht so. Es ist ihre Zuständigkeit«, tadelte Klara sie leise.

»Entschuldige bitte, aber ich bin die Mutter! Wenn ich schon hier gefangen bin, kann ich mich wenigstens nützlich machen.«

Klaras Kiefermuskulatur spannte sich sichtbar an. In den vergangenen Tagen hatte sie Helenes schroffe Art hinnehmend ertragen. Jetzt wirkte sie, als stünde sie kurz davor zu explodieren.

Fräulein Melmann kehrte mit der Flasche zurück ins Obergeschoß. »Sie müssen die Temperatur nochmals überprüfen. Ich nehme an, Sie wissen, wie?«

»Natürlich«, antwortete Helene prompt. Etwas widerwillig übergab Melmann ihr die Flasche.

»Danke, wir kommen zurecht.« Helene verzog sich ins Kinderzimmer und schloss die Tür hinter sich. Nachdem Anita gefüttert und gewickelt war, wiegte sie sie an ihrer Schulter.

Die Kleine hickste. Zärtlich strich Helene ihrer Tochter über den Rücken, bis sich der Schluckauf gelegt hatte. Unverhofft hatte sie in der Gesellschaft ihres Babys einen friedvollen Moment gefunden – frei von der ausufernden Pflege ihrer Mutter. Die Unruhe, die Helene am Morgen verspürt hatte, war wie weggeblasen. Vorsichtig legte sie Anita in ihr Bettchen, verließ leise den Raum und ging hinunter.

Im Wohnzimmer empfing Klara sie mit einem beschwichtigenden Lächeln. »Schläft sie?«

Helene nickte.

Ihre Mutter betrachtete sie eingehend, als quälte sie ein schlechtes Gewissen. »Denk bitte nicht, wir würden dir nichts zutrauen, Lenchen. Es geht nur darum, dich zu unterstützen.«

»Schon gut.« Sie winkte ab und ließ sich in einen Sessel plumpsen.

»Sag, weißt du, wann Georg wieder zurück sein wird?«, erkundigte Klara sich nach einer Pause.

»Gestern Abend habe ich mit ihm telefoniert, da hieß es, die Verhandlungen für die Pachtverträge der Läden seien so gut wie abgeschlossen.«

Misstrauisch hob Klara einen Mundwinkel. »Ist dem so? Sagte er das nicht schon letzte Woche?«

Helene unterdrückte ein Grummeln. Obwohl Klara kein Wort darüber verlor, wusste Helene, dass sie dem Schwiegersohn vorhielt, zu wenig für die Familie da zu sein. Sie hatte nicht ganz unrecht. Gleich nach Weihnachten war Georg zu einer zweiwöchigen Reise in die Schweiz aufgebrochen. Zwar rief er Helene jeden Abend an, doch sie konnte nicht leugnen, dass sie ihn lieber zu Hause sähe. Vor Anitas Geburt hatte sie sich an seinen Geschäftsreisen kaum gestört. Helene war selbst in der Fabrik viel beschäftigt gewesen. Oft hatte sie gar nicht gemerkt, wie schnell die Tage verstrichen waren. Nun, da sie nichts weiter hatte als dieses Haus und ihre Mutterrolle, beneidete sie ihren Mann jedoch um die Freiheit, die er weiterhin genoss.

Am übernächsten Tag richtete Helene sich mit Eva im Wintergarten ein. Mit Blick auf die Terrasse saßen sie von Decken umhüllt auf gepolsterten Rattan-Stühlen und tranken warmen Honigtee. Draußen jagte Viktor seiner kleinen Schwester Evi hinterher. Der Himmel war fast wolkenlos, und die Sonne kündete vom baldigen Frühlingsbeginn. Eine Weile beobachteten Helene und Eva die Kinder beim Herumtollen und Spielen.

»Sie werden so schnell groß.« Eva lächelte verklärt, dann wandte sie sich Anita zu, die zwischen den Frauen in ihrem Kinderwagen schlummerte.

»Momentan geht es mir nicht schnell genug«, antwortete Helene. »Ich kann es kaum erwarten, wieder an die Arbeit zu gehen. Es ist so schrecklich eintönig hier.«

»Ja, aber das vergeht. Ehe du dich versiehst, ist dein Kind den Babyschuhen entwachsen und trifft eigene Entscheidungen.«

»Bis dahin ist es aber noch ein Weilchen hin.«

»Genieß es einfach«, riet ihr Eva. »Du weißt nie, wie viele Chancen dir vergönnt sind, als Mutter gebraucht zu werden. Und, wer weiß, womöglich kommt der Tag, an dem du es bereust, dir gewünscht zu haben, dass dein Kind schnell aus den Windeln raus ist.«

Helene seufzte. »Das ist für mich momentan schwer vorstellbar!«

»Ich meine ja nur. Kinder sind ein Segen. Und wenn Anita etwas älter ist, wird sie ein Geschwisterchen brauchen. Ein Kind unterm Herzen zu tragen, ist ein Wunder. Das hast du selbst gesagt, weißt du nicht mehr? Ich glaube, es war die Geburtstagsfeier deines Vaters.«

Helene nickte. Sie erinnerte sich daran, als wäre es erst gestern gewesen. Es war die letzte Gesellschaft, die sie in Köln erlebt hatte. Wenig später war sie nach Hamburg aufgebrochen, um Bonbonmacherin zu werden. Ihr Blick verlor sich verträumt auf Viktor und Evi, die sich ein ritterliches Gefecht mit Stöcken lieferten und dabei laut kicherten.

»Ich hoffe, ich bekomme noch eines«, sagte Eva plötzlich.

Helenes Brauen hoben sich und ihr Blick kehrte zu ihrer Schwägerin zurück, die in den vergangenen zwei Jahren zu ihrer engsten Freundin geworden war. Langsam schüttelte sie den Kopf. »Eva. Nein.«

Helene hatte etwas Feinfühligeres hinzusetzen wollen. Im Hinblick auf Evas Gesundheit brachte sie aber nichts zustande. Nach vier Abgängen und einer Steißgeburt, hatte der Arzt von weiteren Schwangerschaften abgeraten. Alle in der Familie kannten das Risiko und niemand erwartete von Eva noch mehr Kinder. Sie hatte ihre Pflicht erfüllt und Alfred den ersehnten Sohn geboren. Viktor war gesund und kräftig. Ein lebhafter, lieber Junge, der seine Mutter auf Trab hielt. Was wollte sie mehr?

Eva strich über Helenes Arm. »Ich fühle mich bereit, noch einmal Mutter zu werden. Alles würde gut gehen. Ich weiß es.«

Helene seufzte, bettete ihre Hand über die ihrer Freundin und spürte große Sorge in sich aufwallen. Eigentlich hatte sie ihr längst schonend beibringen wollen, dass ihr Mann sie mit einer anderen Frau betrog. Bisher aber fehlten ihr die richtigen Worte. »Und Alfred? Fürchtet er nicht, dir könne eine weitere Schwangerschaft schaden?«

Eva starrte vor sich hin, ihr Lächeln war wie eingefroren. »Er sagt, es sei mein Körper. Nur ich hätte darüber zu entscheiden.«

»Wie ungemein selbstlos von ihm«, murmelte Helene zynisch.

Eva nahm einen hörbaren Atemzug. »Zurzeit ist er sehr beschäftigt. Seit er in die Partei eingetreten ist, hat er wöchentliche Sitzungen. Und das zusätzlich zu seinen Terminen in der Fabrik.«

»O ja, ich hörte davon. Georg hat mich unterrichtet.« Dass ihr Bruder inzwischen Mitglied in der NSDAP war, schockierte sie nachhaltig. Er hatte sich von niemandem abhalten lassen – auch nicht von ihr. Die umstrittenen Machenschaften der Parteimitglieder hatte Alfred als Lügen und kommunistische Propaganda abgetan. Obendrein hatte er verlauten lassen, es würde sich für die Firma auszahlen, da jeder, der heutzutage etwas auf sich hielt, der Partei verbunden wäre. Helene stand seinem Gehabe skeptisch gegenüber. Für sie hatte sich die Politik nicht in die Belange der Unternehmer einzumischen, aber genau das geschah gerade. Mit Hitlers

Machtergreifung schienen sich die Grenzen zwischen Recht und Unrecht verschoben zu haben. Nicht nur Helene bereitete das Unbehagen.

»Was sagt der Arzt über deinen gesundheitlichen Zustand, Leni?«

Evas Frage holte Helene aus ihren Überlegungen. »Ich müsse mehr Geduld haben«, ächzte sie. »Dabei hatte ich davon noch nie besonders viel.«

Eva lachte. »Lenk dich ein wenig ab. Du könntest etwas nähen, stricken …«

»Ich und *stricken*? Eher nicht. Da habe ich zwei linke Hände.«

»Du könntest auch ein Album für Anita anlegen. Schreib alles auf, an das du dich erinnern möchtest. Kleinigkeiten, die einmal wichtig sein werden, vergisst man viel zu leicht. Leg ein Buch an und gestalte es nach deinen Vorstellungen, mit Fotos, einem Handabdruck, einer Haarlocke. So habe ich es bei den beiden auch gemacht. Ist das nicht ein schönes Andenken für später?«

»Ja, das könnte ich machen«, hauchte Helene nachgiebig.

»Schön! Und wenn unsere Kinder erwachsen sind, werden wir die Alben gemeinsam anschauen. Oh, darauf freue ich mich schon, Leni.«

Helene lächelte leicht. Ihre Freundin war eine Optimistin durch und durch. Wie schaffte es Eva nur, immer so hoffnungsvoll zu sein? Mit etwas Glück würde ihr positives Denken eines Tages auf sie abfärben. Sie musste nur lernen, wie das ging.

»Danke, dass du da bist«, brach es aus Helene heraus.

»Ach, ist doch selbstverständlich.« Eva wandte sich wieder ihren Kindern zu, und ihre Augen strahlten dabei so viel Freude aus, dass es nicht zu übersehen war: Die beiden waren Evas Leben. Sie blühte im Muttersein auf und nichts schien ihr wichtiger zu sein. Im nächsten Augenblick fragte Helene sich, ob etwas mit ihr nicht stimmte. Wieso war sie nicht zufrieden damit, wie ihr Leben momentan war?

⋙ KAPITEL 5 ⋘

Frühling 1934

Im April trafen erste warme Sonnenstrahlen auf den teils noch gefrorenen Boden und der Geruch des Frühlings erfüllte die Luft. So wie die Natur aufblühte, fand auch Helene zu alter Stärke zurück. Stundenweise war sie wieder in der Fabrik tätig, arbeitete an neuen Ideen und überwachte Produktion und Handel.

Anitas Taufe fand am letzten Sonntag des Monats in der Jesuitenkirche St. Peter statt. Henri war nicht ausfindig zu machen gewesen. Als Ersatz für ihn hatte Helene ihre Tante für das Patenamt vorgeschlagen. Zu der einzigen Schwester ihres Vaters hatte sie ein inniges Verhältnis. Sowohl Tante Astrid als auch deren Lebensgefährtin Laurie waren für Helene Vorbilder. Zeitlebens verdienten sie ihr eigenes Geld und scherten sich nicht darum, was andere von ihnen dachten. Ihre Entschlossenheit, Astrid und Laurie durch die Patenschaft auszuzeichnen, war jedoch an Georgs Skepsis gescheitert. Er hatte sich vehement dagegen ausgesprochen, den beiden eine wesentliche Rolle in der christlichen Erziehung seiner Tochter zu übertragen. In einem hitzigen Streitgespräch hatte er seine Befürchtung darüber geäußert, dass deren Lebensmodell zu viel Aufmerksamkeit auf die Familie lenken würde, da eine Beziehung zwischen zwei Frauen auch schon vor Hitler in der Gesellschaft verpönt gewesen war. Helene hatte seine Sicht der Dinge in Aufruhr versetzt. Sie hatte ihm Intoleranz und Engstirnigkeit vorgeworfen. Klara hatte sich überraschend eingemischt und Georg beigepflichtet. In der Folge hatte Helene, der Harmonie wegen, nachgegeben und sich mit Alfred und Eva als Paten arrangiert.

Ihre Unzufriedenheit über diese Entscheidung trug sie jedoch weiterhin unbewusst nach außen. Am Abend der Taufe kamen Verwandte in der Villa zusammen, und Astrid rückte zu ihr auf. Wie immer schien sie genau zu wissen, was in ihrer Nichte vorging. »Mach dir keine Gedanken, Leni. Ich verstehe euren Antrieb. Außerdem … ihr seid Geschwister und irgendwann kommt gewiss einmal die Zeit, in der ihr zusammenhalten müsst. Es sogar wollt, weil ihr einander in einem anderen Licht seht.«

»Ja. Vielleicht.« Helene vergötterte ihre Tante für deren Weitsicht und Weisheit. Sie verstand, dass es Astrid nicht auf die Patenschaft ankam. Für sie war es lediglich ein Begriff, der an Bedeutung gewinnen konnte oder eben nicht.

Astrid war in ihrem Leben viel herumgekommen, hatte Persönlichkeiten wie Marie Curie und Rilke kennengelernt. Daneben war sie mit den Eigenarten einer Fabrikantenfamilie vertraut, weil sie wie Helene sozusagen in der Produktionshalle groß geworden war. Zur Zeit der Jahrhundertwende waren die gesellschaftlichen Regeln noch deutlich strenger gewesen, trotzdem hatte sie den Absprung geschafft und sich als Künstlerin in der Provence einen Namen gemacht und, ganz nebenbei, ihre Seelenverwandte getroffen.

Gemeinsam feierten sie legendäre Kulturbälle mit gleichgesinnten Freunden. Helenes Vater hatte »solche Ausschweifungen« verachtet. Theodor von Ratschek war konservativ gewesen. Tante Astrids Feste kannte Helene demnach nur vom Hörensagen. Doch sie hatte geplant baldmöglichst dabei zu sein, wenn sich die bunte Gesellschaft erneut im Haus am ungezügelten Strom der Loire traf.

Der Tag hatte Helene nachdenklich gestimmt. Wie in Trance wiegte sie Anita in ihren Armen. Es war längst dunkel draußen und die meisten Gäste hatten den Heimweg angetreten. Astrid küsste ihre Großnichte auf die Stirn.

»Du musst nicht ins Hotel. Du könntest hierbleiben«, schlug Helene vor.

Astrid lächelte gerührt. »Ich habe einst geschworen, nie wieder unter dem Dach dieses Hauses zu schlafen und daran halte ich mich.«

Helene ahnte, dass die Vergangenheit tiefe Wunden gerissen hatte. Verletzungen, die längst nicht verheilt waren – es vielleicht nie sein würden. Helene konnte nur Vermutungen darüber anstellen, welches Ausmaß der Konflikt im Hause von Ratschek angenommen hatte. Er war lange vor ihrer Geburt entstanden. Nur eins wusste sie mit Sicherheit: Das Zerwürfnis war Voreingenommenheit geschuldet. Der Sturheit ihres Vaters, der sich zeitlebens geweigert hatte, eine Schwester zu tolerieren, die eine Frau liebte.

Die Nacht hüllte die Straße am Rhein in Dunkelheit. Draußen war es so kalt, dass die Fenster beschlugen. In der Stube sorgte das Kaminfeuer für heimelige Wärme. Klara hatte sich in ihr Schlafzimmer zurückgezogen, und die meisten Dienstboten lagen schon in ihren Betten.

»Ich werde jetzt hoch gehen.« Helene schlang die Arme von hinten um Georg. Den Blick auf die lodernden Flammen gerichtet, nippte er an seinem Wein und tätschelte ihre Hand.

»Kommst du mit?«, raunte Helene verführerisch.

Georg lächelte schwach, ohne sich vom Kamin abzuwenden. Helene kam zwischen ihn und das Feuer, stellte sich auf die Zehenspitzen und suchte seinen Blick.

»Ich habe mir etwas aus Paris schicken lassen, das ich dir gerne zeigen würde.« Sie spitzte die Lippen, forschend nach seinem Kuss.

»Ein anderes Mal. Ich bin müde und ich muss morgen früh raus.« Wieder lächelte er flüchtig, dann entzog er sich ihrer Nähe – wie so oft in letzter Zeit.

»Wie lange wirst du diesmal weg sein?«

Helenes bissiger Ton veranlasste ihn, sie endlich anzusehen. »Ein paar Tage. Höchstens.«

»Kann ich dich begleiten? Ich hätte Lust, unsere Läden in Frankfurt zu besuchen«, bot sie sich an, obwohl sie wusste, dass sie in der Fabrik gebraucht wurde. Es ging ihr ausschließlich um seine Reaktion.

»Du würdest dich nur langweilen«, entgegnete er. »Birresheim und Melzer von der hessischen Handelskette sind sich nie einig. Sie diskutieren stundenlang und doch bringen sie damit die Geschäfte keinen Millimeter vorwärts. Da helfen nur Geduld und sehr viel Diplomatie.«

»Und du besitzt diese außerordentlichen Fertigkeiten?«

Er legte den Kopf schief und lächelte besänftigend. »Ich bemühe mich nach Leibeskräften.« Er trank sein Glas aus und stellte es leise auf dem Kaminsims ab. »Ich schlafe im Gästezimmer«, fügte er hinzu, küsste sie auf die Wange und verließ den Raum.

Wieder einmal blieb Helene verwirrt zurück. Hatte sie ihm nicht genug Zeichen gegeben? Sie wollte bei ihm liegen, ihn berühren, ihn spüren. Aber Georg hatte nichts für sie übrig außer einem flüchtigen Kuss. Eher wie ein Bruder als ein Ehemann, kam es ihr unwillentlich in den Sinn. Sowohl Eva als auch ihre Mutter hatten erwähnt, dass eine Ehe stetige Arbeit bedeutete. Besonders für die Frau, die sich andauernd neu erfinden musste, um dem Mann zu gefallen.

Eine Frau hielt die Familie zusammen – jenen Satz hatte Helene sich eingeprägt, obgleich er sich ungerecht anhörte. Warum wurden die Frauen für alles Glück und Leid verantwortlich gemacht? Eva jedenfalls war es nicht gelungen, ihrem Ehemann zu genügen. Und auch ihre Mutter hatte ihrem Vater nicht ausgereicht. Wie oft war er in Salons der Stadt eingekehrt, denen ein gewisser Ruf anhaftete. Angespannt rieb Helene sich die Schläfen. Fühlte Georg sich etwa von ihr bedrängt? Ihr fehlte es an Erfahrung mit Männern. Darüber konnte sie nur mit ihrer Freundin Magda sprechen. Die Offenheit und das Selbstbewusstsein ihrer ehemaligen Arbeitskollegin aus Hamburg waren für Helene eine Richtschnur. In Bezug auf Beziehungen war Magda ihr in vielem voraus. Helene nahm sich vor, ihr zu schreiben und vorsichtig ihre Anleitung zu erbeten. Wahrscheinlich sorgte sie sich unnötig. Immerhin verflogen Streitigkeiten zwischen ihr und Georg stets schnell. Dass er ihre Nähe abwies, hatte sicher nichts zu bedeuten. Dennoch blieb eine innere Unruhe in Helene zurück. Ein Gedanke drängte sich ihr dabei auf: Was, wenn er eine andere Frau hatte? Wenn er genug von ihr hatte – so wie Alfred von Eva?

Eilig schenkte sie sich ein Glas Cognac ein und leerte es sofort. Sie schlang die Arme um den Körper, in dem sie sich mit einem Mal seltsam ungeliebt vorkam. Nach Anitas Geburt hatte sie beinahe ihre schlanke Figur wiedererlangt. Nur ihre Brust war fülliger geworden, die Rundungen weiblicher. Warum also stieß Georg sie von sich?

Sie goss sich Weinbrand nach, nippte vom Glasrand und betrachtete sich grübelnd im Spiegel. Ihr glänzendes Haar lag weich und wellig um ihre Schultern. In dem zyanenblauen Kleid mit dem tiefen Ausschnitt gefiel sie sich – eigentlich. Helene hatte es für ihn gekauft, für Georg. Früher wäre ihm das aufgefallen. Er hätte ihr ein Kompliment gemacht, sie ins Schlafzimmer gezogen und sie zärtlich aufs Bett gehoben. Was war nur geschehen? Verdrossen starrte sie ihrem Konterfei entgegen. Beim Gefühl, nicht länger begehrenswert zu sein, ließ sie die Schultern hängen und der letzte Tropfen des Cognacs glitt schwer wie Blei ihre Kehle hinunter.

»Du musst das Feuer neu entfachen, Liebes.«

Sobald Helene den Rat ihrer Mutter gehört hatte, bereute sie es, sich ihr anvertraut zu haben. Helene schob den Teller mit dem Rührei von sich und stöhnte leise.

»Eine Flaute ist nicht ungewöhnlich«, fuhr Klara erbarmungslos fort und verstrich vornehm die Butter auf ihrem Brötchen. »Dennoch … es hat einmal funktioniert, also klappt es auch wieder.«

»Wovon reden wir hier, Mama?«, fragte Helene irritiert.

»Na, vom Beischlaf natürlich.« Klara ignorierte Helenes schockierten Blick und schlug ihr Frühstücksei mit dem Löffel an, ehe sie es sogfältig von der Schale befreite. »Eine Schwangerschaft stellt eine große Veränderung im Leben eines Mannes dar, Leni. Mitunter muss sich der ein oder andere erst an die körperliche Wandlung seiner Frau gewöhnen.«

»Körperliche Wandlung?«, wiederholte Helene entgeistert. »Wenn Männer wirklich so unflexibel sind, dann sind wir alle verloren.«

»Ach, Liebes. Du weißt, wie ich das meine.«

»Bedaure. Leider weiß ich überhaupt nicht, worauf du hinauswillst.«

»Ich hatte dich gewarnt, Lenchen. Die Ehe ist eine Institution, in der wir Frauen zu funktionieren haben. Sie sollte gut gewählt sein.«

Helene stierte schweigend vor sich hin. Dass ihre Mutter altmodische Vorstellungen hatte, hatte sie ihr nie vorgeworfen. Wie hätte sie das auch gekonnt? Es würde nichts bringen, sie zu belehren. Ihr zu sagen, dass sich die Zeiten geändert hatten. Dass das Schicksal einer Familie nicht allein in den Händen der Ehefrau, Mutter oder Schwester lag. Auch die Männer konnten ihren Beitrag leisten. Umso überraschter war sie, als ihre Mutter einfühlsamer nachlegte: »Natürlich gehen beide Parteien mit der Ehe gewisse Verpflichtungen ein. Es kann nicht sein, dass Georg sich ständig herumtreibt. Das solltest du ihm unbedingt begreiflich machen. Die Leute reden bereits.«

Helene blickte mit gekräuselter Stirn zu ihr auf. »Er treibt sich nicht herum. Und ich habe nie viel auf das Gerede der Menschen gegeben. Das weißt du.«

Sie wollte gar nicht wissen, was ihre Mutter glaubte, gehört zu haben. Gleichzeitig kam Helene der Gedanke, dass sie zukünftig achtsamer sein mussten. Schlagabtäusche zwischen Georg und ihr hatte es in den vergangenen Monaten zuhauf gegeben. Häufig ließ er sie kurzfristig allein, so dass sie ohne ihn zu Gesellschaften erscheinen musste, zu denen sie zusammen erwartet wurden. Der Ärger war dann unvermeidbar. Zähneknirschend rührte Helene Zucker in ihren Kaffee.

»Du musst ihn wieder an dich heranführen«, sagte Klara und gab sich als Expertin aus. »Sei ruhig erfindungsreich. Männer brauchen es ab und an, an die Hand genommen zu werden. Wenn du verstehst, was ich meine.« Ihr anzügliches Grinsen und ihre sich auf und ab bewegenden Brauen bereiteten Helene eine Gänsehaut. Nie zuvor hatte sie ihre Mutter so reden hören. Bis zu diesem Morgen hatte Helene keine Ahnung gehabt, dass sie dazu überhaupt fähig war.

»Es ist nicht gut, wenn ihr ständig getrennt seid«, betonte

Klara und tupfte sich mit der Serviette ihre Mundwinkel ab. »Man entzweit sich, wenn man sich nie sieht.«

»Es ist nur vorübergehend. Er wird seine auswärtigen Geschäfte abgeben, sobald er jemanden gefunden hat, der ihn vertritt.«

»Hat er dir das versichert?«

Helene atmete hörbar aus, dann schnalzte sie mit der Zunge. »Nein. Es war mein Entschluss.«

Klara hob zweifelnd die Brauen.

»Es sind bereits einige Bewerbungen eingegangen. Ich denke, wir werden schnell einen passenden Kandidaten haben. Ich nehme die Auswahl selbst vor. Georg überlässt sie mir.«

»Oh, wie nett«, zischte Klara, und die pure Ironie schlug Helene entgegen. Kurz fragte sie sich, wann ihre Mutter angefangen hatte, Georg so gering zu schätzen. »Hast du eigentlich vor, dich an die neuen Kriterien zur Bewerberauswahl zu halten?«

»Wenn du damit meinst, ob ich Juden von vornherein ausschließe, dann … nein. Das habe ich sicher nicht vor.« Allein, dass Alfred diese Bitte an sie herangetragen hatte, hatte Helene als Wahnwitz empfunden. Allerdings kam sie von oberster Stelle. Die Parteiführung hatte alle Unternehmer in einem Anschreiben dazu angehalten, keine Juden mehr zu beschäftigen. Bisher hatte Helene sich dem widersetzt und sie hatte nicht vor, daran etwas zu ändern.

»Die Konfession hat nichts mit der Befähigung zu tun, einer Arbeit nachzukommen, Mutter«, stellte sie klar und berief sich dabei auf die Tatsache, dass es nur eine Empfehlung der Regierung war und kein Befehl. Dennoch wunderte es sie, dass ihre Mutter überhaupt davon wusste. Konspirierte sie etwa mit Alfred?

»Ist schon recht. Ich will dir auch nicht reinreden, Leni«, milderte sie sogleich ihren Ton. »Ich will nur, dass meine Kinder glücklich sind. Das ist es am Ende, was wirklich zählt.« Sie ließ ein lautes Seufzen hören, und Helene ahnte, dass die Stimmung am Tisch umgeschlagen war.

»Henri habe ich schon verloren«, wimmerte Klara und schnäuzte sich in ihre Serviette. »Ich weiß, ich war nicht immer für ihn da, wenn er mich brauchte. Und, Gott helfe mir, ich stand nicht so zu ihm, wie eine Mutter es hätte tun sollen. Aber ich bin keine besonders starke Frau. Dem ist nun mal leider so.«

Ihre Traurigkeit war ansteckend und ihre Selbstreflexion bewundernswert, trotzdem fand Helene keine aufbauenden Worte. Ihre Gedanken schweiften ab und verhakten sich in dem Knäuel aus Vertuschungen und Geheimnissen, das ihre Mutter hütete. Seit Henri fortgegangen war, erlebte Helene sie stiller und in sich zurückgezogener. Oft wirkte Klara wie gefangen in ihren Gedanken an ihren jüngsten Sohn. Ohne jemals auszusprechen, was sie belastete. Helene verabscheute diese Verschwiegenheit, die sich wie eine schwere Eisenkette um ihre Familie gelegt hatte. Sie verstand nicht, wieso ihre Mutter keine Anstalten machte, sich davon zu befreien.

Seufzend legte Helene die Hände in ihren Schoß und lehnte sich nach vorn. »Mama? Sollte ich irgendetwas wissen?«

Klara holte tief Luft. Für einen Moment sah sie ihre Tochter durch glitzernde Augen an, bevor sie den Kopf hängen ließ.

»Ist etwas mit Henri? Geht es ihm gut?«, fragte Helene heiser.

Klara schüttelte sich, als wäre sie kurz eingenickt. Sie räusperte sich, rieb sich die Stirn und schaute zu ihr auf. »Ich weiß nichts von Henri. Jedenfalls nichts darüber, wie es ihm geht. Ich nehme an, es geht ihm gut. Jetzt, da er sich von seiner bornierten Familie losgelöst hat.«

Helene zog die Brauen zusammen. Warum redete ihre Mutter so?

»Du hast ihn nicht in die Flucht getrieben«, versicherte sie ihr, weil sie glaubte, dass das der Grund für die Niedergeschlagenheit ihrer Mutter war.

Klara schaute ins Leere und legte den Kopf schief. »Nicht nur, nein. Aber eben auch«, sagte sie mit vorgetäuschter Beiläufigkeit. Sie stand auf, ging zum Spirituosenschrank und bediente sich am Cognac.

»Muss das sein? Es ist noch nicht einmal acht Uhr.«

»Für die Nerven.« Klara hielt das Glas mit zittriger Hand, setzte es an ihre Lippen und trank den Weinbrand, als wäre er eine Arznei. Helene behielt ihre Empörung für sich. Sie konnte ihrer Mutter nicht helfen, wenn diese keine Hilfe wollte. Nach sechs vergeblichen Versuchen, sie vom Alkohol zu entwöhnen, mittels Kurkliniken und Ärzten, hatte Helene vorerst aufgegeben.

»Es wird Zeit für mich.« Sie schob leise ihren Stuhl an den Tisch. »Ich verabschiede mich noch von Ani.«

Helene wollte gerade das Esszimmer verlassen, da hielt ihre Mutter sie am Arm zurück und betrachtete sie eindringlich. »Du riskierst dein Glück, wenn du dich nicht endlich weniger auf die Arbeit und mehr auf deine Ehe konzentrierst.«

Erbost machte sich Helene von ihr los.

»Du hörst nicht auf mich.« Klara lachte abfällig und fügte matt hinzu: »Genau wie dein Bruder.«

Kurz standen sie sich schweigend gegenüber. Helene schluckte eine Erwiderung hinunter. Manchmal hatte sie einfach keine Kraft mehr, das Selbstmitleid ihrer Mutter mitanzusehen. »Danke für diese Ausführung, Mama. Aber nach diesem Gespräch heute denke ich nicht, dass dich meine Ehe irgendetwas angeht. Es war ein Fehler mit dir darüber zu reden.« Sie ließ sie stehen.

Im Kinderzimmer nahm sie Anita von Fräulein Melmann entgegen. Etwas zu hastig schaukelte sie ihr Kind in den Armen. Melmann musterte sie verunsichert. »Sie hat einen gesunden Appetit, Frau Kronenberg. Bald schon können wir mit der Beikost beginnen«, erklärte sie.

Helene schenkte ihr ein dankbares Lächeln und wandte sich erneut ihrer Tochter zu. Anita war schon wieder gewachsen. Sie kam Helene ganz verändert vor. Ihre Haare waren dichter und heller geworden. Sie kringelten sich zu feinen Locken. Anita schaute ihrer Mutter aus großen, wachen Augen entgegen, die so einnehmend blau waren wie das Meer an Madeiras Küste. Genau wie die ihres Vaters, dachte Helene und spürte einen Kloß im Hals. Als hätte ihre Mutter sie mit der Melancholie wie mit einem Schnupfen angesteckt, wallte eine Art von Verlustangst in ihr auf.

Anita blinzelte mehrmals hintereinander, dann formte sich ihr Mund zu einem Lächeln, das die Polkappen zum

Schmelzen bringen konnte. Sie gab ein leises Gurren von sich, als wolle sie Helene etwas mitteilen. Mit einem Mal hatte sie große Schwierigkeiten, sich von ihrem Kind zu lösen. Erstaunlicherweise sah Helene auch das Gespräch mit ihrer Mutter in einem ganz anderen Licht.

»Glauben Sie, ich nehme mir zu wenig Zeit für sie, Fräulein Melmann?«, fragte Helene, ohne von ihrer Tochter aufzusehen.

Melmann strich sich über den mausgrauen Dutt, trat an sie heran und schaute mit strenger Miene auf Anita herab. »Es steht mir wirklich nicht zu, darüber zu urteilen, gnädige Frau.«

»Hm«, machte Helene nachdenklich. Melmann war schwer zu durchschauen. Zögerlich gab sie Anita in ihre Obhut zurück. »Was, wenn sie es mir irgendwann nachträgt, dass ich nicht immer da war?«

»Ach, wissen Sie, Kinder vergessen schnell.«

Helene nickte nachdenklich, ehe sie sich widerwillig auf den Weg in die Fabrik machte. Was war nur los mit ihr? Diese Gefühlsduselei stand ihr nicht. Es gab noch so vieles zu erledigen. Im Büro häuften sich die Aufträge, Listen mit Zutaten mussten durchgesehen werden, Preise verglichen. Der Vorstand forderte seit Wochen neue Rezeptvorschläge von ihr. In der Experimentierküche warteten Früchte, Zuckerberge und Lakritz darauf, in Köstlichkeiten verwandelt zu werden. Doch alles, wonach sie sich sehnte, war ihr Kind. Und nach Georg.

⪢ Kapitel 6 ⪡

Im Sommer wurden die Tage länger. An den Ufern des Rheins kamen die Menschen zum Picknicken zusammen. Helene hatte Franziska in ihre Arbeit als ihre persönliche Assistentin eingeführt und war rundherum zufrieden mit dem Mädchen. Nur am Selbstbewusstsein haperte es. Franziska redete sehr leise und niemals viel. Sie litt darunter, auf ihre Hand angesprochen zu werden. Wer dazu schwieg, der starrte – was ihre Unsicherheit nur noch mehr befeuerte.

An einem Dienstagmorgen waren sie gemeinsam in der Schneiderei Klasen, um das Design der neuen Schürzen für die Bonbonmeisterei zu begutachten. Später sollte Franziska solche Aufgaben allein erledigen. Klasens waren für ihr handwerkliches Geschick bekannt. Es gab kaum einen Wunsch, den sie nicht umsetzen konnten. Schon Helenes Vater hatte sich seine Anzüge dort nähen lassen. Der Inhaber, Karl Klasen, war mit ihm zur Schule gegangen, weshalb die Familien, neben einer Geschäftsbeziehung, eine Freundschaft verband. Früher hatte Klasens Frau Hanna Helene oftmals Taschentücher mit hübschen Blütenmustern oder kleine Stofftiere zugesteckt, die sie in ihrer Nähstube im Obergeschoss des Hauses anfertigte.

Während Helene Stoffmuster durchging, sah Franziska sich im Laden um. Besonders die Auswahl an Handschuhen auf den hohen Ständern und in den Regalen hatte es ihr angetan. Weiße Seide, feines Leder, Strick und Baumwolle in sämtlichen Farben und Größen. In Klasens Geschäft gab es für jeden etwas.

»Willst du sie mal anprobieren?«, fragte Hanna, der Franziskas Interesse aufgefallen war.

»O nein. Ich … lieber nicht.« Ihr Blick glitt auf ihre Hand, die sie stets in der Manteltasche versteckt hielt.

»Ah, ja. Ich hörte davon.« Hanna musterte sie voll Mitgefühl. »Darf ich mal sehen?«

Zaudernd zog Helene ihre entstellte Hand aus der Tasche. Hanna berührte sie. Mit Vorsicht strich sie über die knotigen Vernarbungen und die Fingerstümpfe. »Tut es noch weh?«

Franziska nickte matt.

»Vielleicht kann ich da was machen.« Hanna nahm Maß von Franziskas Hand. Als Nächstes wandte sie sich an Helene. »Kann ich euch Tee bringen lassen?«

»Sicher. Gerne doch«, antwortete Helene und wechselte einen fragenden Blick mit ihrer jungen Assistentin. Franziska zuckte ratlos mit den Schultern. Hanna aber nickte entschlossen. Sie nahm einen Handschuh aus dem Regal und ging damit ins Hinterzimmer.

Eine Angestellte brachte Helene und Franziska den Tee. Während sie tranken und warteten, hörten sie das eifrige Surren und Klackern einer Nähmaschine. Keine Viertelstunde später kehrte Hanna mit dem Handschuh zu ihnen zurück. Fachmännisch stülpte sie ihn über Franziskas linke

Hand und überprüfte die Passform. »Und? Wie fühlt er sich an?«

Franziska lächelte perplex. »Ich merke ihn kaum.«

Hanna begutachtete ihr Werk und legte sich locker das Maßband um den Hals. »Genau so soll es sein. Und er gibt dir Stabilität. Das sollte die Schmerzen erträglicher machen.«

»Ich danke Ihnen!«, hauchte Franziska überwältigt.

»Nicht dafür«, sagte Hanna und strahlte. »Ein hübsches Mädchen sollte sich auch hübsch fühlen dürfen.«

Trotz zufriedenstellender Geschäfte gab es in der Süßwarenfabrik nur wenige Posten zu besetzen. Die Wirtschaft litt immer noch unter den Folgen des Börsenkrachs. Man hatte sich verkleinert, sparte an Dienstboten und war weit weniger spendabel. Dennoch hielt Helene an der Gepflogenheit ihres Vaters fest und führte einmal im Monat Bewerbungsgespräche.

An diesem Morgen betrat Helene den Geschäftstrakt des Werks durch den Haupteingang. Ungewöhnlich lange verharrte sie in der Empfangshalle vor der Bonbonwalze ihres Großvaters, die als eine Art Familienmonument auf einer Granitplatte ausgestellt worden war. Sie stammte aus Zeiten, in denen eine Fabrik wie die ihre unabhängig von Politik und gesellschaftlichem Interesse bestand.

»Beeindruckend, oder?«, sagte jemand. Blinzelnd drehte Helene sich um. Neben ihr stand ein junger Mann in schickem Anzug und mit ordentlich gebundener Krawatte. Sein dunkelblondes Haar war mit Pomade streng nach hinten gekämmt. Staunend schickte er seinen Blick umher, und Helene tat es ihm automatisch nach.

»Schon als Kind träumte ich davon, diese Fabrik einmal von innen zu sehen. Oder, noch besser, eines Tages hier zu arbeiten«, verriet der Mann freudig.

»Sie bewerben sich?«, fragte Helene.

Er nickte mit einem verstohlenen Grinsen, dann nestelte er nervös an seinem Hemdkragen. »Auch wenn die Chancen schlecht stehen für jemanden wie mich. Ich habe noch keine Berufserfahrung. Frisch von der Universität, wenn Sie verstehen? Vermutlich kommen Hunderte Kandidaten auf diese eine Stelle im Außendienst.«

»So in etwa.«

Er zog kurz die Oberlippe hoch, dann wurde er wieder heiter. »Nun, meine Mutter sagt immer, es kommt auf den Versuch an. Wer nichts wagt, der kann nichts gewinnen.«

Helene gefiel sein sympathisches Wesen. Er hatte etwas Feuriges an sich.

»Na ja, eigentlich ist es auch egal.« Er zuckte leicht mit den Schultern. »Wenn ich mir das alles hier so ansehe, bin ich glatt gewillt, jede freie Stelle anzunehmen.«

Helene geriet ins Schmunzeln, denn er erinnerte sie an sich selbst. Als sie vor knapp sieben Jahren im Geschäftshaus der Spiegels in Hamburg aufgeschlagen war, hatte sie genauso gedacht wie er. Damals hätte sie alles gemacht, nur um zur Firma dazuzugehören.

»Sind Sie auch hier wegen einer Bewerbung?«, erkundigte der Mann sich.

Helene druckste herum. »Nun, das kann man so sagen.«

»Dann wünsche ich Ihnen viel Erfolg. Sie machen das sicher gut.«

Sie musste lächeln. »Vielen Dank.«

»Wahrscheinlich werden Sie eher in der Produktion tätig sein wollen, habe ich recht? Oder im Büro?« Er musterte sie forsch.

Helene überlegte kurz. Sie wollte ansetzen, ihn aufzuklären, da merkte er an: »Also ich fände es nicht schlecht, gleich hierzubleiben.« Er sprach so leise und andächtig, als befänden sie sich nicht in der Vorhalle eines Süßwarenherstellers, sondern in einer Kathedrale. »Ist es nicht gigantisch und zauberhaft zugleich?« Seine grünen Augen funkelten regelrecht.

»Das ist es«, stimmte Helene zu.

»Oh, verzeihen Sie. Ich Esel, habe mich Ihnen noch gar nicht vorgestellt.« Er hielt ihr die Hand hin. »Ich bin Emil. Emil Vogelsang.«

Helene schüttelte seine Hand. »Freut mich sehr, Sie kennenzulernen, Emil Vogelsang.«

»Frau Kronenberg!« Franziska kam eilig über den Flur getippelt und durchbrach die vertrauliche Stimmung. »Ihr Acht-Uhr-Termin wartet vor Ihrem Büro.«

»Danke, Franzi. Ich gehe sofort hinauf«, antwortete Helene. Sie wandte sich Vogelsang noch einmal zu. Dieser betrachtete sie verwundert mit offen stehendem Mund.

»Ich nehme an, wir sehen uns dann später, Herr Vogelsang«, sagte sie und zwinkerte ihm zu. Helene hatte ihre Wahl getroffen, ehe sie alle Bewerber kennengelernt hatte. Als sie Vogelsang schließlich in ihrem Büro begrüßte, machte sie das auch deutlich. Seine Erleichterung stand ihm ins Gesicht geschrieben. Er bedankte sich überschwänglich und schwor, dass sie es nicht bereuen würde.

»Denkst du nicht, du überstürzt da etwas?« Mit der Zigarre im Mund drehte Alfred die Zeitung in seiner Hand und blätterte zum Wirtschaftsteil. Es war Nachmittag, doch es war so bewölkt, dass alle Lichter im Büro eingeschaltet waren, das einst ihrem Vater gehört hatte. Wenngleich auch die Einrichtung an Alfreds Geschmack angepasst worden war, kam Helene nicht umhin, ihren Papa darin zu sehen, wie er an seinem Schreibtisch Bücher wälzte und Süßholztee trank. In Momenten wie diesen erkannte Helene schmerzlich die Ähnlichkeit zwischen Vater und Sohn. Die gleiche längliche Nase, dieselbe klar definierte Kinnlinie. Mittlerweile hatte Alfred sogar einen gezwirbelten Schnurrbart und schmale Koteletten – genau wie Vater es getragen hatte. Er sah aus wie eine jüngere Version von ihm. Helene starrte sich still an ihm fest. Ihr war die Ähnlichkeit fast unheimlich.

»Der Außendienst ist ein repräsentativer Posten und dieser Vogelsang ist …« Alfred schnalzte mit der Zunge.

»Genau der Richtige«, half Helene ihm auf die Sprünge.

Er schaute sie kritisch über den Zeitungsrand hinweg an. »Ich weiß, es ist dir eilig, Helene. Mutter erzählte davon, dass ihr …«

»Unsere Mutter hat damit nichts zu tun«, unterbrach sie ihn echauffiert.

»… Entlastung braucht«, fuhr er unbeirrt fort. »Das ist doch keine Schande. Ich bin der Letzte, der dafür kein Verständnis aufbringt. Aber vielleicht solltest du deine Stunden hier reduzieren. Würde das nicht das Problem effektiver lösen als eine achtlose Personalentscheidung?«

»Ich denke nicht, dass sie achtlos ist. Ich habe ein ausgesprochen gutes Gefühl bei Herrn Vogelsang.«

»Ach, so ist das.« Er legte die Zeitung ab und lehnte sich zu ihr vor. »Warum hast du das nicht gleich gesagt?«

»Du nimmst mich nicht ernst«, entgegnete sie erbost.

»Tue ich nicht, nein. Du lässt dich nämlich allzu oft von deinen Gefühlen fehlleiten, liebe Schwester.« Er kramte in der Schreibtischschublade und holte einen Brief hervor.

»Was ist das?«

»Eigentlich wollte ich das nicht in der Firma mit dir besprechen. Allerdings denke ich, wir sollten in dieser Angelegenheit keine Zeit verlieren.«

Helene entfaltete das Schreiben. Es kam von einem Anwalt aus Bremen, der eine Firma Uppers, Herstellerin von Fruchtgummi, vertrat. Eines stach ihr sofort ins Auge: Es war ihr Name, der in Verbindung mit einem Urheberrechtsverstoß genannt wurde. Helenes Puls beschleunigte blitzschnell. Ihr wurde erst furchtbar heiß, dann eiskalt.

»Was hast du dazu zu sagen?« Alfreds Stimme riss sie aus der Schockstarre, doch sie war unfähig zu antworten.

»Ein Plagiatsvorwurf ist eine ernste Sache, Helene.«

Ungläubig las sie den Brief erneut. »Das kann nur ein schlechter Scherz sein. Ich habe nichts gestohlen! Ich kenne diese Firma nicht einmal. Worum geht es überhaupt?«

»Lies das Kleingedruckte. Es geht um deine Erdbeer-Taler.«

»Die habe ich in Hamburg entworfen. Das ist Jahre her.«

»Laut der Firma Uppers hat diese sie schon 1928 auf den Markt gebracht. Zutaten und Design stimmen mit unseren Süßigkeiten überein. Wir haben das geprüft.«

»Das ist vollkommen lächerlich!« Helene stemmte sich aus dem Sessel hoch, eine Hand zur Faust geballt. »Eine üble Nachrede. Nicht mehr. Die wollen uns erpressen, Alfred. Erkennst du das nicht? Diese Firma will etwas von dem, was wir haben.«

»Kannst du das beweisen? Hast du etwas Schriftliches oder irgendjemanden, der bezeugen kann, dass deine Idee zuerst da war?«

Helene grübelte angestrengt. Ihre Rezepte hingen in der Werkstattküche der Spiegels aus. Die Erdbeer-Taler waren darunter, da war sie sich sicher. Aber würde ihr Ausbilder und Freund Konstantin Brauns das noch bezeugen können? Abgesehen vom alten Bonbonmeister, der mittlerweile pensioniert war, wollte Helene nur einer einfallen, der es mit Sicherheit konnte, weil er Kopien ihrer Ideen für den Firmenvorstand hatte anfertigen lassen: Frederik Spiegel, Fabrikantensohn und ihr ehemaliger Verlobter. Die Beziehung war zu Ende gegangen, weil sie sich für Georg entschieden hatte. Seitdem hatte sie nichts mehr von ihm gehört. Helene hatte ihn zutiefst verletzt. Also warum sollte er sich plötzlich für sie einsetzen? Er war ihr nichts schuldig.

Betroffen und ratlos senkte sie den Blick, dann schüttelte sie den Kopf. »Es gibt keinen Beweis, fürchte ich.«

»Nun, das ist ein Problem«, stellte Alfred scharfsinnig fest.

»Nichtsdestotrotz, ich vermute, wir kriegen das schon hin. Immerhin ist diese Bremer Firma nicht besonders stark auf dem Markt vertreten. Wahrscheinlich sind die Hälfte des Sortiments Nachahmerprodukte. Unsere Anwälte kümmern sich bereits darum. Büdenbender hat sich persönlich dem Fall angenommen. Wir werden uns öffentlich dazu äußern müssen. Das ist lästig, aber daran kommen wir nicht vorbei. Besser wir geben der Presse Auskunft, als dass diese schmierigen Artikelschreiber sich irgendetwas aus den Fingern saugen.«

Helene nickte hastig. »Du hast sicher recht.«

»Der Termin für die Anhörung ist in drei Wochen. Ich schlage vor, du besprichst dich mit Büdenbender bezüglich deiner Aussage.« Alfred sah sie streng an.

»Ja, das tue ich«, murmelte sie, stand wie in Zeitlupe auf und ging zur Tür.

»Helene?«

Sie drehte sich ihm nochmals zu und schaute ihm besorgt ins Gesicht.

»Du kannst ihn einstellen. Diesen Vogelsang«, sagte er milde.

»Danke.« Helenes Mund verzog sich zu einem Lächeln. Zuletzt hatte er überzeugt gewirkt, dass sie unschuldig war, und das beruhigte sie. Sie war gezwungen, sich auf ihn zu verlassen, weil er ihr als Einziger helfen konnte. Georg hielt sich in Bern auf und war voraussichtlich nicht vor Ende nächster Woche zurück. Sie fühlte sich unsäglich allein gelassen und sehnte sich nach dem Rat ihres Vaters. Nie hätte sie gedacht, dass sie einmal von einem solchen Vorwurf betroffen sein würde. Ausgerechnet jetzt, da sie den Spagat zwischen Beruf und Familie hinzubekommen versuchte.

Am Abend telefonierte sie mit Georg. Er berichtete von langatmigen Vertretergesprächen, Verhandlungen mit der Schweizer Handelskette und der Arthritis seiner Mutter, die sich an seiner Anwesenheit im Ferienhaus erfreute. Helene ließ ihn reden und kam erst danach auf die Klage zu sprechen.

»Ach herrje«, ließ er verlauten und stöhnte in den Hörer. Helene wartete eine gefühlte Ewigkeit darauf, dass er sich zu ihrem Problem äußerte, sie beruhigte.

»Es klingt bestimmt schlimmer, als es ist. Urheberrechtsklagen kommen häufig vor und werden meist noch im Keim erstickt.«

Das alles wollte Helene nicht hören. Sie war wütend und überfordert und wünschte sich seinen Beistand. Dass sie sich mit einem so schwerwiegenden Vorwurf herumschlagen musste, raubte ihr die Energie, die für ihre Arbeit und ihre Tochter vorgesehen war.

»Kannst du nicht früher heimkommen?«, bat sie ihn nach einer Pause. »Wir vermissen dich.«

»Lenchen, ihr fehlt mir doch auch. Aber ich kann hier nicht weg. Wir stehen kurz vor einem großartigen Vertrag mit dieser Schweizer Handelskette. Was für ein Erfolg! Stell dir das nur mal vor.«

Helene atmete in den Hörer.

»Wenn alles funktioniert, wie ich es mir vorstelle, dann wird es bald nicht mehr notwendig sein, dass ich so oft fort bin. Hast du schon jemanden für den Außendienst im Sinn?«

»Ja. Ein sympathischer junger Herr, voller Elan und Esprit.«

»Großartig! Muss ich eifersüchtig sein?«

Sie lachte verhalten. »Nein. Aber er ist für den Posten mehr als geeignet. Ich mag ihn.«

»Dann stell ihn ein. Meine Erlaubnis hast du. Sag deinem Bruder, es war meine Entscheidung. Nur für den Fall, dass er Einwände hat.«

»Hat er nicht.« Sie war froh über Alfreds Entgegenkommen.

»Gut. Dann ist das geklärt.«

Eine weitere Pause entstand, in der beide in den Hörer seufzten.

»Komm bitte schnell nach Hause. Ich brauche dich hier, Georg.« Sie bettelte ungern und doch kam sie nicht dagegen an.

»Ach, Lenchen. Ich bin bald zurück, versprochen.«

⋙ KAPITEL 7 ⋘

Wie jedes Jahr bereitete man sich schon im August auf das Weihnachtsgeschäft vor. Um der Nachfrage gerecht zu werden, wurden mehr Fruchtgummis in leuchtend roter Farbe produziert, sowie Konfekt-Sterne und Dauerlutscher in Zuckerstangenform. Die Luft war von weihnachtlichen Düften erfüllt: Zimt, Anis, gebrannte Mandeln und Orangen. Im Widerspruch dazu stand die Sommersonne, die rücksichtslos aufs Dach der Fabrik knallte und im Innern alle ins Schwitzen brachte. Helene hatte regelmäßige Trinkpausen angeordnet. Hie und da führte das zu einem überfüllten Pausenraum, so auch an diesem Mittwochmorgen. Inbrünstiges Grölen drang hinaus in die Halle. Als Helene mit Helma nachsah, was es damit auf sich hatte, fanden sie im Pausenraum eine Handvoll Arbeiter vor, die sich um ein Poster von Marlene Dietrich geschart hatten, das an die Wand gepinnt worden war. Akrobatisch räkelte die Dietrich sich auf einem Hocker und offenbarte Strumpfhalter und Unterwäsche – ein Ausschnitt aus ihrem Film *Der blaue Engel*.

»Macht, dass ihr rauskommt!«, donnerte Helma, drängte sich zwischen die Männer und riss das Bild von der Wand. »Habt ihr keinen Anstand? Frau Kronenberg ist hier.«

Aufgescheucht stoben die Arbeiter auseinander, murmelten ein »Verzeihung« und flohen aus dem Raum.

»Törichtes Mannsvolk!«, rief Helma ihnen drohend hinterher.

»Das also gefällt den Männern von heute?« Helene deutete auf das Poster der berühmten Schauspielerin.

»Anscheinend«, nuschelte sie mit der Zigarette im Mundwinkel. »Ist alles von Amerika herübergeschwappt. Diese lockere Moral.« Kopfschüttelnd steckte sie sich die Zigarette an und inhalierte tief.

Helene musste an Frieda denken. Ihre mütterliche Freundin und frühere Vorarbeiterin in der Fabrik war in die USA ausgewandert, kurz bevor sie nach Hamburg gegangen war. Ob Frieda wohl genau so viel Anstoß an der Moral nahm wie ihre Nachfolgerin Helma? Helene stimmte es traurig, nicht zu wissen, was Frieda heutzutage beschäftigte. Sie hatte seit über einem Jahr nichts von ihr gehört.

Helma drehte das Poster in Händen, hielt es vor sich und legte die Stirn in Falten. »Das soll mal einer verstehen. Die Kerle sehen uns Frauen doch nur als Lustobjekte. Widerwärtig so was.«

Helene musste ein Grinsen zurückhalten, denn Helma hatte mit der Dame auf dem Bild nicht das Geringste gemein. In ihren Latzhosen, der Kurzhaarfrisur und mit der rauchigen Stimme wirkte sie oft maskuliner als viele ihrer männlichen Kollegen in der Fabrik.

»Dat arme Marlene«, knirschte Helma. »Wenn die nur wüsste, wie die sich an ihr aufgeilen.« Sie wollte das Poster gerade zerknüllen, da nahm Helene es ihr ab.

»Oh, ich denke, sie weiß es. Und ich wünschte, ich wüsste es auch.«

Helma sah sie missmutig an. »Als hätten wir nicht andere Probleme in diesem Land.«

Sorgfältig rollte Helene das Poster ein und verstaute es in ihrer Tasche, als Helma sich Kaffee einschenkte. Vielleicht, so dachte sie, würde es ihr eine Inspiration sein. In ihrer Ehe zu Georg war sie inzwischen so weit, dass sie nichts unversucht lassen wollte.

Helma setzte sich an den Tisch und schaute die Zeitungen durch, die darauf lagen. Für gewöhnlich waren sie eher politischer Natur, gespickt mit Berichten über Deutschlands Führer.

»Nicht zu fassen«, grummelte sie zwischen zwei Bissen Schmalzbrot. »Da folgen die einem Verbrecher und merken es nicht mal.«

»Du meinst die Parteimitglieder?« Helene setzte sich zu ihr.

»Mhm«, machte die Vorarbeiterin. »Ganz plötzlich will jeder dazugehören. *Märzgefallene* nennen die die Neuankömmlinge. Wie die Hunde sind sie. Machen brav Platz, wenn's das Herrchen gebietet.«

»Mein Bruder ist auch eingetreten«, verriet Helene beschämt.

Helma sah kurz zu ihr auf, gab ein leises Stöhnen von sich und blätterte um.

»Du hältst sie für gefährlich, diese Leute unter Hitler?«, hakte Helene nach.

Langsam stand Helma auf, schloss die Tür und kehrte an den Tisch zurück. »Universitätsprofessoren und Journalisten, die seine Machenschaften aufgedeckt haben, sind auf rätselhafte Weise verschwunden. Einfach so. Ein Reichspräsident, der Menschen aus dem Weg räumen lässt, die ihm missfallen, dem ist nicht zu trauen. Den muss man fürchten. Aber vor allem muss man ihn aufhalten.«

»Du denkst, dass er dahintersteckt?«

»Ich weiß es.«

Helmas Worte jagten Helene einen Schauer über den Rücken. Sie war bemüht, nicht zu viel über die politische Lage im Land nachzudenken. Die Anhörung, die in den kommenden Tagen stattfinden sollte, bereitete ihr schon genug Sorgen. Dennoch beunruhigte sie es zu wissen, dass ein Mann so viel Macht hatte. Mit Schrecken rief Helene sich sein Frauenbild ins Gedächtnis. Bestimmt gefiel es der Partei nicht gerade, dass sie neben Alfred das Familienunternehmen leitete.

»Es sind merkwürdige Zeiten«, brummte Helma und schob die Zeitung von sich weg.

»Was weißt du darüber?« Helene musste sie einfach fragen.

Helma zögerte, bevor sie sich ihr anvertraute. »Ich habe gehört, dass sie mittlerweile tatsächlich gegen Juden vorgehen. Ein Aufseher aus der Schuhfabrik nebenan hat es mir erzählt. Sie dulden es nicht, wenn Juden erfolgreich sind. Den Herrn Rensberg haben sie stundenlang verhört. Er musste beweisen, dass die Firma von seinem Vater gegründet wurde. Sie haben ihm vorgeworfen, er hätte sie von einem Deutschen gestohlen. Ist das zu fassen?«

Helene war verwirrt. »Wie kann man denn eine Firma stehlen? Außerdem … Herr Rensberg ist doch Deutscher. Wir kennen die Familie schon ewig.«

»Deutscher, ja, aber eben nicht nur.« Helma zuckte die Schultern. »Rensberg wurde jüdisch erzogen.«

»Wofür ist das relevant?«

»Ach, wer weiß das schon? Wir können nur hoffen, dass in unserer Regierung auch ein paar vernünftige Leute sind – Männer mit gesundem Menschenverstand, die diesem Irrsinn ein Ende setzen, bevor er sich ausdehnt. Zu behaupten, man sei allen anderen überlegen, ist gefährliches Gedankengut. Es schaltet Gewissen und Moral ab und verbreitet sich schneller als die Spanische Grippe.«

Helene schluckte schwer. Sie schätzte Helma, weil sie die Dinge hinterfragte. Sie war eine leidenschaftliche Kritikerin des Kapitalismus und setzte sich seit ihrer Jugend für Demokratie und sozialistisches Denken ein. Helene dachte kurz darüber nach, sie darauf anzusprechen, wie und wo sie agierte, sah dann jedoch davon ab. Für den Moment hatte sie genug eigene Schwierigkeiten zu bewältigen. Sich in Angelegenheit der Partei einzumischen, fehlte gerade noch. Nicht allein die Urheberrechtsklage setzte sie unter enormen Druck. Es gab Augenblicke, in denen sie fürchtete, unter all den Anforderungen zusammenzubrechen. Die Verantwortung für das Fabrikpersonal, das Streben nach einem erfüllten Privatleben und dem Erfolg der Firma zehrten an ihr. Bemerken durfte das niemand. Nach allem, was sie geschafft hatte, fühlte sie sich noch nicht ausreichend gefestigt in ihrer Position neben Alfred.

Am Abend telefonierte sie mit Magda, und es war, als hätten sie sich gerade erst gesehen, dabei lag ihr letztes Treffen schon drei Jahre zurück. Eigentlich hatte Helene ihren Rat wegen Georg erbeten, doch nun war die anstehende Anhörung wichtiger.

»Das ist nicht zu glauben«, regte Magda sich auf. »Du hättest es nicht nötig, zu stehlen. Nicht bei deinen vielen Ideen.« Sie kannte Helene gut genug, um zu wissen, dass deren Kreativität nahezu unerschöpflich war. »Was sagt denn Georg dazu?«

Helene seufzte leise. »Er betrachtet das eher nüchtern.«

»Du meinst, er nimmt die Situation nicht ernst genug?«

»Nun ja, was heißt ernst genug?«, stammelte Helene.

»Oje.«

Es wurde still zwischen den Freundinnen. Helene rang krampfhaft um Worte. Sie wollte Magda nicht in ihrem Denken bestärken, Georg sei nicht für seine Familie da. Sie hasste es zu jammern, inzwischen war sie jedoch so müde vom Alleinsein, dass sie es nicht mehr steuern konnte. Außerdem ließ sich Magda ohnehin nicht täuschen. Helene hatte in einem Brief erwähnt, dass sie ihren Ehemann kaum mehr sah, geschweige denn mit ihm in einem Bett schlief. Magda hatte daraus längst ihre Schlüsse gezogen.

»Hannes wird sich darum kümmern«, versprach sie. »Er sagte einmal, in der alten Werkstatt käme nie etwas weg. Da werden wir deine Rezepte schon finden. Verlass dich drauf.« Hannes war Helenes ehemaliger Kollege und Konkurrent aus der Spiegel-Fabrik. Mittlerweile war er zu einem Freund geworden und für Magda zu einem Ehemann. Nach

Konnis Pensionierung hatte Hannes dessen Stelle als Bonbonmeister übernommen, was dem jungen Paar ein ordentliches Einkommen einbrachte.

»Hier müssen doch noch irgendwo Notizen von dir sein, oder?«, fiel Magda ein.

Helene dachte nach. Tatsächlich hatte sie bei ihrer überstürzten Abreise aus Hamburg Rezepte und Ideen für neue Süßigkeiten an der Wand der Bonbonmacherei zurückgelassen, in dem Glauben, sie würde nicht lange fortbleiben. Darunter musste auch das Rezept für die Erdbeer-Taler gewesen sein.

»Könntet ihr nachsehen?« Hoffnung auf eine schnelle Entlastung wallte in ihr auf.

»Ja, sicher. Ich sage Hannes gleich Bescheid.«

Helene wusste, dass sie sich auf ihre Freunde verlassen konnte. Wenn es einen stichhaltigen Beweis gab, würde das Verfahren rasch eingestellt werden. So hatte es Büdenbender zu ihr gesagt. Mit etwas Glück würde sie ihren Namen noch vor Anhörungsbeginn reinwaschen können.

Georg traf am Samstagabend in Köln ein. Im Gepäck hatte er für Helene ein Kleid aus dunkelgrüner Seide und für seine Tochter einen Teddybären mit goldfarbenem Fell und dunklen Glasaugen. Er hatte weder Kosten noch Mühen gescheut, ihnen eine Freude zu machen. Die Geschenke waren für Helene aber nebensächlich. Sie war einfach nur froh, dass er wieder zu Hause war. Während Anita auf dem Wohnzimmerteppich spielte, zog Helene ihn an der Hand zum festlich eingedeckten Esstisch.

»Käthe hat für heute Abend etwas ganz Besonderes vorbereitet: Burgunderbraten, Klöße und Rotkohl. Das magst du doch so gerne.«

Er legte den Kopf schief und seufzte bedauernd. »Ich habe schon zu Abend gegessen, im Zug. Aber ich kann sicher noch eine Kleinigkeit runterbringen.«

»Darauf bestehe ich«, sagte Helene. »Mama isst bei Alfred und Eva. Anita wird in der Küche mit dem Fräulein Melmann essen. Wir sind also ganz unter uns.«

»Ah«, stieß Georg aus und hob die Brauen.

Helene war ihrer Mutter dankbar, dass sie ihnen Zeit für Zweisamkeit ließ. Mitunter hatte diese eben doch ein Gespür dafür, was angebracht war. Beim Abendessen ging es schnell wohlig und heiter zu. Aufmerksam lauschte Helene Georgs Bericht über seinen Aufenthalt in Bern. Die nützlichen Bekanntschaften, die er dort gemacht hatte und die großartigen Erfolge, die er für die Firma verbuchen konnte. Sie unterhielten sich auch darüber, wie groß Anita inzwischen geworden war.

»Man kann zusehen, wie sie wächst. Wir benötigen ständig neue Sachen«, erzählte Helene.

Georg schnitt seinen Kloß in mundgerechte Stücke. »Was gibt es Neues in der Fabrik?«

»Mal überlegen. Du wirst begeistert sein von Vogelsang«, versprach sie, denn Georg hatte noch keine Gelegenheit gehabt, den Außendienstmitarbeiter in Augenschein zu nehmen.

»Er ist äußerst geschickt im Umgang mit Menschen, besitzt eine schnelle Auffassungsgabe und ist sehr bestrebt, alles richtig zu machen.«

»Ich freue mich darauf, ihn kennenzulernen.«

Sie tastete nach seiner Hand und drückte sie leicht. »Nächste Woche dann. Wenn die Anhörung vorüber ist. Ach, wie ich wünschte, sie wäre es schon.«

»Darüber will ich mit dir sprechen.« In seinem Blick lag etwas, das Helene nicht gefiel. Sie schüttelte den Kopf, ehe er mit der Sprache herausrückte. »Bitte sag jetzt nicht, dass du gleich wieder fortgehst.«

»Lenchen«, raunte er mit einem reumütigen Unterton.

Achtlos warf sie ihre Serviette neben den Teller und stapfte ins Wohnzimmer.

»Das kann unmöglich dein Ernst sein!«, fauchte sie, als er ihr hinterherkam.

»Du weißt doch noch gar nicht, was ich sagen wollte«, wehrte er sich mit sanfter Stimme. »Es hat sich etwas ergeben. Eine Gelegenheit, die uns allen zugutekommt.«

»Dann kann sich Vogelsang darum kümmern.«

Er schüttelte den Kopf. »Das kann er nicht. Dafür ist es zu wichtig.«

Sie schaute ihn an und biss die Kiefer so fest aufeinander, dass sie schmerzten. »Ich finde, es geht uns gut, so wie es ist. Wir brauchen nicht noch mehr.« Sie kam ihm nah und schaute flehend zu ihm auf. »Georg, wir müssen Zeit miteinander verbringen.«

»Und das werden wir«, beteuerte er. »Im nächsten Jahr. Mein Ehrenwort.«

Helene strich sich müde das Haar zurück, dann verschränkte sie die Arme vor der Brust. »Ich habe keine Ahnung, wie die Anhörung am Dienstag verlaufen wird. Um ehrlich zu sein, ich habe eine Heidenangst davor. Ich brauche dich. Hier. An meiner Seite.«

»Diese Angst ist unbegründet, Lenchen. Dir wird nichts geschehen.«

Verunsichert rieb sie sich über die Stirn. Wieder hatte sie das Gefühl, als nehme er ihre Sorge überhaupt nicht ernst.

»Bei einer Firma, die so bekannt ist wie unsere, ist so eine Anschuldigung nahezu gang und gäbe«, sagte er. »Der Grund liegt auf der Hand: Irgendwelche Leute wollen ein Stück von unserem Kuchen abhaben. Das bedeutet aber noch lange nicht, dass sie damit durchkommen.«

»Ich bin diejenige, die sich damit herumplagt. Es sind meine schlaflosen Nächte. Ich muss es aushalten.« Sie klang erschöpft und weinerlich.

Georg fasste sie an der Hand und führte sie zum Sofa. »Ich kann mir vorstellen, dass es Stress für dich bedeutet, und ich weiß, dass du das gerade absolut nicht gebrauchen kannst. Du bist mit Anita und der Arbeit in der Fabrik ausgelastet, und unter einem Dach mit deiner Mutter zu leben, macht das Ganze nicht leichter. Womöglich sollten wir uns endlich etwas Eigenes suchen. Was denkst du?«

»Das ist nicht das Problem«, entgegnete sie brüsk. Ihre Mutter war weit weniger anstrengend, als sie anfänglich gedacht hatte. »Ich brauche dich, Georg! Ich brauche meinen Ehemann. Du kannst jetzt nicht gehen. Nicht schon wieder. Ich erlaube es nicht.« Es war ihr todernst.

»Du erlaubst es mir nicht?« Georg lachte spöttisch auf, dann sah er sie durchdringend an. »Wir reden später darüber, Leni. In Ordnung? Lass mich erst mal ankommen.« Er stand auf und ging auf Frau Melmann zu, die just das Wohnzimmer betreten hatte, die quengelnde Anita auf dem Arm.

»Entschuldigen Sie bitte die Störung, aber sie ließ sich nicht beruhigen. Sie wollte unbedingt zu Ihnen«, erklärte sich Melmann.

Georg trat auf sie zu, um ihr das Kind abzunehmen. Seine Annäherung schien Anita nicht zu gefallen. Sie sah ihn ängstlich an und begann laut zu kreischen.

»Siehst du? Genau das meine ich. Sie fremdelt bei dir.« Helene verschränkte die Arme.

»Mumpitz.« Fräulein Melmann wandte sich an Georg. »Das ist vollkommen normal in diesem Alter und das legt sich wieder.«

Obgleich Anita protestierte, übergab sie sie dem Vater. Georg redete leise auf seine Tochter ein, wiegte sie und summte beruhigend. Von jetzt auf gleich hörte Anita zu weinen auf. Helene spürte einen Stich im Herzen. Georg ging so liebevoll mit seinem Kind um, dass sie keine Zweifel hatte, dass er es abgöttisch liebte. Warum nur waren solche Momente dann so selten? Wieder drängte sich ihr die Frage auf, wie ihr Leben wohl ausgesehen hätte, hätte sie einen anderen zum Mann gewählt. Wenn sie sich gegen den Erhalt des Familienbetriebs und für einen kompletten Neuanfang in Hamburg entschieden hätte. Wäre sie jetzt glücklicher?

Helenes Kopf ruhte auf Georgs Brust. Sie lauschte seinem Atem. Fast hatte sie nicht mehr gewusst, wie es war, in seiner Nähe zu sein. Ihn zu riechen und die Wärme seiner Haut zu spüren. Erst jetzt wurde ihr klar, wie sehr er ihr gefehlt hatte. Nicht nur das Körperliche hatte sie vermisst. Sie hatte sich danach gesehnt, mit ihm über die Welt zu sinnieren und Pläne für die Zukunft zu schmieden. Der Gedankenaustausch mit ihm war stets wie ein Rausch für sie gewesen. Ebenso wie das Gefühl, seinen Verstand arbeiten zu hören. Doch nun, da er bei ihr lag, wirkte er ganz weit weg. Es war, als müssten sie sich erneut finden. Ein seltsames Gefühl, mit dem Helene nicht umzugehen wusste. War er plötzlich scheu geworden? Oder war es etwas anderes, dass ihn davon abhielt, ihr das Nachthemd vom Körper zu reißen?

Kurzerhand ergriff Helene die Initiative. Langsam tastete sie sich unter der Bettdecke vor, bis hin zu seinem Schritt. Sie beugte sich über Georg und brachte ihre Lippen auf seine. Zaghaft und zurückhaltend erwiderte er ihren Kuss. Helene bemühte sich. Ihr Griff zwischen seinen Beinen wurde fester, die Bewegungen schneller und leidenschaftlicher. Mit den Fingerspitzen fuhr sie über seinen Bauch. Ihr Mund fand den Weg zu seinem Ohrläppchen.

»Ich will dich«, flüsterte sie.

Georg ließ ein leises Stöhnen hören. Kurz gewannen seine Berührungen an Festigkeit, bevor sie unerwartet wieder nachließen. Er umfasste Helenes Taille, hob sie von sich herunter und entwand sich ihrem Blick. Er atmete lautstark aus und seine Augen suchten die Zimmerdecke. Entrüstet fiel Helene neben ihn ins Kissen.

»Habe ich etwas falsch gemacht?« Sie drehte sich ihm zu, stützte den Ellenbogen auf und den Kopf auf ihre Hand.

»Natürlich nicht. Du hast gar nichts falsch gemacht.«

Helene blinzelte verwirrt, suchend nach einer zufriedenstellenden Antwort auf ihre Frage. »Was ist es dann? Ich dachte, du wolltest es ebenso?«

»Ich wollte es. Will es!«, betonte er. Endlich wandte er sich ihr zu.

»Was ist es dann? Was hast du?« Sie machte sich ernsthafte Sorgen. So keusch kannte sie ihn gar nicht. Vor Anitas Geburt war er immer derjenige gewesen, der den Anfang gemacht hatte. Er hatte ihr gezeigt, wie körperliche Liebe funktionierte.

Sein Blick fand erneut die Zimmerdecke. »Ich bin einfach nur müde.«

»Müde?«, wiederholte Helene abfällig. Diese Erklärung reichte ihr nicht aus. Sie schien ihr, und das war das Schlimmste, nicht einmal empathisch genug vorgetragen. Helene stierte Georg von der Seite an, hoffend darauf, dass er seiner Erklärung noch irgendetwas hinzufügen würde. Vergeblich. Stattdessen rollte er sich auf die Seite, zog die Decke über seine Schultern und löschte das Licht.

Helene wusste nicht, was sie tun sollte. Sie fühlte sich vollkommen vor den Kopf gestoßen und abgelehnt. Fassungslos schaute sie an sich herunter. Das weiße Negligé leuchtete im Licht des Vollmondes, der durch die halb zugezogenen Vorhänge drang. Sie hatte es für ihn angezogen, obwohl es am Rücken kratzte. Rastlos berührte sie Georgs Schulter.

»Liebster?«, hauchte sie. »Ist alles in Ordnung?«

Georg ächzte genervt. »Was soll schon sein?«

»Ich meine ja nur«, fuhr sie vorsichtig fort. »Wir haben uns länger nicht gesehen und ich dachte, du hättest mich vermisst. Ich dachte, es wäre mal wieder an der Zeit, für …« Sie hielt inne, stoppte sich, weil sie befürchtete, die falschen Worte zu wählen.

»Wieder an der Zeit wofür?«, nuschelte er ins Kissen und klang abermals genervt. Als wäre jedes Wort von ihr zu viel.

Helene biss die Zähne aufeinander und schluckte. »Ach nichts. Schlaf nur, wenn du müde bist.« Versehentlich hatte sie seinen Tonfall nachgeäfft.

Georg gab ein Grummeln von sich, befreite sich von der Bettdecke und setzte sich auf. »Herrgott, ich kann so nicht schlafen.« Er knetete mit Daumen und Zeigefinger seine Stirn. »Besser, ich gehe ins Gästezimmer.«

Verstört sah Helene zu, wie er hinausrauschte. Hatte sie ihn bedrängt, in ihrem Wunsch nach Nähe und Zärtlichkeit? Aber war es denn nicht das, was ein Ehemann von seiner Ehefrau erwartete? Vor allem, wenn man sich so lange nicht gesehen hatte wie sie beide? Verunsichert ließ Helene sich ins Kissen plumpsen und schlug die Hände vors Gesicht, dann zerrte sie wütend an ihrem Hemd. »Fünfundvierzig Mark«, zischte sie erbost. Das blöde Ding hatte sie ein Vermögen gekostet – für nichts. Sie sprang auf, riss sich das Nachthemd vom Körper und schlüpfte in ein bequemes Baumwollkleid. Aufgewühlt legte sie sich wieder ins Bett. Die Angst davor, Georg zu verlieren, hielt ihr Herz umklammert. Schließlich weinte sie sich in den Schlaf.

Am nächsten Tag fühlte sie sich wie gerädert. Sie ließ sich nur kurz beim Kindermädchen blicken, gab an, sich nicht wohlzufühlen, und verbarrikadierte sich wieder in ihrem Zimmer.

Gegen Mittag klopfte ihre Mutter an die Tür. »Liebes?«

»Ich möchte nicht gestört werden, Mama!«

»Hier ist jemand, der mit dir sprechen will.«

Ehe sie antworten konnte, drückte jemand die Klinke herunter.

»Darf ich reinkommen?«, fragte Georg.

Blitzschnell setzte Helene sich im Bett auf, weigerte sich aber, ihn anzusehen.

Georg kam auf sie zu und beugte sich vor. Sie wollte von ihm abrücken, da hatte er schon ihre Hand ergriffen und an seine Lippen geführt.

»Ich muss dich um Verzeihung bitten. Mein Verhalten gestern Nacht … Ich weiß nicht, was in mich gefahren ist.«

»Ich habe dich nicht wiedererkannt«, antwortete sie kühl.

»Manchmal erkenne ich mich selbst nicht wieder.«

Helene war fest entschlossen, nicht weich zu werden, aber als seine blauen Augen flehentlich ihre suchten, widersprach ihr Herz diesem Vorsatz. »Wann wirst du aufbrechen?«

»Ich verschiebe meine Abreise bis nach der Anhörung. Vergib mir, dass ich so wenig einfühlsam dir gegenüber war. Ich bin für dich da.«

Einen Moment lang schaute Helene ihn abwägend an. Dann jedoch streichelte Georg ihre Wange, und sie spürte, wie eine Last von ihr abfiel.

Der Dienstagmorgen war regnerisch und kühl. Das triste Wetter hielt die Menschen in ihren Häusern fest. Helene war erleichtert zu sehen, dass das Gerichtsgebäude nicht von der Presse belagert wurde. Offenbar war es Alfred gelungen, den heutigen Termin von der Öffentlichkeit fernzuhalten. Helene hatte sich regelrecht an Georgs Arm festgekrallt. Erst vor der Tür des Saals, in dem die Anhörung stattfinden würde, löste sie sich von ihm.

»Leider darf ich nicht mit dir hinein. Aber ich werde hier auf dich warten«, versprach er.

Helene nickte zittrig. Nervös strich sie sich ihren grauen Rock glatt und nahm einen tiefen Atemzug. Ihre Anspannung steigerte sich noch mehr, als sie in den Gerichtssaal gerufen wurde. Zerfahren verschaffte sie sich einen ersten Überblick im weitläufigen, mit dunklem Holz vertäfelten Raum. Ihr Blick erfasste den Richter, einen Schreiber und den Gerichtsdiener.

»Halten Sie sich genaustens an das, was wir besprochen haben«, erinnerte Büdenbender sie flüsternd. Er war an ihrer Seite vor den Richter getreten. Im Vorfeld hatte er sie darauf vorbereitet, dass nur wenige bei der Anhörung anwesend sein würden. Zunächst ging es nämlich darum, ihr die Gelegenheit zu geben, ihre Sicht der Dinge zu erklären.

Bemüht, sich an Büdenbenders Vorgaben zu halten, beantwortete Helene ruhig die Fragen des Richters. Es ging um ihre Tätigkeit im Familienbetrieb und den Entstehungszeitpunkt sowie den Produktionsstart der Süßigkeit, die die Bremer Firma für sich beanspruchte. Der Richter nickte ab und an mit undurchsichtiger Miene. Nicht weniger unzugänglich wirkte der Schreiber, der etwas unterhalb von ihm konzentriert ihre Aussage tippte. Nach nur einer halben Stunde war die Anhörung vorbei, und Helene hatte es überstanden. Oder nicht? Sie fühlte sich aufgelöst und benommen.

»Wie ist es gelaufen?«, wollte Georg wissen, als er sie im Flur in Empfang nahm.

Helene zuckte die Schultern. Sie konnte es beim besten Willen nicht einschätzen. Büdenbender hingegen wirkte optimistisch. »Nun, wir dürfen zuversichtlich sein, dass sich die Unannehmlichkeit schnell erledigt haben wird.«

»Siehst du. Es fügt sich alles.« Georg griff erleichtert nach Helenes Hand, doch ihr Körper blieb steif. Es war ihr schleierhaft, wie Büdenbender zu seiner Einschätzung kam. Der Richter jedenfalls hatte keinerlei Entwarnung gegeben.

⋙ KAPITEL 8 ⋘

November 1934

Die Altstadt war vom Schein des Martinsfeuers erhellt. Kinder hielten bunte Laternen in Händen, die Luft war rauchig und durchzogen von Glühpunsch und frischen Hefewecken. Helene hatte es mit der Familie auf den Heumarkt verschlagen, wo ein Mann im Legionärskostüm auf einem Rappen die kleinen und großen Besucher willkommen hieß. Eine Blaskapelle spielte und es wurden Martinslieder gesungen. Eva war mit Alfred und den beiden Kindern zu ihnen gestoßen. Klara hatte darauf bestanden, dass ihre Zofe sie begleitete. Katharina hatte für alle Punsch besorgt und verteilte die Gläser gut gelaunt unter den Erwachsenen.

»Ach, ist das nicht herrlich?«, tönte Klara, deren knöchellanger fuchsbrauner Nerz nicht nur die Blicke der feinen Leute auf sich zog. »Ich weiß noch, wie wir immer mit eurem Vater hier waren, als ihr noch klein wart. Wie sehr hat dich der heilige St. Martin doch fasziniert, Alfred.« Sie seufzte wehmütig.

Alfred verdrehte die Augen und suchte das Gespräch mit einem Bekannten. Helene schickte ihm einen übelnehmenden Blick hinterher, ehe sie ihrer Mutter tröstend über den Arm strich. Sie wusste, wie sehr ihrer Mutter ihr Vater in solchen Augenblicken fehlte.

Eva und Katharina standen sich nun direkt gegenüber. Helene spürte ein flaues Gefühl im Magen aufsteigen. Sie empfand die Anwesenheit der Zofe als unpassend, und es wunderte sie, dass diese sich nicht schämte, mitgekommen zu sein. Jedenfalls wirkte Katharina nicht so, als würde sie sich in Gegenwart der Frau unwohl fühlen, mit deren Mann sie ein Verhältnis unterhielt. Eva dagegen war die Gutmütigkeit in Person. Sie band sie sogar mit ein, wenn es darum ging, den Kindern die Laternenlichter anzuzünden. Mühsam unterdrückte Helene ihre Wut. Sie stand kurz davor, sich zu vergessen.

»Ist es nicht schön, dass wir alle zusammen sind?«, ließ Klara verlauten. In Anbetracht der gegenwärtigen Situation konnte Helene ihrer Mutter nicht zustimmen. Eva aber war voller Tatendrang. »Was meinst du, Schwiegermama? Sollen wir uns einen kandierten Apfel gönnen?«

Klara bot ihr den Arm. »Das wäre ganz wundervoll.«

Eva hakte sich bei ihr unter und gemeinsam gingen sie zu einem der Verkaufsstände, die sich um das Feuer herum befanden.

»Gibst du uns einen Moment?« Helene schob Georg den Kinderwagen mitsamt der darin schlafenden Anita hin. Sie sah den Augenblick gekommen, ein ernstes Wort mit Katharina zu wechseln.

»Können wir uns kurz unterhalten?«, fragte sie die Zofe.

Katharina nickte verdattert, als Helene sie am Arm packte und sie aus dem Gedränge herauszog. Katharina musterte sie fragend. »Stimmt irgendetwas nicht, Frau Kronenberg?«

Helene vergewisserte sich, dass sie ungestört waren. Hinter

ihnen schnatterten die Gänse in einem abgetrennten Bereich, der mit Stroh aufgefüllt worden war.

»Kann ich etwas für Sie tun?« Katharina lächelte, offenbar nichtsahnend, weshalb Helene sie beiseitegenommen hatte.

»Nun, ich habe lange überlegt, wie ich Sie darauf ansprechen soll, und ich denke, ich sage es Ihnen freiheraus.«

»Bitte.« Katharina klimperte mit ihren langen Wimpern und schaute so unschuldig drein, als könne sie kein Wässerchen trüben.

»Es ist erstaunlich, mit welcher Leichtigkeit Sie so tun, als wäre überhaupt nichts Verwerfliches daran, mit meinem Bruder ein Verhältnis einzugehen.«

Katharina fiel das Lächeln förmlich aus dem Gesicht. Binnen eines Sekundenbruchteils wurde sie kreidebleich.

»Und dann besitzen Sie auch noch die Taktlosigkeit, seiner Ehefrau gegenüberzutreten. Ihr vorzuspielen, es wäre alles in Ordnung. Dass Sie sich nicht schämen!« Helene hatte selbstsicher klingen wollen, doch in ihrer Stimme lag auch die Angst vor der Zügellosigkeit eines jeden Mannes.

»Ach, Frau Kronenberg«, schluchzte Katharina, in deren Augen plötzlich Tränen glitzerten. »Sie wissen ja nicht, wie das ist.« Jammernd zerrte sie ein Taschentuch aus ihrem Ärmel und presste es sich aufs Gesicht.

Helene blinzelte ungläubig. Katharina konnte doch nicht ernsthaft auf Verständnis hoffen. »Sie sind hier nicht das Opfer«, belehrte sie sie mitleidlos. »Gingen Sie wirklich davon aus, dass niemand von Ihrer Affäre erfährt? Ich meine, was haben Sie sich denn gedacht, wie das enden würde?«

»Sie setzen mich vor die Tür«, jaulte Katharina.

Helene zuckte die Achseln. »Dass Ihr Handeln Konsequenzen hat, darüber hätten Sie nun wirklich früher nachdenken sollen.«

Sie schnäuzte sich wimmernd die Nase und wirkte mit einem Mal so gebrechlich, dass Helene befürchtete, sie würde in Ohnmacht fallen. Widerstrebend schlug sie einen milderen Ton an. »Beruhigen Sie sich. Es ist niemandem geholfen, wenn Sie auf dem Marktplatz zusammenbrechen.« Sie dachte dabei auch an ihre Mutter, für die Katharina eine Bezugsperson war.

»Sie haben es doch noch niemandem gesagt, oder? Ich möchte meine Arbeit nicht verlieren«, stammelte sie.

Helene sah sie ratlos an. »Wie sollen wir dann mit Ihnen verfahren? Denken Sie denn je über die Folgen Ihres Handelns nach?«

Katharina wirkte, als würde sie angestrengt grübeln. Helene betrachtete sie genau in dem Versuch, aus ihr schlau zu werden. War es möglich, dass sie sich ihres Fehlers gar nicht bewusst war? »Ich kann schweigen. Aber nur unter einer Bedingung.«

Katharinas Brauen stoben hoffnungsvoll hinauf.

»Beenden Sie das!«, forderte Helene. »Bevor es zu spät ist. Bevor die ganze Familie Wind davon bekommt.«

Katharina schluckte sichtbar, dann blickte sie über ihre Schulter, durch die Menge hindurch, zu Alfred. Schwer seufzend ließ sie den Kopf hängen.

»Ich weiß, dass Männer sehr überzeugend sein können … und dumm«, sagte Helene. »Verstehen Sie mich nicht falsch, es geht mir nicht um Sie oder um meinen Bruder. Es ist mir egal, was Sie treiben. Aber meine Schwägerin ist mir nicht egal. Sie hat das nicht verdient.«

Ein weiteres Schluchzen schüttelte Katharina. Sie nickte knapp.

»Wir sollten zurück, bevor man sich noch Sorgen um uns macht.« Helene wandte sich zum Gehen.

»Was, wenn er nicht will?«, verlangte Katharina zu wissen.

Helenes Augen schmälerten sich aufgrund dieser absurden Frage.

»Er wird sicherlich nicht begeistert sein, wenn ich ihm sage, das Schluss ist«, erläuterte Katharina.

»Sie sind zu nichts verpflichtet«, antwortete Helene. »Er kann nichts dagegen machen. Er muss sich Ihrem Wunsch fügen.«

Zaudernd sah Katharina zu ihr auf, und Helene bemerkte, wie jugendlich das Gesicht des Dienstmädchens unter der Haube wirkte. Mit Anfang zwanzig war sie außerdem zierlich und ohne Rundungen. Eine junge Frau, die, aus der Ferne betrachtet, wie ein Kind aussah. Jemand, der kaum im Erwachsenenalter angekommen war. Helenes Inneres verkrampfte und mit einem Mal sah sie die Situation mit neuen Augen. Anstatt weiterhin wütend auf das Dienstmädchen zu sein, empfand sie Alfred gegenüber Abscheu. Er hatte sich Katharina nach seinen Vorstellungen erzogen, und Helene kam der Gedanke, dass sie möglicherweise doch ein Opfer war.

Der Dezember ließ Köln in vorweihnachtlicher Winterpracht erstrahlen. Wie Puderzucker bedeckte der Schnee die Dächer. Glitzernd präsentierte er sich an den Straßenrändern in der Wintersonne. Helene hatte es sich zur Angewohnheit gemacht, den Süßwarenläden der Stadt regelmäßig einen Besuch abzustatten. Die zum Verkauf stehenden Produkte waren hauptsächlich aus der Fabrik der von Ratscheks. Daneben wurden belgische Pralinen, Kräuterbonbons und Schokoladentafeln aus einer Schweizer Manufaktur verkauft. Ein buntes Potpourri an süßen Naschereien, das nicht nur Helenes Herz höherschlagen ließ. In dem Süßwarengeschäft in der Herzgasse bildete ein mit Zuckerstangen und Schokoladenkugeln in rotem Glitzerpapier geschmückter Christbaum den Mittelpunkt. Helene hatte sich den Nachmittag freigenommen, um Zeit mit ihrer Tochter zu verbringen. Ihre Mutter begleitete sie auf dem Spaziergang durch die Stadt. Klara hatte es in die Boutique gegenüber verschlagen, so dass Helene mit Anita Gelegenheit hatte, in Ruhe nach den neusten Von-Ratschek-Leckereien zu sehen.

»Schau mal«, sagte sie und zeigte Anita einen goldgelben Bären aus Weingummi. Die Nascherei hatte kürzlich erst die Fabrik verlassen und war Helenes ganzer Stolz: Ein köstliches Abbild des Teddys ihrer Tochter. Während Bruno im heimischen Kinderzimmer auf Anitas Rückkehr wartete, befand sich sein Zwilling aus Glukosesirup, Zucker, Gelatine und Fruchtsaft in den Schaufenstern des größten Süßwarenladens Kölns. Helene befüllte zwei Tüten. Die eine mit gemischten Bonbons, die andere bis zum Rand mit den

Fruchtgummibären. Es war ihr ein Anliegen, ihre Produkte aus der Sicht der Käufer wahrzunehmen. An der Kasse angekommen, beugte sie sich leicht über die Theke.

»Und?«, fragte sie neugierig Herr Meiserich, der das Geschäft leitete. »Wie verkauft er sich denn? Unser Bär?«

Meiserich war ein älterer Mann mit schlohweißem Haar. Er hatte stets ein Lächeln auf den Lippen, als würde er sich ausschließlich von den Süßigkeiten ernähren, die er feilbot. »Es ist zwar noch etwas früh für eine Beurteilung, aber er könnte ein Verkaufsschlager werden«, meinte er. »Besonders die Erwachsenen scheinen buchstäblich einen Narren daran gefressen zu haben. Allerdings …« Er ließ ein nachdenkliches Seufzen hören. »Mehr Geschmacksrichtungen wären noch besser. Die Nachfrage ist nämlich enorm. Ich könnte mir vorstellen, dass Sie hier ein Meisterwerk geschaffen haben, Frau Kronenberg.«

Helene errötete leicht. Meiserichs Kompliment kam einem Ritterschlag gleich. Immerhin war er für seine gnadenlose Ehrlichkeit bekannt.

»Haben Sie vielen Dank«, sagte sie gerührt. Mit einem Strahlen im Gesicht verließ sie den Laden. Nichts war erfüllender für sie, als zu sehen, wie ihre Süßigkeiten in den Geschäften auslagen. Zu wissen, dass die Menschen sie gerne aßen und dass sie ihnen in den unterschiedlichsten Lebenslagen Trost und Freude spendeten. Doch noch schöner war für Helene das Zusammenspiel von beruflichem Erfolg und Familienidyll. Für Anita wollte sie ein Vorbild sein. Sie wollte ihr etwas hinterlassen, auf das sie sich stets stützen konnte.

»Juhu!« Hektisch winkte ihnen Klara von der anderen Straßenseite aus zu. Die prall gefüllten Taschen in ihren Händen wiesen auf einen erfolgreichen Einkauf hin.

Als sie wenig später zu dritt Richtung Domplatte aufbrachen, legte Klara Helene einen grauen Pelzkragen um.

»Ich habe dir auch einen gekauft. Du frierst doch immer so schnell.«

»Das wäre nicht nötig gewesen.« Helene rümpfte die Nase. Sie wagte nicht zu fragen, wie viel Geld sie diesmal ausgegeben hatte.

»Er steht dir ausgezeichnet, Lenchen.« Hochmotiviert übernahm Klara das Schieben des Kinderwagens und eilte voran.

Der Dom erhob sich anmutig aus dem Getümmel des Weihnachtsmarktes. Die köstlichsten Düfte erfüllten die Luft, und Straßenmusiker brachten Weihnachtslieder dar. Ein Sonnenstrahl fiel durch graue Wolkenschleier, und Helene blickte hinauf. Vor den Türmen des Kölner Wahrzeichens taumelten feine weiße Flocken auf die Erde hinab. Als hätten sie das Wetter bestellt, stimmten die Musiker »Leise rieselt der Schnee« an – das Lieblingslied von Helenes Vater. Klara lächelte geknickt.

»Da, da!« Anita jauchzte und reckte die kleinen Hände den Eiskristallen entgegen. Helene schenkte ihrer Mutter einen aufmunternden Blick. Die Weihnachtszeit erfüllte auch ihr Herz mit Wehmut. Sie sehnte sich nach den Tagen, in denen ihre Familie vollzählig gewesen war. Obwohl ihr Vater es ihnen nicht immer leicht gemacht hatte, fehlte er doch unsäglich. Noch dazu hatte Henris Fortgehen eine tiefe Kluft gerissen. Ein weiteres Jahr neigte sich dem Ende entgegen, und wieder hatte Helene nichts von ihm gehört.

»Achtung!«, rief jemand. Eine Gruppe Männer in braunen Anzügen durchbrach den Moment mit der Wucht eines Sturms. Die Mienen der Marschierenden waren streng und unbeugsam. Ein Voranschreitender hielt die schwarz-weiß-rote Flagge der NSDAP hoch. Wie ein Blutfleck leuchtete sie im Schneetreiben. Helene überkam eine Gänsehaut. Rasch zog sie den Kinderwagen näher zu sich heran. Die Menschen rundherum machten Platz. Einige applaudierten, jubelten sogar, andere wiederum sahen sorgenvoll und ängstlich aus. Sobald der Trupp vorbeigezogen war, zerstreuten die Besucher sich aufs Neue, und die Heiterkeit kehrte langsam auf den Markt zurück.

Weder Klara noch Helene brachten den Aufmarsch der Parteigenossen zur Sprache. Man hatte sich an die Zurschaustellung gewöhnt. Wenngleich verhaltener als zuvor tranken sie ihren Glühwein, lauschten der Weihnachtsmusik und beobachteten andächtig, wie der Schnee auf die Stadt herabfiel.

»Eigentlich wollte ich es dir erst später sagen, aber ich denke, wir können alle gute Nachrichten gebrauchen«, begann Klara nach einer Weile. »Ich habe einen Brief von Henri erhalten.«

»Ist das wahr?« Helenes Herz schlug schneller.

Ihre Mutter nickte zaghaft, aber lächelnd. »Er hat sich für Weihnachten angekündigt.«

»Er kommt?« Helene befürchtete, sich verhört zu haben.

Wieder nickte Klara freudig. Sie schlang die Arme um ihre Tochter und drückte sie fest an sich.

»Dann hat er uns verziehen? Was auch immer gewesen ist. Er ist nicht mehr sauer?«

»Hm«, entgegnete Klara. Sie wirkte unentschlossen. »Wir sollten nichts überstürzen und ihn nicht mit irgendwelchen Dingen behelligen, auf die er nicht eingehen will. Keine Vorwürfe, weil er dich an deiner Hochzeit sitzenließ, oder dergleichen. Wir sollten ihm die Möglichkeit geben, auf uns zuzugehen. Dann findet er vielleicht endgültig zu unserer Familie zurück. Einverstanden?«

Helene war nicht sicher, was sie von derlei Behutsamkeit halten sollte. Seit sie sich erinnern konnte, war es in ihrer Familie üblich gewesen, Unangenehmes zu umschiffen. Schuld daran waren altmodische Denkmuster. Eigentlich hatte sie gedacht, dass ihre Mutter, zumindest teilweise, davon geheilt worden war, nachdem Helene sich gegen eine arrangierte Ehe gestellt hatte. Offensichtlich gab es aber noch immer Dinge, die, wenn es nach ihrer Mutter ging, vermieden gehörten. Henri hatte als erster von Ratschek jene starre Verhaltensweise abgestreift wie einen alten Schuh. Stets hatte er das Gegenteil von dem getan, was seine Eltern wollten. Henri hatte eine Heirat ebenso abgelehnt wie sein Wirtschaftsstudium. Die Kunst war seine Leidenschaft, bildhafte Gestaltung sein Geschäft. Grundsätzlich hatte Helenes Vater nichts gegen die Kunst als Liebelei gehabt, einen rentablen Beruf hatte er darin aber nicht gesehen. Eine Meinungsverschiedenheit, die Vater und Sohn zeitlebens voneinander trennte.

⇛ Kapitel 9 ⇚

Den Tag vor Heiligabend verbrachte Helene in der Fabrik. Ein Baum war neben dem Treppenaufgang zu den Büros aufgestellt worden. Goldene Kugeln und Lametta blitzten daran. Der intensive Duft von Tannennadeln und Harz vermischte sich mit dem Geruch nach Zuckermasse, der in der Fabrik wohnte. Vor dem Baum hatte sich das Personal versammelt, um die Geschenke entgegenzunehmen, die Helene mitgebracht hatte. Franziska half ihr, sie zu verteilen. Da es ein profitables Verkaufsjahr gewesen war, gab es neben der üblichen Papiertüte voller Süßigkeiten Kaufhausgutscheine und Kalender. Nebenan, in der Bonbonküche, stand außerdem ein Büfett mit Weihnachtsbier, Würstchen und Stollen bereit.

Sobald alle beschenkt und versorgt waren, kam Frau Kowalski auf Helene zu. »Meine liebe Franzi ist wie ausgewechselt. Und erst ihre Geschwister. Wo ich doch endlich mehr Zeit für sie erübrigen kann.«

»Das freut mich zu hören.« Helene lächelte gerührt. »Haben Sie sich denn schon gut in Ihrem neuen Zuhause eingelebt?«

»O ja, das haben wir. Es war ein Neuanfang, mit dem niemand von uns gerechnet hatte. Sind Sie denn zufrieden mit meiner Franzi?«, erkundigte sie sich bang.

»Sie ist mir eine große Hilfe.«

Frau Kowalski seufzte auf. »Sie glauben gar nicht, wie erleichtert ich bin, das zu hören.«

Helene grinste leicht. Ihr Blick glitt durch die Menge und erfasste Vogelsang, der sich angeregt mit Franziska unterhielt. Irgendwann während ihrer Botengänge durch die Fabrik hatte sie ihn kennengelernt. Erst am Morgen war er aus Berlin zurückgekehrt, weshalb Helene sich darüber wunderte, ihn in der Produktionshalle zu sehen.

»Und jetzt alle!« Helmas raue Stimme durchbrach die Gespräche. Wenig später hallte ein schrill vorgetragenes »Stille Nacht, heilige Nacht« in der Fabrik wider. Franziska kam an die Seite ihrer Mutter und hakte sich bei ihr unter.

»Sie sind ein Engel, Frau Kronenberg«, betonte Frau Kowalski, eine Hand über die ihrer Tochter gebettet. Die letzten Töne des Liedes verklangen und die kleine Feier neigte sich dem Ende zu. Weihnachtswünsche wurden ausgetauscht, man verabschiedete sich in die Festtage.

»Mach schon.« Ruppig stieß Frau Kowalski ihre Tochter mit dem Ellenbogen in die Seite.

»Frau Kronenberg?« Franziska zog ein Päckchen aus ihrer Jackentasche. »Wir haben alle zusammengelegt.« Sie reichte es Helene, wechselte einen erwartungsvollen Blick mit Vogelsang und sagte dann strahlend: »Frohe Weihnachten Ihnen und Ihrer Familie.«

Helene war sprachlos.

»Wir sind froh, für Sie arbeiten zu dürfen«, ergänzte Helma.

Helene spürte, wie Freudentränen ihre Augen füllten. Sie schluckte, um ihre Stimme zu festigen. »Ich bin diejenige, die dankbar ist. Ihnen allen wünsche ich von Herzen ein frohes und gesegnetes Fest.«

Ergriffen schaute Helene sich unter ihren Angestellten um. Sie hatte nicht damit gerechnet, etwas zu erhalten. Einzig auf das Schenken war es ihr angekommen.

Später in der Villa legte Helene das Päckchen unter die mit roten und goldenen Kugeln geschmückte Fichte im Wohnzimmer. Noch während sie es betrachtete, spürte sie instinktiv die Gegenwart einer geliebten Person. Wie ein zarter Windhauch umhüllte sie sie. Postwendend erklang eine vertraute Stimme. Leise und sanft.

»Hallo, Lenchen.«

Helenes Puls schnellte in die Höhe. Langsam drehte sie sich um. Im ersten Moment wollte sie auf Henri zustürmen, in seine Arme fallen und ihm sagen, wie froh sie über seine Rückkehr war. Dann aber rief sie sich die Worte ihrer Mutter in Erinnerung und hielt sich zurück. Sie standen sich gegenüber, und obwohl es keinen Sinn ergab, hatte Helene das Gefühl, als sähe sie ihn zum ersten Mal.

»Du siehst anders aus«, hauchte sie benommen.

»Na ja, solange du mich noch erkennst, ist das nichts Schlechtes.«

Sie lächelte. Sein blauer Nadelstreifenanzug verlieh ihm ein elegantes Antlitz. Er trug das Haar kürzer und hatte sich einen Oberlippenbart wachsen lassen, der gerade geschnitten und damit weniger buschig war als der seines älteren Bruders.

»Ich freue mich so, dass du da bist!«, platzte es aus ihr heraus.

Eine große Freude überwog in ihr, als sie feststellte, dass auch er lächelte. Sofort strich sie jedwede Vorwürfe aus ihren Gedanken. *Das Heute ist jetzt. Das Morgen noch nicht geschehen.* Jene Worte hatte sie erst kürzlich in einem Buch gelesen und sie waren ihr vorgekommen, als wären sie eigens für sie geschrieben worden. Was immer auch ihren Bruder zur Flucht getrieben hatte, es lag in der Vergangenheit. Henri war zurückgekommen, und das war die Hauptsache.

»Ich hoffe doch, du wirst einige Zeit bei uns bleiben?«, fragte Helene hoffnungsvoll. Sie betraten das Esszimmer, wo die Dienstmädchen Hedwig und Bruni dabei waren, den Tisch einzudecken. Henri nahm einen der Silberlöffel in die Hand und betrachtete sein Spiegelbild.

»Ich habe mich noch nicht entschieden«, antwortete er gedämpft. »Pläne zu machen, das habe ich mir abgewöhnt. Meistens kommt es ohnehin anders.« Er legte den Löffel zurück und bedachte die siebzehnjährige Bruni mit einem charmanten Lächeln. Sie knickste mit knallrotem Gesicht und huschte so ungestüm hinaus, dass sie fast mit Fräulein Melmann zusammenstieß, die gerade mit Anita auf dem Arm hineinkam.

»Das ist doch unerhört!«, zürnte die Melmann. Helene und ihr Bruder wechselten einen amüsierten Blick.

»Na, wen haben wir denn da?« Henri ging auf Anita zu. Es war das erste Mal, dass er seine Nichte traf. Kinder hatte er stets geliebt, immer einen Draht zu ihnen gehabt. Sein Gesichtsausdruck ließ von alldem allerdings zunächst nichts erkennen, bis Anita ihm ein breites Lächeln schenkte und sogar die Arme nach ihm ausstreckte.

»Wie ungewöhnlich«, ließ Melmann verlauten. Sie überging Henri und gab Anita an Helene weiter.

»Sie freut sich, dich kennenzulernen. Ich habe ihr viel von dir erzählt«, sprudelte es aus Helene heraus. »Sie mag dich. Das ist offensichtlich.«

Henri besah sich Anita genau und musste lachen, als diese fasziniert an seinem Schnurrbart zog.

»Tja, mein Engel, von dem Bart konnte ich dir leider nichts erzählen. Der ist auch für mich neu.« Helene kicherte. »Aber er steht dir«, fügte sie an Henri gewandt hinzu. »Überhaupt … du siehst sehr schick aus, Brüderchen.«

Henri lächelte beschwingt.

Es verging ein Moment, in dem die Geschwister schwiegen. Am liebsten hätte Helene Henri sofort gefragt, was ihn so aufgeräumt wirken ließ. Und zu gerne hätte sie ihm berichtet, was er in Köln verpasst hatte. Aber sie wollte ihn nicht mit Geschichten über ihre Mutter und die Fabrik vergraulen. Früher hatte sie ihm immer alles erzählt. Inzwischen hatte sie jedoch begriffen, dass sie in der Vergangenheit zu weit gegangen war. Während er sich immer ihrem Kummer angenommen hatte, war er selbst leer ausgegangen. Henri war stets verschlossen gewesen, wenn es um seine Gefühle ging. Dadurch hatte er mehr Last getragen als sie. Helene vermutete, dass ihn das letzten Endes in die Flucht geschlagen haben könnte.

Kerzen erhellten den festlich eingedeckten Tisch. Helene, Henri, Georg, Klara und Anita saßen bei Matjestatar und Reibekuchen zusammen. Man lachte gemeinsam, sprach über Paris und den Einfluss der Stadt der Liebe auf die moderne Zeit. Nach dem Dessert wälzte man im Salon die Fotoalben. Spontan fanden alte Geschichten neuen Raum. Helene und Henri überboten sich gegenseitig mit unvergesslichen Erinnerungen an frühere Weihnachtsfeste, bitterkalte Winter und Schneemänner im Stadtwald.

»Weißt du noch, wie wir mit dem Schlitten die große Flurtreppe runtergefahren sind?«, fragte Helene.

»Es lag kein Schnee, da mussten wir improvisieren.« Henri zuckte die Schultern. »Unser Vater war furchtbar wütend. Die Schläge mit dem Stock, die spür ich heute noch.«

»Du hast die Schuld damals auf dich genommen.« Helene seufzte auf.

Er nickte ernst. »Hätte Alfred uns nicht verpetzt, dann …«

»Hättet ihr euch alle Knochen gebrochen«, mischte Klara sich entrüstet ein. Die Geschwister sahen sich an und lachten. Helene ging das Herz auf. Es war, als wäre Henri nie weg gewesen.

Draußen war es stockfinster. Verheißungsvoll klopfte der Schnee an die Fenster. Es war spät geworden. Anita schlief längst tief und fest. Die Bediensteten hatten sich zurückgezogen und Klara kämpfte mit schweren Lidern.

»Geh ruhig zu Bett. Wir sehen uns morgen früh.« Henri küsste seine Mutter auf die Stirn.

Klara seufzte erleichtert auf, als hätte sie befürchtet, er könne am nächsten Morgen nicht mehr da sein.

»Ich werde auch hinaufgehen«, sagte Georg, als sich Klara in ihr Zimmer verabschiedete, gab Helene einen zarten Kuss und klopfte Henri auf die Schulter. »Gute Nacht.«

»Nacht.« Henri blickte Georg gedankenverloren hinterher, als dieser auf dem Flur verschwand.

Die Standuhr schlug eins und die Kerzen auf dem Tisch waren fast abgebrannt. Der Salon war vom Kaminfeuer erhellt. Helene ließ sich in den Sessel fallen, zog die Beine an und lehnte sich zu ihrem Bruder vor. »Und? Gibt es mittlerweile eine Frau in deinem Leben?«

»Nö. Die gibt es nicht«, antwortete Henri gelassen. »Ich bin nicht auf der Suche, falls das deine nächste Frage ist.«

»Du findest sicher bald die Richtige.«

Henri schwieg. Lange Sekunden verstrichen, in denen er vor sich hinstarrte. Versunken in Gedanken, zu denen sie keinen Zugang hatte. Ehe sie das Thema vertiefen konnte, kam er auf ein anderes zu sprechen. »Wie läuft es in der Firma?«

Helene sog scharf die Luft ein. Seine Frage hatte Gefühle losgelöst, von denen sie geglaubt hatte, sie wäre mittlerweile darüber erhaben. Henri schlug kurz die Augen nieder.

»Was das angeht, Lenchen, ich weiß, ich bin dir noch eine Erklärung schuldig.«

»Du meinst, weil du Alfred deine Anteile verkauft hast, ohne vorher mit mir darüber zu reden?«, erwiderte Helene kühl. Ihr Herz trug ihm immer noch nach, was er getan hatte.

»Oh, Leni, ich war ein solcher Dummkopf.« Henri strich sich wütend das Haar zurück, dann schlug er die Faust ins Sofapolster.

»Es tut mir leid. Ich habe einfach nicht nachgedacht. Alfred hat mich in einem unglücklichen Moment erwischt. Einem Moment der Schwäche.«

Er legte seine Hand über ihre, suchte ihren Blick. Helene musterte ihn fragend und prüfend. Sie sah ihm an, dass er sich grämte, und ihr Groll verflog zusehends.

»Wir wissen beide, wie manipulativ unser Bruder sein kann«, sagte sie einsichtig. »Er ließ dir keine andere Wahl. Lass uns nicht mehr davon anfangen.« Für Helene gab es nur die eine Erklärung. Sie drückte nachgiebig seine Hand. Henri blinzelte verdutzt.

»Außerdem … es hat uns nicht geschadet. Jedenfalls nicht so sehr, wie ich befürchtet hatte.« Helene begann zu erzählen. Sie berichtete von der vielen Arbeit, ihrer Anhörung und dem Unfall in der Fabrik. Henri hörte aufmerksam zu und nickte immer mal wieder verständnisvoll. Am Ende lobte er ihr Durchhaltevermögen. Des Weiteren rechnete er es ihr hoch an, dass sie sich für die Familie der Verwundeten starkgemacht hatte. Ihm, so behauptete er, hätte der Mut dazu gefehlt.

»Unseren Bruder hat das bestimmt in helle Aufregung versetzt.« Er nahm eines der gerahmten Bilder in die Hand, die auf dem Kaminsims standen. Es zeigte die Geschwister als Kinder, Arm in Arm bei einer Schifffahrt in Cochem. Im Hintergrund war die Reichsburg zu sehen. Helene erinnerte sich lebhaft an jenen Tag, damals hatten sie sich alle fabelhaft verstanden.

»Wie hältst du es mit ihm aus?«, wollte Henri wissen.

»Beizeiten ist es anstrengend. Aber im Großen und Ganzen weit weniger, als ich es erwartet hatte.«

»Tatsächlich?« Henri runzelte skeptisch die Stirn und stellte das Bild zurück an seinen Platz. Er machte ein paar Schritte im Raum und wirkte nachdenklich gestimmt.

»Er kommt morgen her. Alfred mit Eva, und die Kinder natürlich«, sagte Helene.

»Ich habe Viktor Pakete geschickt. Ob Alfred sie ihm gegeben hat?«

»Wieso sollte er nicht? Du bist immerhin der Patenonkel. Ihr solltet miteinander reden. Du wirst merken, dass unser Bruder milder geworden ist. Er ist nicht mehr der Drache, der er war.«

Henri rümpfte die Nase – offenbar unentschlossen.

»Du musst nicht aufgeregt sein oder so was.« Helene war der Meinung, er brauchte ein wenig Ermunterung. »Du hast Alfred gefehlt, weißt du?«

»Schwer vorstellbar«, gab er keck zurück. Er ließ sich auf das Sofa fallen, seufzte und betrachtete Helene ernst.

»Wie gefällt dir die Ehe?«

Sie zuckte die Schultern. »Es ist … nicht immer ganz einfach.«

»Er ist nicht oft hier«, stellte Henri spitzfindig fest.

Helene biss sich auf die Unterlippe. Sie fragte sich, woher er das wusste. Wahrscheinlich hatte ihre Mutter geplaudert. Doch das spielte keine Rolle mehr. Bei Henri konnte sie nicht anders, als aufrichtig zu sein. Sie nickte verdrossen und er tat es ihr nach, die Lippen aufeinandergepresst und schwerfällig seufzend.

Eine unangenehme Stille entstand. Helene bemühte sich, sie zu durchbrechen. »Na ja, du kennst ja Georg. Er hat es noch nie lange an einem Ort ausgehalten. Eva vergleicht ihn gerne mit einem Seefahrer.« Sie versuchte sich an einem Lachen, scheiterte aber.

Henri schaute sie mitleidvoll an, und sie bereute es, so direkt gewesen zu sein. Hatte sie sich nicht vorgenommen, ihn nicht mit ihren Problemen zu behelligen?

»Leni, bist du glücklich?«, fragte er, ehe sie Gelegenheit hatte, ein anderes Thema anzuschneiden. »Ich hatte so gehofft, du würdest es werden«, fügte er leiser werdend hinzu.

Sie machte schmale Augen. »Ich bin glücklich, auf meine Weise.« Ihr Blick fiel auf den Anhänger, den sie von ihren Angestellten geschenkt bekommen hatte: ein Kranich aus Silber. »Er muss sie Monatslöhne gekostet haben«, hauchte sie nachdenklich. »Ich kann ihn nicht behalten.«

Henri nahm die Karte, die dem Anhänger beigelegen hatte und las: »*Das Gleiche lässt uns in Ruhe, aber der Widerspruch ist es, der uns produktiv macht.* Das ist von Goethe. Helene, du bedeutest diesen Menschen mehr, als du denkst. Kränke sie nicht, indem du ihr Geschenk ausschlägst. Es ist ein Zeichen von Respekt und Wertschätzung dir gegenüber. Ich kann mich nicht erinnern, dass unser Vater mal etwas geschenkt bekommen hätte. Oder, Gott bewahre, Alfred.«

Sie lächelte matt und kehrte zu dem zurück, was sie eigentlich beschäftigte. »Wir haben darüber gesprochen, Georg und ich. Über uns«, verriet sie leise. »Ich habe ihm gesagt, dass ich ihn hier brauche. Wir haben sogar jemanden eingestellt, der ihn entlastet.«

»Aber?«

»Georg will seine Geschäfte nicht vollständig abgeben.

Manchmal glaube ich, er fühlt sich in Köln nicht wohl. Ich kann nicht sagen, ob es an mir liegt, an Anita oder an diesem Haus.« Sie stockte. Tränen bahnten sich in ihre Augen, verschleierten ihre Sicht und raubten ihr die Stimme.

Henri reichte ihr ein Taschentuch. Sie trocknete ihre Tränen und holte tief Luft. »Ich habe mir das alles anders vorgestellt. Möglicherweise habe ich mir auch nur etwas vorgemacht. Ich wusste, dass Georg gerne reist. Das ist sein Wesen, oder nicht?«

Henri legte den Arm um sie. »Es ist nicht deine Schuld, dass es nicht funktioniert.«

Seine Worte waren wie Messer in ihrer Kehle. Sie hatte nie gesagt, dass es nicht funktionierte. Doch nun wurde ihr klar, dass er recht hatte. Sie hatte es sich zuvor nur nicht eingestehen wollen. Sie hatte sich eingeredet, dass es den meisten Paaren ähnlich ging. Dass die Flaute nur vorübergehend war. In Wahrheit aber bestand sie schon viel zu lange.

»Es wäre denkbar, dass Georg eine andere Frau kennengelernt hat.« Helene sprach zum ersten Mal das aus, was sie seit Langem beschäftigte. Henri war Georgs ältester Freund. Wenn jemand ihn durchschauen konnte, dann er.

»Hast du ... hast du ihn danach gefragt?«, erkundigte er sich zögerlich.

Sie schüttelte den Kopf. »Könntest du das vielleicht übernehmen? Ich wage es nicht. Aber ich brauche Gewissheit.«

Henri faltete die Hände vor sich auf seinem Schoß. »Ich weiß nicht. Georg und ich, wir haben länger keinen Kontakt gehabt und, ehrlich gesagt, will ich mich da nicht einmischen.«

Helene legte die Stirn in Falten. »Ihr wart doch die allerbesten Freunde. Ich verstehe nicht, was passiert ist.«

»Das ist nicht so einfach zu erklären«, stammelte er und wirkte auf einmal zutiefst verletzt. »Ich hoffe, dass ihr eine Lösung finden werdet. Womöglich braucht er nur das Gefühl, dass du ihm mehr Freiräume lässt.«

Sie schüttelte langsam den Kopf. »Das kann nicht das Problem sein. Viel wahrscheinlicher ist, dass er mich nicht mehr begehrt. Ich langweile ihn.«

»Das ist doch Unsinn!«, sagte Henri entschieden.

Helene schreckte ob seiner Reaktion zurück. Nach einem kurzen Schweigen fasste sie dennoch all ihren Mut zusammen. »Denkst du, er hat eine andere? Traust du es ihm zu?« Sie musste es einfach wissen.

Henri nahm einen tiefen Atemzug, dann schaute er seiner Schwester direkt ins Gesicht. »Nein. Ich bin mir ziemlich sicher, er hat keine andere.«

Helene holte erleichtert Luft. Henris Meinung beruhigte ihr aufgeregtes Herz.

»Ich mache mir Vorwürfe«, ergänzte er betrübt. »Ich hätte dich nicht allein lassen dürfen, Leni. Nicht so kurz nach Vaters Tod. Das war falsch von mir. Ich habe nur an mich selbst gedacht.«

»Ich hätte nicht von dir verlangt, hierzubleiben. Wie du weißt, bin auch ich einmal geflohen. Unsere Familie ist nicht wie andere. Dieses Haus kann ganz schön beengend sein. Wie ein Käfig.«

Er nickte leicht. »Wir müssen wohl alle unserer Wege gehen.«

Sie stieß ihn neckend an. »Aber hin und wieder ist es schön, wenn sie sich kreuzen.«

Henri lächelte beseelt und wischte ihr mit einem Zipfel seines Ärmels eine Träne von der Wange. Helene schmiegte den Kopf an seine Schulter. Gemeinsam saßen sie vorm Kamin, blickten in die rotorangen Flammen und verharrten nachdenklich beieinander. Zum ersten Mal seit langer Zeit fühlte sie sich wieder verstanden.

⋙ Kapitel 10 ⋘

In den frühen Stunden des ersten Weihnachtstages machten sich alle für die große Familienfeier fertig. Schon bald würden Alfred und Eva mit den Kindern eintreffen. Tante Astrid und Laurie hatten hingegen entschieden, die Feiertage in London zu verbringen. Helene befürchtete, dass das Fest ohne deren Einfluss weniger friedvoll verlaufen würde. Astrid hatte ein Händchen dafür, Zwistigkeiten aufzulösen – was in den letzten Jahren zu einem ruhigeren, sogar harmonischeren Weihnachten in der Von-Ratschek-Villa beigetragen hatte. Vor dem Hintergrund, dass die ganze Familie erstmalig wieder aufeinandertraf, bereitete das Helene Kopfschmerzen. Im Ernstfall wäre sie verpflichtet, die Schlichterrolle ihrer Tante zu übernehmen.

»Sie sehen ganz bezaubernd aus, Frau Kronenberg.« Fanny legte ihr die Rubinhalskette um, die ein Hochzeitsgeschenk von Georg gewesen war, und brachte sie damit auf andere Gedanken. Helene legte eine Hand auf das schwere Schmuckstück. Die Erinnerung an glücklichere Tage flackerte in ihr auf wie eine Kerze im Wind. Sogleich erstickte Schwermut die Flamme, als Helene den Blick in die Zukunft ihrer Ehe wagte. Was, wenn jene Tage für immer verloren waren?

»Denkst du, ich werde ihm gefallen?«, fragte sie und sah Fanny durch den Spiegel an.

Diese lachte kurz auf, dann wurde sie ernst und schaute Helene direkt ins Gesicht. »Sein Herz wird stehen bleiben bei Ihrem Anblick.«

Helene lächelte träge. Sie war dankbar für die aufmunternden Worte. In diesem Fall sah sie ihr die Notlüge nach. Fanny wollte sie trösten, vielleicht sogar vor noch größerem Kummer bewahren.

Fanny knetete ihr ein letztes Mal die Locken durch. »Was haben Sie doch eine dichte Mähne. Ich würde viel dafür geben, solches Haar zu besitzen. Meines ist dünn und die Farbe ausgeblichen wie Stroh.«

Helene hielt beim Auftragen ihres Lippenstifts inne und schenkte ihr ein Lächeln. Sie wusste Fannys Komplimente zu schätzen, die immer dann kamen, wenn sie sie am meisten brauchte. Im Gegensatz zu Katharinas wirkten sie außerdem aufrichtig. Fanny besaß ein Einfühlungsvermögen, das bemerkenswert und vor allem selten war. Schon jetzt fürchtete Helene den Tag, an dem ihre Schwiegereltern sie zurückforderten.

»Es ist lange her, dass ich so herausgeputzt war.« Helene dachte laut, während sie ihr Konterfei musterte.

»Es ist aber auch ein wichtiger Anlass«, bestärkte Fanny sie.

»Henri wird mich sicher auslachen.«

»Aber nein. Er wird Sie wie immer bewundern«, widersprach Fanny. »Es ist ein Segen, dass der junge Herr wieder da ist. Ich weiß, wie sehr er Ihnen gefehlt hat. Und Ihrer lieben Mutter.« Sie schob leise den Hocker an die Frisierkommode heran.

Ein letztes Mal betrachtete Helene sich gründlich im Standspiegel mit dem silbernen Rahmen. Das dunkelrote Kleid mit schwarzem Spitzenbesatz saß perfekt an ihrem Körper. Der großzügig geschnittene Ausschnitt gab den Blick auf ihre nackten Schlüsselbeine und den Rücken frei. Sie war bereit, mit schärferen Waffen in den Krieg zu ziehen. Es waren die Worte ihrer Mutter, die in ihr nachhallten. Sie musste Georg wieder neu für sich gewinnen. Ein Scheitern ihrer Ehe wollte und konnte sie nicht akzeptieren. Mitunter fragte sie sich aber auch, ob der innige Wunsch nach einem erfüllten Leben sie erst um jenes brachte.

»Nicht erschrecken.« Auf Fannys Ankündigung hin folgte ein Sprühnebel, der Helene umhüllte und sich als Sycomore herausstellte. Den Chanel-Duft hatte Fanny für Helene in der Parfümerie besorgt, nachdem sie von Zofen anderer Häuser erfahren hatte, dass dies das Parfüm der Damen der gehobenen Gesellschaft schlechthin war.

»Nun sind Sie ein blühender Garten!«, fand Fanny. Helene senkte die Nase über ihre Schulter. Auf ihrer Haut entfaltete sich die Spannbreite des Dufts: Jasmin, Rose, Bergamotte und Veilchen. Er war angenehm, wenn auch der horrende Preis Helenes Verständnis von Luxus überstieg und sie sich damit von der Tradition der Frauen ihrer Familie losgemacht hatte, die auf 4711 schworen. Sie wollte nichts unversucht lassen, um die Aufmerksamkeit ihres Ehemanns zu erregen.

»Fanny? Hatte Georg eigentlich viele Frauen vor mir?«, hörte sie sich murmeln.

Fanny hielt kurz den Atem an und sah angestrengt zu Boden. »Das kann ich Ihnen wirklich nicht sagen, gnädige Frau.« Sie hielt ihr die cremefarbenen Seidenhandschuhe hin und zog die Stirn kraus.

Helene wusste selbst nicht, warum ihr seine mögliche Untreue ständig im Kopf umhergeisterte. Bestimmt hatte Fanny das Gerede über die Eheprobleme der jungen Kronenbergs gehört. Und Helene war sicher, dass es allein Fannys Professionalität war, die ihr gebot, darüber zu schweigen.

Sorgsam strich Helene die Handschuhe bis zu ihren Ellbogen glatt, dann verließ sie ihr Zimmer und trat auf den Flur. Sie raffte den Rock, der aus mehreren Lagen Stoff bestand, so dass es bei jedem Schritt, den sie tat, raschelte, als sei sie in Geschenkpapier eingewickelt. In dem Moment, in dem sie sich fragte, ob das Kleid nicht doch übertrieben war, hörte sie, wie sich Henri und Georg im Vestibül in gedämpfter Lautstärke unterhielten. Leise stieg sie die Stufen hinab, um sie nicht zu stören. Sie befürwortete deren Aussprache, wurde jedoch stutzig, als sie sah, wie sich Henris Finger in Georgs Anzug krallten. Mit einem einvernehmlichen Nicken, aus dem Helene nicht schlau wurde, lösten sie sich jedoch einen Sekundenbruchteil später voneinander und folgten Klaras Ruf, der sie in den Salon beorderte.

Das Läuten an der Tür ließ Helene aus ihrer Verwirrung aufwachen. Robert öffnete, und Evi stürmte in das Haus. Ihr Bruder Viktor folgte ihr gelassener. Klara, die den beiden entgegenkam, schloss sie fest in die Arme. Alfred und Eva legten ihre Mäntel ab. Sie übergaben die mitgebrachten Geschenke an Hedwig, die sie in die Stube trug. Während

Alfred den Kindern und seiner Mutter ins Wohnzimmer nachging, traf Evas überraschter Blick Helene, die gerade die letzte Stufe zu ihr hinunternahm.

»Zu viel, oder?«, fragte sie verunsichert.

»Nicht doch! Es ist nur …« Eva musterte sie abwartend. »Dreh dich mal!«, verlangte sie und ließ ihren Zeigefinger kreisen.

Helene tat, wie ihr befohlen.

»Du siehst anders aus. Atemberaubend schön anders«, versicherte Eva.

Helene atmete erleichtert auf. Sie gab einiges auf die Meinung ihrer Schwägerin. Eva hakte sich bei ihr unter und betrachtete sie bewundernd von der Seite.

»Ich liebe dich, weißt du das?«, sagte sie und himmelte sie regelrecht an.

Helene plusterte vor Lachen die Backen auf und bemühte sich um gespielte Ernsthaftigkeit. Sie bettete ihre Hand über Evas, die locker auf ihrem Arm lag und stellte ihre Stimme tief. »Nun ja, ich liebe dich auch.«

Kichernd wie Schulmädchen, betraten sie den Salon. Klara stand mit Goldie auf dem Arm vorm Christbaum, die Augen weit aufgerissen.

»Helene.« Verdattert sah sie an ihrer Tochter rauf und runter.

»Was soll das denn darstellen?«, spottete Alfred. Eva schickte ihm einen warnenden Blick und brachte ihn auf diese Weise zum Schweigen.

»Das, mein Lieber, ist Haute Couture.« Klara drückte ihm Goldie in die Arme und wandte sich strahlend ihrer Tochter zu. »Schau dich nur an! Wie schön zu sehen, dass du doch so etwas wie einen Stil entwickelst.«

»Danke, Mama«, erwiderte Helene schroff.

»Ist das ein Filmstar oder ist das meine kleine Schwester?« Henri kam auf sie zu und verneigte sich überschwänglich.

»Mylady.« Er bot ihr den Arm, führte sie zum Sofa, neben dem Georg stand und übergab ihm Helenes Hand. »Ist sie nicht bildschön?«

Georgs Blick ruhte weich auf seinem Freund, ehe er auf Helene überging. Er strich über ihre Hand und ein leichtfertiges Lächeln umspielte seinen Mund. »Bildschön, in der Tat.«

Helene versuchte, nicht gekränkt zu wirken, denn er hatte sie kaum angesehen. Konzentriert nahm sie ihren Platz auf dem Sofa ein, damit die Feier beginnen konnte. Die Geschenke für die Kinder waren die ersten, die geöffnet wurden. Aus dem Radio tönte ein Kinderchor, der »Schneeflöckchen, Weißröckchen« zum Besten gab. Gelangweilt schob Anita eine Puppe von sich weg und ging zum Schaukelpferd mit silbrigem Schweif, das mit einer großen roten Schleife geschmückt war – ein Geschenk des Patenonkels. Georg half ihr, sich daraufzusetzen.

»Hü Hott.« Sie griff die Zügel und gab dem Holzpferd die Sporen. Rasant bewegte es sich vor und zurück.

»Wir haben hier wohl ein Naturtalent«, fand Henri. »Das solltet ihr fördern.«

»Wenn du älter bist, fahre ich mit dir nach Bern, da, wo die echten Ponys hinter dem Haus deiner Großmutter stehen«, versprach Georg daraufhin.

»Au ja!«, trällerte sie munter.

Als es an der Zeit war, zu essen, ließ sie sich nur schwer vom Schaukelpferd abbringen. Viktor gelang es schließlich, seine Cousine spielerisch ins Esszimmer zu locken. Wie üblich hatte Klara Namenskarten aufstellen lassen, damit jeder wusste, wo er sich hinzusetzen hatte. Nachdem alle ihre Plätze eingenommen hatten, haftete Henris Blick fragend auf dem leeren Stuhl am Tischende, bei dem ebenfalls eingedeckt worden war.

»Erwarten wir noch jemanden?« Er schaute in betroffene Mienen. Einen Augenblick lang schien ihm niemand antworten zu wollen.

Klaras Finger zitterten, als sie sich an der Serviette zu schaffen machte. Die Dienerschaft trug den Sauerbraten herein, die Klöße und den Rotkohl, und sorgte für eine kurzweilige Zerstreuung, in der Helene sich zu Henri hinüberlehnte. »Papa hat dort gesessen. Weißt du nicht mehr?«

Henri wurde kalkweiß. Verstört sah er den leeren Stuhl, dann seine Mutter an. Er hatte nicht wissen können, dass sie die merkwürdige Angewohnheit entwickelt hatte, ihrem verstorbenen Mann einen Platz beim Weihnachtsessen zu reservieren. In Helene löste sie trauriges Verständnis aus. Weder Georg noch Alfred wagten es, etwas dagegen zu sagen und sahen über diese Eigenart hinweg. Die Tatsache, dass sich das Verhältnis der Eltern erst kurz vor dem Tod des Vaters gebessert hatte, grämte die Geschwister. Zuvor verschenktes Vertrauen war zurückgekehrt. Geblieben waren Wertschätzung, Respekt und Liebe – leider zu spät.

Henri war ungewöhnlich still geworden. Er schien zu realisieren, was jeder längst wusste. Nämlich, dass seine Mutter zwar äußerlich stabil wirkte, innerlich aber eine gebrochene Frau war, die ohne Weinbrand keinen Tag überstand.

»Entschuldige, ich hätte dich vorbereiten sollen«, flüsterte Helene ihm zu.

Henri presste die Lippen aufeinander und schenkte ihr ein knappes Lächeln. »Ist schon in Ordnung. Irgendwie hatte ich so was erwartet.«

Es wurde aufgetischt. Doch die lockeren Gespräche waren zum Erliegen gekommen.

»Wie sehen deine Pläne für weitere Geschäftsreisen aus, lieber Schwager?«, erkundigte Alfred sich schließlich unerwartet.

»Wieso die Frage?«, entgegnete Georg skeptisch. Alfred schnitt sein Fleisch in mundgerechte Stücke und zuckte leicht mit den Schultern. »Nun, dem Familienfrieden sind weitere Reisen bestimmt nicht gerade zuträglich. Und jetzt, da dieser Vogelsang den Außendienst übernommen hat, sind sie auch nicht mehr notwendig, oder? Ich meine, wir bezahlen ihn doch nicht fürs Nichtstun.«

»Er wird eingearbeitet«, erklärte Helene. »Sobald wir sicher sind, dass er sich in allen Aufgabenbereichen zurechtfindet, wird Georg sich nur noch selten um die auswärtigen Geschäfte kümmern. Ist es nicht so, Schatz?« Sie sah ihn auffordernd von der Seite an.

»Sehr richtig!«, stimmte er zurückhaltend zu.

»Ich habe Herrn Vogelsang für Dienstag in unser Büro bestellt«, fuhr Helene fort. »Dann könnt ihr die Termine für das neue Jahr absprechen.«

Georg hielt Messer und Gabel krampfhaft fest, neigte kurz

seinen Kopf in ihre Richtung, nickte dann jedoch knapp. Helene lächelte aufgesetzt. Sie spürte seine Anspannung, wusste aber nicht, wie sie sie lindern sollte. War es wegen Henri? Aufgrund des schwelenden Streits der beiden? Oder war es Alfred, der Georg mit seinem Verhör in die Enge trieb? Helene senkte unmerklich die Brauen. Zuvor war ihr nie aufgefallen, dass ihr Mann sich so leicht verunsichern ließ. Doch nun wirkte er, als hätte etwas seine Selbstsicherheit abblättern lassen wie Farbe von einer Hausfassade.

»Dann dürfen wir also gespannt sein.« Alfreds durchtriebener Blick pfählte Helene regelrecht. Genüsslich schob er sich ein Stück Fleisch in den Mund. Eine unangenehme Pause entstand, in der das Schmatzen und Kauen der Kinder zu hören waren und das Kratzen von Besteck auf Porzellan.

»Lasst uns nicht von der Arbeit reden«, bat Klara. »Abende wie diese, an denen wir alle zusammen sind, sind zu selten geworden.«

»Das Unternehmen kennt keine Feiertage«, erläuterte Alfred.

»Nicht heute!«, donnerte sie scharf und so laut, dass alle zusammenzuckten.

»Sitz gefälligst gerade, Viktor«, tadelte Alfred daraufhin seinen Sohn. »Oder willst du einen Buckel bekommen?«

Eva strich dem Jungen sanft über den Rücken. Viktor richtete sich auf, sein Kopf aber blieb gesenkt.

»Was gibt es zum Nachttisch, Großmama?« Evis große blaue Augen wurden noch größer, als Klara eine Überraschung ankündigte.

Henri lehnte sich vor. »Bestimmt ist es eine Eisbombe. Schokolade und Vanille, Sahne und …«

»Erdbeeren!«, entfuhr es Evi in einem japsenden Atemzug. Staunend wandte sie sich an ihren älteren Bruder. Viktor brachte nur ein schwaches Lächeln zustande. Er war ruhig, zu ruhig, wenn es nach der Meinung seines Vaters ging.

Nachdem die Dienerschaft das Geschirr abgeräumt hatte, kam Käthe mit einem Servierwagen in die Stube. Klara setzte Goldie auf den Boden und grinste verschwörerisch in Evis Richtung.

»Dass du auch immer alles verraten musst«, sagte sie gespielt übelnehmend zu Henri. Käthe hob die Speiseabdeckung an und enthüllte ihre Eistorte. Lange Wunderkerzen wurden hineingesteckt und angezündet. Das Flackern und Flimmern spiegelte sich in den entzückten Kinderaugen wider. Bei Helene weckte es Erinnerungen an ihre eigene Kindheit. Damals, vor fast zwanzig Jahren, war es eine Buttercremetorte gewesen, die Käthe mit derselben Sensationslust präsentiert hatte. Ihr Vater hatte solche Auftritte der Köstlichkeiten geliebt und die Köchin hatte daran festgehalten, ebenso wie Klara, die diese Tradition an ihre Enkelkinder weitergab.

Sie ließen sich das Eis schmecken und zum ersten Mal, seit sie sich an diesem Abend zusammengesetzt hatten, waren es die Kinder, die die Stimmung im Haus vorgaben. Sie lachten und kicherten, hatten Freude am Nachttisch und anschließend an ihren Geschenken, die unter dem Weihnachtsbaum warteten.

Später, im Wohnzimmer, hatte die heimelige Atmosphäre

endlich auch Helenes Herz erreicht. In einer entspannten Minute widmete sie sich dem Geschenk, das Georg ihr überreicht hatte. Gestern Abend erst hatte er ihr Perlenohrringe geschenkt, aber jetzt waren alle gespannt, was er sich noch hatte einfallen lassen. Aufgeregt löste Helene das Schleifenband. Sie griff ins Paket hinein und holte eine handliche Silberdose daraus hervor.

»Für deine Briefe«, erkannte Klara sofort. »Die ist wirklich hübsch.«

Helene hielt die Dose gegen das Licht. Zimtfarbene Steine funkelten am Rand, die in Buchstaben angeordnet waren. Glitzernd erhoben sich die Initialen *G & H* aus dem Metall. Etwas Vergleichbares hatte sie nie zuvor gesehen.

»Feinste Silberschmiedekunst.« Klara begutachtete das außergewöhnliche Geschenk genauer. »Selten sind mir solche Diamanten untergekommen.« Ihre Expertise beruhte auf einer Vorliebe für Schmuck und allerlei Kostbarkeiten.

Helene fuhr herum. Verwundert schaute sie ihren Ehemann an.

»Diamanten?«, fragte sie ungläubig.

Georg nickte gelassen. »Drei Karat.« Er schlang seine Arme um Helene und zog sie an sich. »Sieh es als Versöhnungsgeschenk. Ich weiß, ich war nicht immer für dich da in letzter Zeit.«

Helene sah ihm tief in die Augen. Konnte es wahr sein? Meinte er es ernst?

»Entschuldigung angenommen, würde ich sagen.« Klara füllte die Champagnergläser und drückte jedem eines in die Hand. »Auf die Zukunft!«

»Auf die Zukunft«, wiederholten Eva und Alfred. Henri, der seine Schwester und Georg nicht aus den Augen ließ, stimmte verhaltener mit ein. Kinderlachen erfüllte das Haus. Die Kleinen tollten fröhlich mit Goldie umher, die mit der Schleife des Schaukelpferdes in der Schnauze vor ihnen davonrannte.

»Du kannst dir nicht vorstellen, wie viel mir das bedeutet.« Helene schaute zu Georg auf, der den Arm um sie gelegt hatte. Er lächelte leicht, bevor sich sein Blick auf dem Weihnachtsbaum verlor. Helene betrachtete für einen Moment sein Profil. Sie hatte gehofft, dass er ihr ein Kompliment über ihr Kleid oder die Frisur machte. Irgendeine Nettigkeit, um die er früher nie verlegen gewesen war. Sie wusste es zu schätzen, dass er sich im Beisein ihrer Familie entschuldigt hatte. Doch im Grunde war sie sich nicht sicher, ob er es für sie oder für sich selbst getan hatte. Helenes Finger schlossen sich um die kostbare Silberdose. Sie fühlte sich schwer an. Trotz ihrer unbestreitbaren Schönheit hatte sie Schwierigkeiten, sie anzunehmen.

⋙ KAPITEL 11 ⋘

Nachdem sich alle zur Nachtruhe begeben hatten, erwartete Helene Georg auf dem Ehebett sitzend. Eine Flasche Rotwein stand auf dem Nachttisch bereit. Zwei Gläser hatte sie schon getrunken, um ihre Nervosität zu lindern. Sie hatte sich aus der Strumpfhose befreit und ihre Schuhe abgestreift. Wie in einem dieser Magazine, aus dem auch das Bild der Dietrich stammte, hatte sie die Beine so übereinandergeschlagen, dass der Rockschlitz ihren nackten Oberschenkel preisgab. Ihre Aufregung führte aber immer wieder dazu, dass sie sich neu positionierte, um so perfekt wie möglich auszusehen, wenn Georg eintrat.

Eine Stunde verging und ein weiteres Glas Wein später hatte Helene die Decke über sich gezogen. Schritte waren auf dem Flur zu hören, endlich wurde die Klinke heruntergedrückt. Helene richtete sich halb auf, warf die Decke von sich und legte eine Hand auf ihre Hüfte, mit der anderen strich sie einladend über das Laken. Georg atmete geräuschvoll aus. Das warme Licht der Kerzen, die auf der Kommode standen, sollte für die rechte Stimmung sorgen, doch als Georg die Tür hinter sich schloss, schien er nichts davon zu spüren. Er blies sie aus. Alle, bis auf eine, die er auf seinem

Nachttisch abstellte. Wortlos legte er sein Jackett ab, schlüpfte aus seinen Sachen, hinein in den Schlafanzug, den Fanny ihm auf dem Sessel zurechtgelegt hatte. Ohne Helene auch nur anzusehen, hob er die Decke an und legte sich darunter. Er gab ihr einen flüchtigen Kuss auf die Wange und drehte sich um.

Helene, die mittlerweile aufrecht im Bett saß, verstand die Welt nicht mehr. Irritiert beugte sie sich zu ihm vor, roch seinen Atem und rümpfte die Nase. Er stank nach Schnaps und Zigaretten. Offenbar hatten er und Henri das Wiederaufleben ihrer Freundschaft ausgiebig gefeiert. Helene versetzte das einen Stich ins Herz. Sie hatte gehofft, dass die Silberdose nicht das einzige Versöhnungsgeschenk gewesen war.

»Georg?«

Er gab ein Brummen von sich.

»Sag, liebst du mich noch?« Jene Worte kamen ihr nur schwer über die Lippen. Unvermittelt wurde ihr klar, dass sie auf ein Geständnis, das sie schockieren könnte, überhaupt nicht vorbereitet war.

Georg schnaufte aus, dann drehte er sich langsam um. »Du denkst, dass ich dich nicht mehr liebe?« Alkohol umnebelte ihn.

»Du verhältst dich anders. Nicht wie sonst.«

Georg stöhnte. »Was willst du eigentlich von mir?«

»Ich will, dass du mich ansiehst, wie du es früher getan hast. Ganz zu schweigen von …«

»Ja?«, hakte er ungeduldig nach.

»Wir schlafen nicht mehr miteinander.«

»Ist das dein Ernst? Leni, ich bin müde.«

»Das sagst du jedes Mal. Ich glaube dir nicht. Männer brauchen es noch mehr als Frauen.« Nicht nur Magdas, sondern auch Evas Berichte über die Vorliebe der Männer pflichteten ihr bei.

»Brauchen was?«, zischte er ungehalten. »Du musst dich schon deutlicher ausdrücken.«

Helene brachte es nicht über sich, in Worte zu fassen, was ihr fehlte. Also zeigte sie es ihm. Sie befreite sich aus ihrem Nachthemd und schmiegte sich dicht an ihn an heran. Er gab ein leises Ächzen von sich, als sich ihre Finger unter sein Schlafanzugoberteil tasteten und die Innenseite seiner Hose erkundeten. Sie küsste seinen Nacken, wurde stürmischer.

Georg packte ihre Hand. »Nicht«, sagte er heiser und schob sie von sich weg.

Helene setzte sich auf. Die Lust, die sie gerade noch empfunden hatte, war der Wut darüber gewichen, erneut von ihm abgewiesen worden zu sein. Sie sah keinen Grund mehr, sich zu zügeln. Sie kannte die Abgründe der Männer genau. Ihr Vater war in den Bordellen der Stadt ein und aus gegangen. Ihr Bruder verführte Dienstmädchen und wer weiß noch wen. Untreue hatte sie oft gesehen, aber nie am eigenen Leib erfahren – bis jetzt. Es zerriss sie innerlich und eine üble Mischung aus Scham und Zorn, die in ihr brodelte, brachte sie fast um den Verstand.

»Du hast eine andere!«, schoss es aus ihr heraus. »Wer ist sie? Kenne ich sie?« Ihr Ton war mühsam, ihre Stimme brüchig.

Langsam kam Georg auf die Bettkante. Er gab ein lautes Seufzen von sich, während er sich mit beiden Händen das Gesicht rieb. »Du dichtest mir eine Geliebte an?«

»Ich wüsste nicht, wieso du dich sonst so merkwürdig verhalten solltest. Es ist die einzige logische Erklärung.«

Er lachte verächtlich und nickte dabei, den Blick auf den Boden zwischen seinen Füßen gerichtet.

Helene überkamen Zweifel. Sie holte tief Luft, um ihre Worte weise zu wählen. »Bitte, sag mir, dass ich mich irre! Irre ich mich?«

Er fuhr sich kopfschüttelnd durchs Haar, dann setzte er sich schräg aufs Bett und schaute sie an. Seine Augen wirkten ungewöhnlich traurig auf sie. So düster, dass es sie zusammenzucken ließ. Blind krallte sie sich die Decke und presste sie an ihren Körper, der unter der Anspannung zu zittern begonnen hatte. Georg senkte den Blick wieder. Helene führte ihre Hand an seine Schulter und schließlich an seine Wange, um ihn dazu zu bringen, sie erneut anzusehen.

»Bitte, sag mir, was los ist. Du kannst mir alles anvertrauen, egal, was es ist. Aber sei ehrlich zu mir. Habe ich das nicht verdient?«

»Ich will nicht, dass du meinetwegen leidest«, hauchte er.

Helene schüttelte verwirrt den Kopf. »Aber ich bin doch deine Frau. Dein Leid ist auch mein Leid. Schon vergessen?«

Er schürzte die Lippen. Helene dachte daran, was sie sich gewünscht hatten – gemeinsam, auf der Hochzeitsreise. Anita sollte kein Einzelkind bleiben. Sie wollten weitere Kinder, das war auch Georgs Wunsch gewesen. Er hatte so entschieden, weil er als einziges Kind der Familie die bittere Erfahrung von Einsamkeit machen musste. Helene überlegte, ihn daran zu erinnern, doch wie sie ihn so betrachtete, wurde ihr klar, dass das nicht nötig war.

Er rang mit sich. »Du verdienst einen Mann, der für dich da ist. Der dir gerecht wird«, sagte er schließlich leise.

»Dann sei dieser Mann!«, entgegnete sie prompt und war erleichtert, weil es offenbar einfacher war, als sie dachte, ihm wieder näherzukommen. War sie es lediglich falsch angegangen?

Ohne sie anzusehen, griff Georg nach ihrer Hand, kroch zu ihr, streichelte von ihrem Arm über ihre Brust und den Bauch und beugte sich vor. Helene legte ihre Hand an seine Wange, hob erst sanft, dann stärker sein Kinn an, doch seine Augen verweigerten sich ihr. Sie stemmte sich hoch, übernahm wieder das Ruder, aber sein Kuss blieb kalt. Es lag keine Lust darin. Helene hielt inne, sah ihm in die Augen, suchend nach dem Warum.

»Verzeih mir!«, wiederholte er gequält, machte sich von ihr frei und kehrte auf die Bettkante zurück. »Ich kann einfach nicht.« Ein trostloses Schluchzen entwand sich seiner Kehle, ehe er die letzte Kerze ausblies. Die Dunkelheit ging ein Bündnis mit der Stille ein, die im Raum hing wie ein ausblutendes Tier.

»Ist es meine Schuld?«, fragte Helene in die Leere hinein. Kaum etwas zu sehen oder zu hören, gab ihr das Gefühl, unsichtbar zu sein. Es ermutigte nicht nur sie, offener zu sprechen.

»Du bist wundervoll«, antwortete Georg. »Das bist du immer gewesen. Daran hat sich nicht das Geringste geändert. Es liegt allein an mir.«

Sie lachte betrübt. »Klingt wie eine höflich vorgetragene Beleidigung. Ist es die Arbeit? Verlangt sie dir zu viel ab?«

Helene suchte nach weiteren Gründen für sein Verhalten, in der Hoffnung, ins Schwarze zu treffen.

»Es ist nicht die Arbeit.«

»Dann sind es deine anderen Verpflichtungen. Dränge ich dich zu sehr?«

»Nicht doch.«

»Deine Eltern? Sie wollen, dass du bei ihnen präsenter bist. Dein Vater vielleicht?« Helene wusste, wie herrisch er sein konnte.

Georg seufzte. »Nein.«

»Was belastet dich? Irgendetwas liegt dir auf der Seele. Ich sehe es dir doch an.«

Er schwieg.

Helene neigte sich vor, berührte ihn sanft am Arm. »Wenn du mir sagen würdest, was los ist, könnte ich uns helfen.«

»Uns helfen? Lenchen, du bist ein solcher Schatz. Ich weiß, du würdest es tun. Du würdest, ohne zu zögern, nichts unversucht lassen, um unsere Ehe zu einer zu machen, wie sie andere haben.«

»Aber natürlich!« Helene knipste die Nachttischlampe an. Sie hatte genug vom Versteckspiel. »Das ist sie doch wert, oder etwa nicht?« Sie suchte seinen Blick.

Zum ersten Mal in dieser Nacht sah er ihr direkt in die Augen. Sein aufgekommenes Lächeln verblasste aber mit jedem weiteren Atemzug. Es schien, als wäre ihm soeben etwas klar geworden, dennoch nickte er kurz und langsam.

»Dann lass es mich versuchen«, redete sie weiter auf ihn ein, weil sie das Gefühl hatte, endlich an ihn heranzukommen.

»Ich weiß, du würdest alles tun, aber … Fakt ist … unsere Ehe ist nicht wie die der anderen.« Er wandte erneut den Blick ab.

Helene zog die Brauen zusammen. Sie konnte ihm nicht folgen. »Was soll das bedeuten? Was redest du denn da?«

Mit einem Mal stand er auf. »Es ist besser, wenn ich gehe.«

Helene sprang auf. »Nein!«, widersprach sie ihm, ging auf ihn zu und nahm seine Hände. »Du darfst jetzt nicht schon wieder gehen.« Ihr Ton war flehend, ebenso wie ihr Blick. »Bleib. Bitte! Wenn du mir versicherst, dass es keine andere gibt, dann …«

»Es gibt keine«, flüsterte er kopfschüttelnd.

»Dann glaube ich dir.«

Er drehte den Kopf weg. Helene führte ihre Hand an sein Kinn und brachte ihn dazu, sie wieder anzusehen.

»Ich glaube dir«, versicherte sie ihm erneut. »Und es ist für mich in Ordnung, wenn du im Moment nicht über alles mit mir reden möchtest. Sprich einfach mit mir, wenn du bereit bist, ja?«

Er schluckte sichtbar. Dabei sah er sie verwundert und verständnislos zugleich an.

Helene lächelte, obwohl sich ihre Augen mit Tränen füllten. »Lass uns zu Bett gehen. Wir müssen auch gar nichts tun. Sei einfach nur da. Neben mir. In Reichweite.«

Georgs Antwort war ein bitterer Seufzer. Seine Finger spielten mit ihrem Haar, ehe er sie an sich zog. Seine Arme lagen fest um ihren Körper. Helene vergrub das Gesicht in sein Hemd und sog seinen vertrauten Duft tief ein, der ihr das Gefühl von Geborgenheit vermittelte. Sie war noch immer verwirrt, aber weniger einsam als zuvor. Er war da. Sie hatte ihn zum Bleiben bewegt und nicht erneut in die Flucht geschlagen. Obwohl sie den wahren Grund für seinen Rückzug von ihr nicht kannte, reichte ihr dieser kleine Erfolg aus – zumindest für den Augenblick.

Den Tag darauf verbrachten Henri und Helene bei einem Spaziergang mit Anita am Rhein. Henri erzählte von seinen Reisen und Erfahrungen und seine Schwester hing fasziniert an seinen Lippen.

»Du glaubst es nicht, Leni«, holte er aus, und Helene sah, wie seine Augen vor Leidenschaft funkelten. »Es gibt diese Gemeinschaft, die ohne gesellschaftliche Konventionen auskommt. Die Menschen sind unangepasst und stolz darauf. Sie feiern die Toleranz, die Andersartigkeit in sämtlichen Formen und Farben. Ich hätte es nie für möglich gehalten, aber ich bin mittlerweile ein Teil davon. Ein Teil von ihnen. Die Gespräche und die Begegnungen sind unglaublich inspirierend. Es würde dir gefallen. Erst vor zwei Wochen hat eine weltbekannte Pianistin auf einem unserer Feste gespielt. Spontan stiegen einige der Gäste mit ein, haben mit ihr musiziert. Es wurde gesungen und getanzt. Ich sage dir, Lenchen, seit ich mit diesen Menschen zusammen bin, hat sich mein Horizont erweitert. Ich bin ein anderer geworden. Heute lebe ich mein Leben so, wie es mir gefällt.«

»Du klingst auch ganz aufgeräumt. Ich freue mich für dich!

Das hört sich alles wie im Märchen an.« Helene schmiegte sich an ihn.

»Mag sein. Bis vor ein paar Jahren, hätte ich nicht geglaubt, dass jemand wie ich Gleichgesinnte finden kann.«

»Jemand wie du? Du bist doch vollkommen normal.«

Henri lachte. »Derweil empfinde ich normal als eine Beleidigung.«

»Du hast recht. Normal zu sein, mit dem Strom zu schwimmen, das ist wenig erstrebenswert.«

Er nickte lächelnd. »Du musst unbedingt nach Paris kommen. Diese Gemeinschaft der Freidenker, die musst du erleben.«

»Das würde ich wirklich gern.« Helenes Gedanken schweiften ab. Inzwischen hatte sie viele Pläne. Ihr Kalender war jedoch so voll, dass nicht abzusehen war, wann sie auch nur einen davon verwirklichen konnte.

Anitas Jauchzen holte sie zurück in den Moment. Henri fuhr Schlangenlinien mit dem Kinderwagen, bremste abrupt und machte Motorengeräusche, bevor er wieder Fahrt aufnahm. Seine Nichte war begeistert.

»Mehr, mehr. Schneller, schneller!«, brüllte sie mit einem Lachen, das ansteckend war.

Ein kühler Wind bog die Äste der Linden, die das Rheinufer bewuchsen. Es war kälter geworden, und Helene schlug den Mantelkragen hoch.

»Bevor du uns wieder verlässt, müssen wir noch in die Stadt. Ich bin dir ein Weihnachtsgeschenk schuldig«, sagte sie.

»Ich brauche nichts, Leni.« Henri sah in den Himmel hinauf, wo graue Wolken entlangzogen.

»Schon irgendwie seltsam. Als wir Kinder waren, zählten nur die Geschenke.« Helene half Anita, aus dem Wagen auszusteigen, damit sie den Tauben hinterherjagen konnte.

»Heute wissen wir, dass es auf Geschenke nicht ankommt«, antwortete Henri.

»Ja, schon. Aber sie gehören eben dazu. Also … was wünschst du dir?« Vergnügt hakte sie sich bei ihm unter.

»Nichts!«

»Nichts?«, wiederholte sie ihn lachend. Sie glaubte ihm nicht. Niemand war wunschlos.

»Jedenfalls nichts, das sich mit Geld kaufen ließe.« Er lächelte matt und legte seine Hand über ihre. »Erzähl, konnte dieses Weihnachten deine Erwartungen erfüllen? Hast du bekommen, was du dir erhofft hast?«

»Erwartungen und Hoffnungen zu haben, empfinde ich inzwischen als töricht. Wir werden doch nur enttäuscht.« Aus ihr klang eine Frustration, die sie erschaudern ließ. Ihr wurde klar, dass sie ihren Bruder um dessen Freiheit beneidete. Denn bei all ihren Mühen, war ihr die eigene abhandenkommen. Sie hatte es nicht einmal gemerkt.

»Erwartung und Hoffnung sind einander ähnlich, aber sie sind nicht dasselbe«, berichtigte Henri sie. »Die Hoffnung setzt die Zuversicht voraus, dass das, worauf wir hoffen, passiert. Die Erwartung den Glauben daran. Der Antrieb macht den Unterschied.«

Helene bedachte ihn verwundert mit einem Seitenblick. »Du hast dich wirklich verändert«, sagte sie mit leisem Stolz. Ihr Bruder, der unaufhörlich seinen Platz in der Familie gesucht hatte, wirkte auf einmal über sie erhaben.

»Wenn wir die Dinge nur vorher wüssten. Einen Blick in die Zukunft hätten, dann würden wir unsere Entscheidungen weiser treffen.« Helene dachte laut, ohne zu wissen, wie sie daraufgekommen war.

»Ich glaube nicht, dass wir viel daran ändern können, was geschieht. Jeder folgt seiner Bestimmung.«

Sie hob skeptisch die Brauen.

»Ich bin überzeugt, dass jeder von uns eine Aufgabe zu erfüllen hat, die größer ist, als wir uns vorstellen können«, fuhr Henri unbeirrt fort. »Womöglich erkennen wir sie unser Leben lang nicht. Aber sie ist enorm wichtig, für alles, was nach uns kommt.«

Helene wusste nicht, was sie davon halten sollte. Einerseits fand sie seine Vorstellung tröstlich, andererseits beängstigend. Eine einzige Bestimmung zu erfüllen, ließ wenig Raum für Veränderung.

»Wir sollten umkehren. Es dämmert schon.« Helene setzte Anita zurück in den Wagen.

»Wie ich die Winterzeit verabscheue.« Henri blies die Backen auf, machte Geräusche wie ein Rennauto und wendete blitzschnell mit dem Kinderwagen. Anita amüsierte sich prächtig. Ihr Kichern begleitete die Geschwister auf dem Heimweg und zauberte ihnen ein zufriedenes Lächeln ins Gesicht.

⋟ KAPITEL 12 ⋞

Januar 1935

Der Winter hielt Köln unter einer Kälteglocke gefangen. Pulvriger Schnee bedeckte die Dächer des Deutzer Industrieviertels und Eiszapfen hingen wie Speere an den Regenrinnen – bereit, im Sturzflug auf die Erde herab zu schnellen. Vollbepackt mit Ordnern und Taschen betrat Helene die Experimentierküche, die Georg um eine Kochzeile hatte erweitern lassen. So hatte Helene nun ihr eigenes Reich, gleich neben Alfred.

Ihr Blick glitt kurz zur Decke hinauf. Nur eine Betonwand trennte sie von Georg, der für heute ihren Platz in der Chefetage eingenommen hatte und sich um die bevorstehenden Aufträge für den Karneval kümmerte. Er hatte viel dafür getan, ihre Stellung im Unternehmen zu festigen. Trotzdem blieb er derjenige, der auf die Vorstandsmitglieder wirken konnte, weil er eben ein Mann war. In diesen Tagen sorgte er mit seiner Präsenz außerdem dafür, dass Anfeindungen gegenüber Helene ausblieben. Nachdem sie bei der Anhörung keine Schuldfreiheit hatte beweisen können, ging der Fall vor Gericht. Die Sorge wegen der Urheberrechtsklage trieb den Vorstand um. Er fürchtete unangenehme Folgen für das Unternehmen: negative Schlagzeilen und sinkende Absätze.

Man überlegte, Helene zeitweise aus der Firma zu entfernen, wagte es aber nicht, sich gegen Georg zu stellen. Helene war erleichtert, dass er vorerst in Köln bleiben wollte. In einigen Wochen, hoffte sie, wäre die Sache mit dem Bremer Kläger hoffentlich ein für alle Mal erledigt.

Sie schnitt gerade Pflaumen und Äpfel klein, als Franziska mit den Gewürzen zu ihr stieß, die sie beim Händler auf dem Markt erworben hatte: Zimt, Safran und Kardamom. Helene roch an jedem der Säckchen aus Leinen, und die exotischen Düfte umnebelten sie. »Ist man dir mit dem Preis entgegengekommen?« Sie holte feine Safranfäden hervor, die sie zwischen den Fingern zerrieb, um die Qualität zu überprüfen.

»Der Händler gab mir einen Nachlass von fünfzig Pfennig.« Franziska kramte in ihrem Geldbeutel, so dass die Münzen nur so klimperten.

»Lass nur. Du darfst den Rest behalten. Für den Weg.« Helene winkte ab, und Franziska ließ die Münzen wieder in ihren Beutel gleiten. Ein Lächeln huschte dabei über ihr Gesicht. Dass sie das Wechselgeld nach ihren Besorgungen behalten durfte, sollte ein Anreiz sein, um die Waren zu feilschen, wie Helene es von ihrem Vater gelernt hatte. Und Helenes Taktik ging auf.

»Brauchen Sie Hilfe?« Ohne die Antwort abzuwarten, nahm Franziska eine Schürze vom Haken.

Helene brachte das klein geschnittene Obst in einem hohen Eisentopf zum Köcheln, da schob jemand die Tür auf. Regine steckte verlegen den Kopf hindurch. »Verzeihen Sie die Störung, Frau Kronenberg, aber Sie werden oben gebraucht.«

»In Ordnung.« Helene wischte sich die Hände an ihrer

Schürze ab, legte sie beiseite und schob Franziska einen langen Holzlöffel hin. »Es darf nicht anbrennen.«

Sie folgte ihrer Sekretärin durch die Fabrik und die Treppe ins Obergeschoss hinauf. Auf dem Flur angekommen hörte sie bereits ihren Bruder Alfred aufgebracht reden, dann Georg. Sie nahm nicht wahr, worum es in dem hitzigen Gespräch ging, nur, dass die beiden sich uneinig waren. Ratlos tauschte sie einen Blick mit Regine, die anschließend mit gesenktem Kopf an ihren Schreibtisch zurückkehrte.

Helene trat nah an ihre Bürotür heran und klopfte. Stille folgte. Drinnen fand sie die beiden Männer in einer spürbar aufgeladenen Atmosphäre vor. Verwirrt schaute sie zwischen ihnen hin und her. »Was ist hier los?«

Befangen starrten beide vor sich hin. Keiner schien ihr eine Erklärung liefern zu wollen.

»Georg?« Sie wandte sich direkt an ihren Mann, in der Hoffnung, er könne sie aufklären. »Warum streitet ihr?«

Er hob die Brauen, tat sichtlich unschuldig.

Alfred ließ ein gespieltes Lachen hören. »Aber es streitet sich doch niemand.«

Helene betrachtete ihn streng. »Ach, nein? Man hört euch in der ganzen Fabrik. Muss das sein? Ist das Gerede über uns momentan nicht schon laut genug?«

Georg näherte sich ihr und seufzte. Er wollte sie am Arm berühren, aber sie wich zurück.

»Ich versuche zu arbeiten, und ihr beide spielt Krieg. Da darf ich doch wenigstens erfahren, wieso. Geht es um diese Plagiatsgeschichte?« Sie hatte weder Lust noch Zeit für Nettigkeit.

Alfred räusperte sich laut. »Nein. Es war nur eine Meinungsverschiedenheit.«

»Wegen?« Helene betrachtete sie abwechselnd auffordernd. Georgs Kiefermuskulatur spannte sich sichtbar an. Er schien um Antwort verlegen.

»Na, wegen den bevorstehenden Karnevalsumzügen und unserer Sponsorentätigkeit«, sprang Alfred ein. »Wir sollen plötzlich ganz Köln mit kostenlosen Süßigkeiten versorgen. Also mir geht das zu weit, aber Georg …« Er deutete mit dem Kinn zu seinem Schwager hin, dieser malträtierte seine Unterlippe mit den Schneidezähnen.

Helene musterte beide ausgiebig. Georg ordnete sorgfältig einen Papierstapel auf dem Schreibtisch. Alfred verlagerte sein Gewicht von einem aufs andere Bein und erwiderte ihren Blick mit undurchschaubarer Miene. Helene war nicht überzeugt. Sie hatte das Gefühl, dass es in diesem Raum um etwas anderes gegangen war als um Wurfmaterial für die Karnevalsvereine, beweisen konnte sie das aber nicht. Sie nahm einen tiefen Atemzug, ehe sie sich der Diskussion anschloss. »Wir hatten mit dem Vorstand entschieden, keine weiteren Vereine zu sponsern«, erinnerte sie ihren Mann milde und schlug sich damit auf Alfreds Seite. Georg schaute zaghaft vom Papierstapel zu ihr auf.

»Die Kosten wären zu hoch im Vergleich zum Verdienst, den wir für das Frühjahr erwarten«, erklärte sie ausführlicher. »Ich glaube, du warst in München, als wir darüber sprachen. Bendrick hat alles sehr detailliert vorgerechnet. Wir mussten ihm zustimmen.«

Georgs Blick glitt kurz zu Alfred, ehe er wieder auf Helene traf. Rasch nickte er ab. »Ja, natürlich. Das sehe ich ein.«

Helene kniff nachdenklich die Augen zusammen. Seine verschlossene Miene gefiel ihr nicht. »Wunderbar«, sagte sie mit leiser Skepsis. »Wenn ihr jetzt so freundlich wärt und euch die Hand reichen würdet. Ich dulde keinen Streit mehr in der Familie.«

Alfred senkte die Brauen. Überraschenderweise war er es jedoch, der den Anfang machte und Georg die Hand bot. »Ich wollte nicht laut werden. Ich hoffe, du siehst es mir nach.«

Georg besiegelte den Handschlag und lächelte betreten.

»Aber es gibt Themen, bei denen ich die Beherrschung verliere«, sagte Alfred, und Helene fiel auf, mit welcher Kraft er Georgs Blick fixierte.

»Ich hoffe, du verstehst das«, setzte er nach. Georg ließ ein Brummen hören und entriss ihm seine Hand.

»Gut. Dann wäre das ja geklärt.« Alfred ging zur Tür. »Ach ja, da war noch was.« Er schlug sich an die Stirn und drehte sich zu ihnen um. »Dein Mann hat soeben entschieden, bis auf Weiteres auf Geschäftsreisen zu verzichten. Was ich absolut befürworte. Willst du es Herrn Vogelsang ausrichten oder soll ich?«

»Ich mache das.« Helenes Stimme war nur ein Flüstern, so sehr erstaunte sie diese Neuigkeit.

Alfred ließ sie allein.

»Wieso hast du nichts gesagt?« Helene umarmte Georg freudig. »Du hast dich entschieden zu bleiben, für uns? Ach, du weißt gar nicht, wie glücklich mich das macht. Ich bin erleichtert. Wenn du hier bist, sind die Vorstandsmitglieder mir gegenüber zurückhaltender, was dumme Sprüche angeht.«

»Ist es wirklich so schlimm?«

»Es ist lästig.«

Seufzend strich er ihr eine Haarsträhne hinters Ohr. »Ich muss für dich da sein. Und für unser Kind.«

»Ich danke dir!« Sie sah ihn an, stellte sich auf die Zehenspitzen und küsste ihn. »Ich sag es gleich Vogelsang, dann kann er sich vorbereiten. Wirst du ihm letzte Anweisungen geben?«

»Sicher«, murmelte er tonlos und mit einem verhaltenen Lächeln. Helene drückte ihm erneut einen Kuss auf den Mund, dann tänzelte sie aus dem Büro. Nun, da sie Georgs volle Unterstützung und seinen Beistand hatte, fühlte sie sich beschwingt und bereit, allen Schwierigkeiten zu trotzen.

Katharina hatte die Villa zum Jahresende hin verlassen. Ihre Kündigung war für alle außer Helene überraschend gekommen. Insbesondere Klara zeigte sich regelrecht bestürzt. Ihre Zofe hatte ihre dunkelsten Geheimnisse gekannt und als Einzige gewusst, wie sie ihren Tee am liebsten zu sich nahm – nämlich mit einem guten Schuss Cognac. Die ganze Zeit über schien Klara nicht geahnt zu haben, dass auch sie etwas vor der Außenwelt verborgen hielt. Helene hatte darüber nachgedacht, ihr die Wahrheit über Katharina und Alfred zu erzählen, um ihren Kummer zu lindern. Sie sah aber davon ab, als Eva sich bereit erklärte, ihnen bei der Auswahl der neuen Zofe zu helfen. Helene wollte eine Konfrontation vermeiden. Jetzt, da Katharina gegangen war, würden sie Alfreds Verfehlung endlich hinter sich lassen können. Außerdem hoffte sie darauf, dass die Trauer ihrer Mutter mit der Zeit vergehen würde – spätestens, wenn ein passabler Ersatz gefunden worden war. Jemand, der sich mit derselben Fürsorge um sie kümmerte.

Als sie am Nachmittag bei Kaffee und Kuchen im Wohnzimmer saßen, schluchzte Klara in ihr Taschentuch. »Ich muss ein furchtbarer Mensch sein, wenn mich immer alle verlassen wollen. Ob ich der Kati wohl zu viel abverlangt habe?« Sie sah zuerst Helene, dann Eva an.

»Aber nein.« Eva legte ihr tröstend die Hand auf den Arm. »Sie wollte wieder näher bei ihrer Familie sein. Das hat sie dir doch mitgeteilt.«

Klara stöhnte leidend. Dass sie nicht persönlich mit ihr hatte sprechen können, nährte ihre Selbstvorwürfe. Katharina hatte ihr einen Brief geschrieben, in dem sie ihre Entscheidung zu gehen, damit begründet hatte, dass sie wieder mehr Zeit mit ihrer Mutter in Magdeburg verbringen wollte. Helene war erleichtert, dass sie ihren Rat berücksichtigt hatte und endlich eingesehen zu haben schien, dass die Liaison mit Alfred ein Ende haben musste.

»Vielleicht war ich zu streng mit ihr«, murmelte Klara in Gedanken.

»Papperlapapp, liebe Schwiegermama. Du und streng.« Eva zeigte sich eisern. »Ihre Entscheidung hatte nichts mit dir zu tun. Bitte zieh dir diesen Schuh nicht an.«

Klara wischte sich schnell die Tränen weg, die ihr die

Wangen hinunterliefen. »Ich verstehe nur nicht, wieso immer alle weggehen. Kann nicht einfach mal etwas so bleiben, wie es ist?«

Ihre Verzweiflung bezog sich auf Henris bevorstehende Abreise. Noch dazu hatten Helene und Georg begonnen, sich nach einem Eigenheim umzusehen. Für Klara war das zu viel. Helene verbarg ihre eigene Betroffenheit über Henris Fortgehen unter einer gefassten Miene. Immerhin hatten sie ihn dazu bewogen, seinen Aufenthalt in Köln um einen Monat zu verlängern und nicht direkt nach Weihnachten abzureisen. Zusammen hatten sie an den Wochenenden Museen besucht und waren wandern gegangen und ins Theater. Die Abende hatten sie mit einem Mensch-ärger-dich-nicht-Spiel oder mit Charade verbracht. Anita hatte einen Narren an ihm gefressen.

Helene wurde die Brust eng bei dem Gedanken, ihren Lieblingsbruder ziehen zu lassen, gleichzeitig freute sie sich für ihn. Offenbar wartete in Paris eine Gemeinschaft, die ihn wertschätzte, aber wichtiger noch: in der er sich wohlfühlte. Klara hatte größere Schwierigkeiten, damit umzugehen. Gerade erst hatte sie sich von dem Trauma erholt, ihren Sohn verloren zu haben. Sein Fortgehen könnte in ihr eine weitere Phase der Schwermut hervorrufen.

Helene strich ihr tröstend über den Rücken, da bemerkte sie Klaras ausgeprägtes Zittern. Ihre Mutter hatte Mühe, das Taschentuch zu halten. Helene wechselte einen besorgten Blick mit Eva. Rasch nickte Helene daraufhin Fanny zu, die im Türrahmen stand und auf ihr Zeichen gewartet hatte, Klara einen Weinbrand zu bringen, der die Nerven beruhigte. Manchmal war er das Einzige, das sie am Boden hielt. Klara nahm einen großen hastigen Schluck. Sie zog die Nase hoch, dann tupfte sie sich die Augenwinkel trocken.

»Wir müssen uns auf jemanden einigen«, sagte Helene, die die Bewerbungen für die Zofenstelle noch einmal durchgegangen war. Mit Eva hatte sie eine Vorauswahl getroffen. Von zwölf Damen hatte die Hälfte ausreichende Referenzen. Klara schlug alle aus. Sie fand stets einen Grund, weshalb sie nicht passend wären. So waren ihr zum Beispiel Münster und Essen als frühere Wirkungsorte zu klein. Die Familien, bei denen die Zofen beschäftigt gewesen waren, zu unbedeutend. Amsterdam oder Aachen waren hingegen zu groß und deshalb einschüchternd.

»Du triffst jetzt eine Entscheidung, Mama, sonst machen wir das«, sprach Helene ein Machtwort. »Fanny kann nicht alles allein bewerkstelligen und Hedwig und Bruni sind eigentlich Küchenmädchen. Außerdem, du weißt, die Kronenbergs können Fanny jederzeit zu sich zurückberufen.«

»Das ist schon recht so, Frau Kronenberg. Es ist mir nicht zu viel«, versicherte Fanny prompt.

Helene bedachte sie mit einem Lächeln, ehe Fanny leise aus dem Wohnzimmer ging. Eva neigte sich vor. »Sie würde es nicht zugeben, wenn es so wäre.«

Helene nickte lang anhaltend. Sie reichte ihrer Mutter den Brief einer Bewerberin. »Sieh sie dir noch mal an. Ich finde sie perfekt.«

Klara schob ihre Lesebrille die Nase hinauf und betrachtete mit kritischer Miene das Foto einer jungen Frau mit dunklem Haar, die freundlich in die Kamera schaute.

Das Telefon klingelte. Kurz darauf kam Fanny in den Salon. »Es ist für Sie, Frau Kronenberg. Ihre Freundin aus Hamburg.«

Helenes Herz klopfte wie wild. Sie sprang förmlich auf und nahm hastig auf dem Flur den Hörer entgegen.

»Magda? Wie schön, dass du dich meldest. Ich muss gestehen, ich habe voll Ungeduld gewartet.«

»Hallo, Leni«, antwortete sie etwas leiser und weniger fröhlich.

»Hast du ... Habt ihr das Rezept?«, hakte Helene nach, weil Magda so still geworden war.

»Deshalb rufe ich an. Es ist leider nirgends zu finden. Wir haben die gesamte Werkstatt auf den Kopf gestellt. Hannes hat sogar im Personalarchiv nachgefragt und alles durchsuchen lassen. Jedoch ohne Erfolg.«

Helene seufzte schwerfällig.

»Hannes meint, es könnte sein, dass sie vernichtet worden sind. Nachdem Konni gegangen ist, wurde ein Teil der Werkstatt renoviert. Das war, als Hannes und ich an der Ostsee waren. So ärgerlich, das Ganze.«

Helene fasste sich an die Stirn und fuhr sich müde durchs Haar. »Hm, na ja. Ich weiß, ihr habt getan, was ihr konntet. Danke.«

»Tut mir leid.« Magda klang mitleidig und bestürzt.

»Wäre auch zu schön gewesen, um wahr zu sein. Und zu einfach«, fuhr Helene ernüchtert fort. Sie konnte förmlich spüren, wie die Hoffnung in ihrem Herzen abebbte. »In meinem Leben scheint nie etwas einfach zu sein. Das hatte ich vergessen.« Sie biss sich auf die Zunge, als sie merkte, wie wehleidig sie sich anhörte.

»Leni, es gibt noch jemanden, den wir fragen können«, fuhr Magda nach einer Weile vorsichtig fort.

»Wenn du dabei an Frederik denkst, dann … nein. Nein, das möchte ich auf gar keinen Fall. Das wäre mir unangenehm.«

»Eure Verlobung ist inzwischen Jahre her. Er wird es dir nicht mehr nachtragen, dass du sie aufgelöst hast.«

Helene schlug die Augen nieder. »Nein, das nicht, aber vielleicht die Art und Weise, wie ich es getan habe. Ich war damals nicht ehrlich.«

Magda atmete gestreckt in den Hörer. Dass sie ihrer Freundin nicht sofort widersprach, bestätigte Helenes Befürchtung. Frederik hatte sie mit Georg bei seinem Besuch in Köln erwischt. Er hatte ihr nicht einmal eine Szene gemacht – obwohl sie es verdient gehabt hätte –, sondern war gefasst nach Hamburg zurückgefahren.

»Hast du etwas von Fred gehört? Geht es ihm denn gut?« Nach all der Zeit ertappte sie sich noch immer dabei, dass sie an ihn dachte. Manchmal wochenlang nicht, dann wiederum täglich.

»Er wird heiraten, Leni«, antwortete Magda nach einer Pause, als hätte sie gezögert, ihrer Freundin davon zu erzählen.

Helenes Herz schlug plötzlich furchtbar schnell. Hatte er nicht stets behauptet, er bräuchte die Ehe nicht? Wenn dann nur mit ihr an seiner Seite? Mühevoll schluckte sie ein paarmal, bevor sie gefasste Worte fand. »Das freut mich für ihn. Das freut mich wirklich. Fred ist ein guter Mann, mit einem Herzen aus Gold. Ich hoffe, er wird glücklich. Das hat er verdient.«

»Ja, das hat er«, stimmte Magda ihr zu.

Helene rieb sich die Augen, die plötzlich brannten. »Ich muss jetzt wieder zu meiner Mutter. Danke für eure Mühe und deinen Anruf. Grüß Hannes lieb von mir. Bis dann.«

»Bis dann, Leni«, hörte sie ihre Freundin noch sagen, da hatte sie den Hörer schon vom Ohr genommen.

Helene bettete eine Hand auf ihr wild klopfendes Herz. Es schien sich einfach nicht beruhigen zu wollen. Sie war durcheinander. Warum fühlte es sich an, als würde es brechen? War es wegen des Rezepts, das unauffindbar war? Oder hatte es mit Frederiks bevorstehender Hochzeit zu tun? Im Flur stehend, drängte sie sich an die Wand und atmete schwer ein und aus. Mit einer schwindelerregenden Klarheit stellte sie fest, dass Magdas Neuigkeiten in Bezug auf ihren ehemaligen Verlobten und Arbeitgeber sie in diesen Zustand versetzt hatten. Was bildete sie sich bloß ein? Sie hatte ihr Recht auf diesen Mann verwirkt – ihre Hoffnungen anscheinend aber noch nicht begraben. Unwillkürlich drängte sich ihr das auf, was Henri über die Hoffnung gesagt hatte. Wie paradox, schalt sie sich innerlich und war gewillt, sich zu ohrfeigen, wegen dieses dummen Gedankens. Sie hatte ihre Entscheidung getroffen. Sie lebte sie. Und doch war da diese Leere in ihr, die zu wachsen schien, mit jedem neuen Tag.

⋟ KAPITEL 13 ⋞

»Ich halte das für unvernünftig, Eva.« Alfred stand am Fenster des Schlafzimmers und trank seinen Tee. »Du solltest ruhen, so, wie es der Arzt gesagt hat.«

Helene schaute zwischen beiden hin und her. Sie war noch vor dem Morgengrauen nach Marienburg aufgebrochen, nachdem ihr Bruder sie hergebeten hatte. Am Telefon hatte er ihr mitgeteilt, dass Eva in der Nacht gestürzt sei. Der Arzt hatte einen Schwächeanfall diagnostiziert. Nicht zum ersten Mal. Noch immer stand in Alfreds Gesicht die Hilflosigkeit.

»Ich muss in die Firma. Die Handelsvertreter begrüßen.« Brummelnd setzte er seine Tasse ab.

»Aber das kann doch Georg machen«, schlug Helene vor.

»Lieber nicht. Es werden Parteigenossen da sein. Sie prüfen, ob wir als Partner für Werbekampagnen infrage kommen.«

»Das ist ja wunderbar.« Eva nahm seine Hand und drückte sie bestärkend. »Du solltest los, Liebling.«

Helene war entsetzt. Bis vor Kurzem hatte ihre Schwägerin die politische Entwicklung ebenso kritisch gesehen wie sie. Was war geschehen?

»Die Regierung setzt auf Firmen, mit denen sie langfristig kooperieren kann«, erläuterte Alfred stolz.

»Und eine Süßwarenfabrik fällt da hinein?« Helene war fassungsloslos.

»Es geht nicht darum, was produziert wird, sondern dass produziert wird«, erklärte Alfred. »Fabriken, die die deutsche Wirtschaft stärken und damit helfen, die Arbeitslosigkeit in unserem Land zu beseitigen.«

»Nun, unter dem Deckmantel Deutschland zur wahren Größe zu verhelfen, ist wohl alles recht. Das klingt für mich nach Kontrolle.« Helene konnte sich nicht zurückhalten.

Alfred kam ihr nah. »Wer erzählt so was? Wenn ich erfahre, dass es wieder die Berens war, dann kann sie diesmal wirklich packen. Ich dulde keine Hetzreden in meiner Fabrik.«

»Es ist nicht nur deine Fabrik!«, entgegnete Helene scharf. »Außerdem kann ich sehr wohl für mich selbst denken.«

»Das ist Volksaufwiegelei. Deine Vorarbeiterin macht sich strafbar. Und wenn du dich vor sie stellst, fällt das auf dich zurück, Helene.« Er stützte die Hände in die Hüften und sah belehrend auf sie herab.

Ihr lief es eiskalt den Rücken hinunter, doch sie zwang sich zur Ruhe. »Helma Berens hat nichts Verbotenes getan. Und ich auch nicht.«

Er betrachtete sie mit schmalen Augen. »Es ist mir ernst, Helene. So etwas will ich nicht hören. Weder in meinem Haus noch in der Firma. Habe ich mich klar ausgedrückt?«

Helene tauschte einen sorgenvollen Blick mit Eva. Ihr zuliebe nickte sie. Insgeheim hielt sie aber an ihrer Meinung fest. Helma hatte recht. Zum ersten Mal hatte Helene Angst vor ihrem Bruder, der voller Überzeugung bei der Partei mitwirkte, die radikal vorging, um ihre Macht durchzusetzen. Es brachte nichts, ihm ins Gewissen zu reden. Sie besann sich auf den Grund ihres Besuchs und bemühte sich, um einen beschwichtigenden Ton. »Georg könnte dich dennoch vertreten, dann könntest du heute hier bei Eva bleiben.«

»Ich weiß nicht. Er hat doch sicher genug mit seinem Karnevalsverein zu tun. Die Session hat begonnen.« Alfreds spitze Bemerkung löste bei den Frauen einvernehmliches Kopfschütteln aus.

»Mach dich nicht darüber lustig. Ich finde, die Jan-von-Werth-Gruppe äußerst adrett.« Eva zwinkerte Helene zu. »Und nur, weil du Karneval nichts abgewinnen kannst, bedeutet das nicht, dass auch niemand sonst es tun soll, mein Lieber.«

Alfred brummte zustimmend, wirkte aber weiterhin unschlüssig, was Georg anging.

Als Eva sich vom Bett aufrichtete, war er sofort zur Stelle, stützte sie und half ihr, auf die Beine zu kommen. »Willst du nicht liegen bleiben?«

Eva winkte müde lächelnd ab. »Ach was. Ich fühle mich besser. Jetzt muss der Kreislauf wieder in Schwung kommen. Fahr ruhig. Für mich ist hier bestens gesorgt.«

Er wechselte einen misstrauischen Blick mit seiner Schwester. Helene signalisierte ihm lächelnd, dass er beruhigt sein konnte. »Ich passe auf sie auf«, versicherte sie.

»Ja, dann …« Alfred nickte knapp, strich seiner Frau über die Wange und verabschiedete sich.

»Er sorgt sich zu viel um mich.« Eva seufzte rührselig und mit fahlem Gesicht. Ihr blondes Haar stand zu den Seiten ab. Sie sah aufgerieben von der Nacht aus. Ein aufmerksamer

Hausdiener hatte sie am Treppenabsatz liegend entdeckt. Anschließend hatte Eva angegeben, dass ihr schwarz vor Augen geworden war und sie in der Folge das Gleichgewicht verloren hatte. Der Sturz war zwar glimpflich ausgegangen, doch über die Ursache ihres Schwächeanfalls konnte Doktor Wunderlich nur spekulieren. Stress wurde vermutet. Sie solle sich mehr schonen und möglichst schnell in ein Kurbad fahren. Davon wollte Eva jedoch nichts wissen.

Helene bot ihr den Arm. Eva winkte ab. Im Nachtkleid schlich sie zum Fenster, tastete nach den Vorhängen. Helene nahm ihr das Aufziehen ab. Erste Sonnenstrahlen brachen sich in der Ferne und verfärbten die grauen Wolkenschleier über dem Rhein rot.

»Ausnahmsweise muss ich Alfred recht geben. Da wir nicht wissen, was den Anfall ausgelöst hat, solltest du dich ausruhen.« In Helene klang noch eine Weile sein Mitgefühl nach. Er machte sich ernsthaft Sorgen um seine Frau. Je älter sie wurde, desto mehr Facetten entdeckte sie an ihrem Bruder.

»Höchstens ein wenig, und erst nachdem ich den Kindern einen Guten-Morgen-Kuss gegeben habe«, entschied Eva. »Ich muss doch wissen, was sie geträumt haben. Neulich erzählte Viktor mir, er habe von einem Schiff geträumt, mit einer Mannschaft aus Weingummibären. Mit goldgelbem Segel und der Kapitän, der hatte eine rote Schleife um den Hals gebunden und eine Augenklappe.«

Helene lachte hell auf.

»Alfred misst ihnen keine Bedeutung bei. Schade.« Eva seufzte dem Sonnenaufgang entgegen. »Ich glaube, Viktor hat die Kreativität von euch geerbt. Von dir und Henri. Das macht mich sehr froh, weißt du.« Ihr seliges Lächeln umspielte ihre Lippen. Es war, als hätte Eva die Zukunft ihrer Kinder gesehen und war mit sich im Einklang, weil es eine gute Aussicht war.

Sie setzten sich um den runden Tisch vor der zweiflügeligen Balkontür. Ein Hausmädchen brachte ein Tablett mit Kaffee, Brötchen, Butter und Marmelade herein. Helene und Eva frühstückten gemeinsam und beobachteten dabei, wie draußen der Tag erwachte.

»Ich freue mich auf den Frühling«, sagte Eva und nippte an ihrer Tasse. »Ich kann es kaum erwarten, dass endlich wieder alles grün ist. Auch wenn die Sicht im Winter eine bessere ist.« Sie deutete auf die Rheinbucht. Ohne den Blätterwall war der Blick darauf unverstellt. Nebel waberte gespenstisch über dem Wasser. Etwas weiter östlich streckten sich die Schornsteine der Großstadt in den Himmel. Wie ihr verlängerter Arm stieg Rauch von ihnen in die Höhe und wurde eins mit den Wolken.

»Wie geht es dir, Leni?«, erkundigte Eva sich nach einer Weile.

»Mir geht es fabelhaft«, antwortete Helene rasch und trank einen Schluck Milchkaffee.

»Dann hat es sich wieder eingerenkt, zwischen dir und Georg?«

Sie räusperte sich. »Nun, wir sind auf einem guten Weg, denke ich.«

»Ja, Alfred hat mir erzählt, dass er erst mal zu Hause bleiben wird. Damit setzt er ein klares Zeichen für euch. Für dich und Ani.«

»Das denke ich auch«, entgegnete Helene zögerlich, dennoch gab es etwas, das sie davon abhielt, gänzlich hoffnungsvoll zu sein. Es war etwas in ihrem Innern, das Eva widersprechen wollte. Eine Ahnung? Zweifel, ob Georgs Entscheidung von ihm ausgegangen war? Es belastete sie, dass er noch immer nicht offen mit ihr sprach. Dabei spürte sie doch, dass ihn etwas bedrückte. Sie wusste nicht, warum er sich verändert hatte und ob sie überhaupt Einfluss darauf hatte, was als Nächstes folgen würde. Diese Unsicherheit trieb sie um.

Eindeutige Geräusche erklangen in den Kinderzimmern und erreichten Helene und Eva. Auf leisen Sohlen traten sie auf den Flur. Zunächst horchte Eva an Viktors Schlafzimmertür, die gleich gegenüberlag.

»Die werden Augen machen, ihr Tantchen so früh hier zu sehen«, sagte sie mit einem Kichern, dann drückte sie die Klinke herunter. Viktor hatte die Vorhänge schon aufgezogen. Er saß auf seinem fachmännisch gemachten Bett und wartete wie jeden Morgen auf die liebevolle Umarmung seiner Mutter.

»Na, wer ist denn da wach?« Eva setzte sich zu ihm. Sie verstrubbelte sein Haar und drückte ihn an sich. »Wie hast du geschlafen?«

»Tief«, murmelte er gähnend, rieb sich den Schlaf aus den Augen und schmiegte sich eng an seine Mutter.

»Schau mal, wir haben Besuch.« Eva deutete auf Helene, die von der Zarge aus in den Raum lugte.

»Hallo, Tante Leni«, sagte Viktor lächelnd. Helene lehnte sich gegen den Türrahmen und winkte ihm zu.

»Weißt du was?« Eva strich ihm zärtlich über den Rücken. »Du hättest länger schlafen können.«

»Aber heute ist Schule.« Er zog eine Schnute.

Sie lächelte verschmitzt, dann gab sie ihm einen Kuss auf die Stirn. »Heute nicht«, flüsterte sie, als wäre das ein Geheimnis, das es zu bewahren galt. Sie legte den Zeigefinger an ihr Kinn und überlegte kurz. »Heute ... heute ist Wohlfühltag.«

»Jaaaa!« Der Junge strahlte übers gesamte Gesicht.

Neben Helene öffnete sich eine Tür. Evi blickte sie aus großen Augen an, im Arm hatte sie einen roten Stofffuchs.

»Guten Morgen, Mausekind.« Helene ging vor ihr in die Hocke. Evi grinste breit, dabei stellte sie ihre fehlenden Vorderzähne ungeniert zur Schau.

»Wenn du deine Mama suchst, die ist hier.« Helene wies mit einem Nicken in Viktors Richtung. Evis Grinsen wurden breiter, ehe sie um ihre Tante herumflitzte und ungebremst in den Armen ihrer Mutter landete.

»Liest du uns nachher aus dem neuen Buch vor?«, fragte Viktor und nahm seine Ausgabe von *Huckleberry Finn* in die Hand.

Evi musterte das Buch ratlos.

»Heute ist keine Schule, heute ist Wohlfühltag«, erklärte er seiner Schwester, die sich zufrieden zurücklehnte, ohne zu hinterfragen, was damit gemeint war.

Helene beobachtete die drei gedankenversunken. Sie waren ein Trio, eine Einheit – und sie ertappte sich dabei, wie sie Eva um ihre Zufriedenheit beneidete. Ihre Schwägerin belastete sich nicht mit Zweifeln an ihrem Ehemann.

Obwohl sie Grund dazu hätte. Stattdessen genoss sie jeden Augenblick mit ihren Kindern. In ihrem Haus gab es kein Kindermädchen, dafür feste Rituale. Dazu zählten das morgendliche Kuscheln und das Vorlesen. Helene überkam ein schlechtes Gewissen. Obwohl sie sich bemüht hatte, öfter für Anita da zu sein, verschlang die Arbeit noch immer zu viel von ihrer Zeit. Eva hatte keinen Beruf. Sie war Mutter mit Leib und Seele. Bei Helene verlief alles etwas anders, und manchmal fragte sie sich, ob es deswegen besser oder schlechter war. In Anitas jungem Leben gab es zwei Frauen: ihre Mutter und das Fräulein Melmann. Solange die Melmann da war, schien Anita nichts zu vermissen. Gelegentlich vergaß Helene, dass diese Bindung nicht von Dauer sein konnte, denn das Kindermädchen war nur eine Angestellte. Eine Fremde, die eines Tages fortgehen würde, um auf ein neues Kind aufzupassen. Melmanns Fürsorge war erkauft. Sie kam nicht von Herzen, basierte nicht auf Verwandtschaft, sondern auf einem Arbeitsvertrag.

Die Sonne erhob sich über dem Rhein, und warmweißes Licht flutete das Kinderzimmer. Evi rückte Helene einen Stuhl zurecht, bevor sie wieder neben ihre Mutter aufs Bett hopste. Eva hatte das aufgeschlagene Buch auf ihrem Schoß und begann, angeführt von einem Räuspern, zu lesen. Gespannt lauschten die Kinder, wie der Held der Geschichte auszog, um Abenteuer zu erleben und eine Räuberbande gründete. Helene sah die Faszination in den Gesichtern der Kleinen, wie sie mitfieberten, und für die Dauer eines Augenblicks wollte sie nirgendwo anders sein.

⋟ Kapitel 14 ⋞

Der Februar brachte milderer Temperaturen mit sich. Für die Karnevalisten bedeutete das, dass man ohne dicke Winterjacke über den Kostümen auskam, und nicht in der Kälte schlottern musste. Am Rosenmontag stand Helene mit Anita auf dem Balkon einer der größten Villen der Innenstadt und schaute auf den vorbeiziehenden Umzug herab. Schon zu Lebzeiten ihres Vaters hatten sie sich an diesem Festtag bei Klaras Freundin Agnes Scheel eingefunden. Agnes war das Auge und das Ohr der reichen Kölner Gesellschaft. Fabrikanten und Unternehmer trafen sich bei ihr, wichtige Menschen aus Adel und Politik. Agnes verstand es auch wie keine andere, Karneval in einem exklusiven Umfeld zu begehen, der Blick von ihrem weitläufigen Balkon war unvergleichlich. Er bot eine erhabene Sicht auf den Festzug, hinweg über die nach Kamelle krakeelende Meute. Hin und wieder schafften es geworfenen Bonbons sogar zielgenau über die Balustrade.

»Sieh mal, da ist Papa!« Helene zeigte hinunter auf die Straße, wo der Reiter-Korps Jan von Werth auftauchte. Mittendrin ritt Georg in grün-weißer Uniform, daneben Henri. Seit der Gründung Mitte der zwanziger Jahre waren sie Mitglieder der Karnevalsgesellschaft, hatten es aber in den vergangen drei Jahren nicht geschafft, aktiv am Umzug teilzunehmen – aus unterschiedlichen Gründen. Erst durch Helenes Fürsprache hatte sich das geändert. Sie erhoffte sich, dass die beiden Freunde durch die gemeinsame Aktion wieder mehr zueinanderfinden würden. Henri führte sein Pferd am Haus vorbei, ohne ein einziges Mal aufzusehen. Er hatte die Feste bei den Scheels stets verabscheut und sich lieber mit den Leuten am Straßenrand vergnügt. Auch jetzt schien er noch immer die Zurschaustellung der Obrigkeit abzulehnen. Dass er die pompöse Stadtvilla vehement ignorierte, zeugte davon, dass er nicht vorhatte, sich nach dem Umzug dort blicken zu lassen. Helene hätte sich ihm liebend gern angeschlossen. Wäre da nicht ihre Mutter gewesen, die auf ihr Erscheinen gepocht hatte.

Inzwischen hatte Georg mit seinem Pferd gewendet und befand sich genau unter ihnen. Salutierend sah er hinauf und winkte mit dem ausgestreckten Arm. Sein Gesicht lag zur Hälfte im Schatten des Hutes und der braunen Langhaar-Perücke, die Teil des Kostüms war. Für seine Tochter ein befremdlicher Anblick. Nichts an seinem Aufzug erinnerte sie an ihren Vater. Ein Wimmern entfuhr ihrer Kehle.

»Da ist er doch, Ani, schau!« Helene zeigte hinunter. Mit wässrigen Augen starrte Anita hinab, verzweifelt suchend nach etwas, das ihrem Vater ähnlich kam.

»Nein«, murrte sie entschieden und schüttelte so heftig mit dem Kopf, dass ihre dunkelblonden Zöpfe gegen Helenes Wangen klatschten.

»Er ist verkleidet. Du kennst doch sein Kostüm«, erklärte Helene, aber sie glaubte ihr kein Wort. Abermals flogen ihre Zöpfe von rechts nach links, bis sie sich quengelnd abwandte.

Klara trat neben Helene, in der Hand schwenkte sie ihren Aperitif – ein Glas goldbraunen Sherry.

»Oh, ist sie müde?« Sie strich ihrer Enkelin behutsam über den Arm.

»Nein, nur enttäuscht, fürchte ich.«

Klara legte den Kopf schief, dann wandte sie sich an Melmann, die sofort kam, um ihr das Kind abzunehmen.

»Alles in Ordnung«, sagte Helene, aber da hatte Anita schon den Arm gewechselt. Ihre Tränen hatten die weiße Schminke verlaufen lassen, so dass sie eher wie ein Harlekin als ein Clown aussah. Melmann bettete eine Hand auf Anitas Hinterkopf und ihr Schluchzen wurde leiser, ehe es schließlich ganz aufhörte.

»Ich bringe sie nach Hause, wenn's recht ist.« Melmanns Frage galt nicht Helene, sondern ihrer Mutter.

»Ist recht so, ja.« Klara winkte die beiden mit einer flotten Handbewegung fort.

Bevor Helene reagieren oder sich verabschieden konnte, war das Kindermädchen auf dem Weg hinaus. »Es ist besser so.« Klara nippte an ihrem Sherry und begutachtete gleichgültig den Wagen mit dem rot-weißen Tanzmariechen, der unter dem Balkon davonzog. Bonbons flogen hoch und verstreuten sich wie Hagelkörner im Takt des herumwirbelnden Mariechens.

»Ich hatte eigentlich vor, mit Anita nach Hause zu gehen«, raunte Helene verstimmt.

»Ich bitte dich, Leni. Es ist Rosenmontag!«, empörte sich

ihre Mutter und ihre barocke Perücke rutschte ihr in die Stirn. Vornehm schob sie sie zurück. »Du weißt sehr wohl, dass heute kein Platz für kleine Kinder ist.«

»Wann ist denn Platz?«, murmelte Helene unverständlich. Säuerlich zerrte sie am Kragen ihres Marketenderinkleids. »Mir scheint, es ist nie günstig.«

Blitzschnell griff sie nach dem Sherry, den ein vorbeigehender Kellner auf einem Tablett trug, kippte ihn hastig hinunter und ging näher an die Brüstung heran. Jubel und Beifall brandeten auf, als der Wagen des Dreigestirns in Sichtweite kam. Die Jungfrau war den von Ratscheks wohlbekannt. Es war der Inhaber des Cafés, in das Helene mit Eva des Öfteren einkehrte. Im üppigen Kleid und dem blonden Kunsthaar war Willy Füllenbach kaum wiederzuerkennen. Seine skurrile Aufmachung weckte in Helene dennoch die Erinnerung an einen ganz besonderen Nachmittag in seiner Kaffeestube. Damals, vor drei Jahren, war er weniger vergnügt gewesen, als er eine Wahrsagerin aus seinem Café geworfen hatte. Die alte Frau hatte Helene aus der Hand gelesen und war daraufhin vollkommen erschrocken. Bisweilen fragte sie sich auch heute noch, was sie gesehen haben mochte. In Helenes Vorstellung waren es düstere Szenen gewesen: ihr eigenes Versagen, die Zerrüttung ihrer Familie, aber auch das Wirken eines faschistischen Regimes in einem gespaltenen Deutschland. Unsinn, schalt Helene sich, als ihre Phantasie mit ihr durchzugehen drohte. Sie war nicht Henri. Sie glaubte nicht an eine Bestimmung, tröstete sich nicht mit einem unabänderlichen Schicksal.

Nachdem der Umzug zu Ende war, begann bei den Scheels

die eigentliche Feier. Es gab kalte Platten: Perlhühner, Kaviar, Lachs auf Melone. Aber auch einfache Gerichte wie Kartoffelsalat mit Würstchen und Frikadellen, weil das zu Karneval dazugehörte. Natürlich durften die in Schmalz gebackenen und dick mit Puderzucker bestreuten Muzen nicht fehlen. Tellerweise waren sie angerichtet, auf Stehtischen verteilt im ganzen Raum. Agnes legte Wert darauf, dass ihren betuchten Freunden keine Wünsche verwehrt blieben, egal wie außergewöhnlich die Bedürfnisse der Gäste waren. Trotz regelmäßiger Ausschweifungen schien niemand Anstoß daran zu nehmen. Die Eigentümlichkeit der Scheel-Feiern entfachte nicht einmal einen Funken in der Gerüchteküche der ach so tugendhaften feinen Gesellschaft. Der Karneval war ein Freifahrtschein, der ihnen erlaubte, sich einmal im Jahr völlig danebenzubenehmen. Helene verachtete diese Verlogenheit.

Zur späteren Stunde hatte sie sich auf eine Bank im hinteren Bereich des großen Salons zurückgezogen. Müde ließ sie ihren Blick schweifen. Ein Netz mit bunten Luftballons war zwischen den Lüstern befestigt. Wahrscheinlich würde es gegen Mitternacht gelöst werden, damit die Ballons im rechten Moment auf die Feiernden herabregnen konnten. Anita hätte das sicher gefallen, dachte Helene und schlurfte gelangweilt ihr Bier. Sie warf einen Blick auf die Uhr und stöhnte. Die Stunden weigerten sich, vorüberzugehen. Bestimmt war Henri jetzt mit Freunden in seiner Stammkneipe. Fast tat es ihr leid, dass sie Georg gebeten hatte, sie bei den Scheels nicht allein zu lassen. Er hatte versprochen, so schnell wie möglich zu ihr zu stoßen, ließ sich aber Zeit.

Im Gewusel der zur Musik Schunkelnden sah sie die Vorstandsmitglieder Schilling und Bendrick, mittendrin der Köln-Aachener Gauleiter Josef Grohé. Was hatte der hier zu suchen? Es gefiel Helene nicht, dass die Politik sich überall einmischte. Letztlich war die Scheel-Feier nichts anderes als eine Gesellschaft, auf der man sich präsentierte, nützliche Bekanntschaften machte oder diese vertiefte. Wahrscheinlich war das aber auch der Grund für seine Anwesenheit.

Helene war nicht in der Stimmung, sich mit den Leuten abzugeben, die auf diesem Fest waren. Wenn sie schon nicht mit ihrer Tochter zusammen sein durfte, hätte sie sich gerne mit Helma und den Frauen aus der Fabrik getroffen, aber auch das blieb ihr verwehrt. Irgendjemand musste auf ihre Mutter achten. Klara war ganz in ihrem Element. Sie stand neben ihrer Freundin Frau Storck, schwenkte ihr Weinglas in der Hand und lachte schallend. Helene kam sich unsichtbar vor – als gehörte sie nicht an diesen Ort.

»Wie schade, dass er nicht hier ist«, hörte sie eine Frau sagen. Helene riss sich vom Anblick ihrer Mutter los und drehte den Kopf zur Seite. Zunächst nahm sie nur eine ausladende rosafarbene Perücke wahr. Dazwischen ein leichenblass geschminktes Gesicht, knallig roter Lippenstift und ein zu dick aufgemaltes Muttermal über der rechten Oberlippe. Die Frau kam Helene bekannt vor, doch sie wusste nicht woher. Bis sie genauer hinsah.

»Ich dachte mir, dass er nicht da sein würde, aber … ich hatte es irgendwie trotzdem gehofft.« Die Frau seufzte übertrieben.

Helene starrte sie ungläubig an. Hinter all der Farbe steckte ihre ehemalige Hausangestellte. Erschrocken sog sie Luft ein. »Katharina?«

Diese hob die Schultern und kicherte ertappt.

»Was machen Sie denn hier?« Helene schaute sich kurz zerstreut um.

»Na, ich arbeite doch jetzt für die Frau Scheel. Ich dachte, das wüssten Sie?«

Helene schüttelte langsam den Kopf. »Nein, woher denn? Es hieß, Sie wären zurück in Magdeburg.«

Katharina grinste mit gekräuselter Stirn. »Köln verlassen? Ne. Das hätte ich nicht gekonnt.« Sie trank aus ihrem Punschbecher und ließ ihren Blick zu den Tanzenden hinübergleiten. »Dann hat er Ihnen nichts gesagt?«, fragte sie nach einer Weile.

»Nein«, knurrte Helene. Sie konnte nicht fassen, dass Alfred ihnen das verschwiegen hatte. Aber warum überraschte sie das überhaupt? Murrend leerte sie ihr Bier in einem Zug.

»Verstehen Sie das bitte nicht falsch, Frau Kronenberg.« Katharina lächelte sie an und ein zartes Rot drang durch die dicke Schminkschicht. »Er hat mir die Stelle besorgt, weil er glaubt, dass aus mir etwas werden kann. Ich soll mir meine Zukunft nicht verbauen, das hat er gesagt. Dank ihm darf ich in einem so herrschaftlichen Haus wie diesem dienen. Als ich von Ihnen wegmusste, da dachte ich, ich würde es nie wieder so gut treffen. Und zurück nach Magdeburg wollte ich auf keinen Fall. 'ne Wäscherin werden wie meine Mutter, das wär nix für mich.«

Helene fühlte eine Hitzewelle in sich aufsteigen. Wieder war Alfred nicht ehrlich gewesen. Wieder hatte er sich schützend vor Katharina gestellt. Das hatte er sicher nicht für sie getan, sondern nur für sich selbst. Um seine Geliebte weiterhin in Reichweite zu haben. Wie krank das war. Helene wurde es schlecht. Galle stieg in ihr bei dem Gedanken auf, dass die arme Eva gerade das Bett hütete. Dabei hatte Alfred doch reuig gewirkt und besorgt. Helene hatte es in seinen Augen gesehen. Hatte sie sich geirrt? Sie empfand Verachtung für Katharina, weil diese rücksichtslos an der Affäre festhielt. Mühsam atmete Helene einen Wutanfall weg, als sie bemerkte, wie Katharina suchend den Hals reckte. Allem Anschein nach hoffte sie darauf, dass ihr Bruder doch noch auftauchen würde. Wie unverschämt!

»Er hat heute Besseres zu tun, als Karneval zu feiern«, sagte Helene darum bemüht, nicht ausfallend zu werden. »Alfred verbringt die Zeit mit seiner Frau. Außerdem hat er hier keine Kontakte, die sein Erscheinen lohnen würden.«

»Aber nein«, wiegelte Katharina ab. »Sie missverstehen mich. Ich sprach doch nicht von Ihrem Bruder.«

Helene senkte verwirrt die Brauen.

»Es war Ihr Mann, der mir diese Arbeit vermittelt hat.«

»Wie bitte?« Helene fühlte sich wie vor den Kopf gestoßen. Georg? Noch während sie darüber nachdachte, was sie soeben gehört hatte, stand Katharina abrupt auf.

»Wenn Sie mich dann entschuldigen«, sagte sie und wirkte erleichtert, sich verabschieden zu dürfen. Helene stierte eine Weile entgeistert geradeaus. Georg hatte Geheimnisse vor ihr. Jetzt war es amtlich.

Die Feier ging unterdessen in die nächste Runde. Es wurde hemmungsloser getanzt und schräger gesungen. Die Büttenrede eines jungen Mannes, in der jüdische Rituale mit Satanismus gleichgesetzt wurden, vermieste Helene endgültig die Laune.

»Das ist ja unerhört! Was soll daran lustig sein?«, empörte sie sich laut und erntete verständnislose Blicke.

Grohé, der ihre Reaktion aufmerksam beobachtet hatte, trat an sie heran. »Haben Sie etwa keinen Humor, Frau Kronenberg?«

Es wunderte sie nicht, dass er genau wusste, wer sie war. »Das hat nichts mit Humor zu tun. Es ist eine Frage von Respekt«, entgegnete sie.

»Hm«, machte er abwägend, die Hände hinter seinem Rücken verschränkt. Ein schlaksiger junger Mann stellte sich neben sie und musterte Helene kühl aus stahlblauen Augen. Unmerklich zog sie die Schultern hoch. Sie kam sich vor, wie in die Zange genommen.

»Sie kennen meinen Adjutanten?«, fragte Grohé.

»Friedrich Ley.« Der junge Mann stellte sich ihr vor, bevor sie antworten konnte. Zögerlich schüttelte sie seine Hand.

»Ich habe der Taufe Ihrer Tochter beigewohnt«, berichtete Grohé beiläufig und mit Blick auf die schunkelnden Gäste. »Natürlich erinnern Sie sich nicht. Ich war ganz hinten in der Kirche. Ihre Entscheidung, Ihr Kind taufen zu lassen, wurde sicher nicht leichtfertig getroffen. Ich nehme an, Sie sind gläubige Christin.«

Helene hatte keine Ahnung, worauf er hinauswollte, nickte aber.

»Nun, dann kennen Sie sicher die Geschichte.« Grohés Blick war auf ihr Gesicht geheftet. »Waren es nicht die Juden, die den Sohn Gottes getötet haben? Unseren Erlöser?« Er sah sie mit seinen grauen Augen an, und Helene erschauerte.

»So steht es wohl geschrieben, aber … das ist Tausende Jahre her. Niemand, der lebt, hatte damit etwas zu tun.« Sie lachte auf. Diese Konversation konnte unmöglich ernst gemeint sein.

Zu ihrer Verwunderung aber versteinerte seine Miene und auch Ley starrte sie kalt von der Seite an. Helene schluckte angespannt, als Grohé sich mit einem unheimlichen Lächeln zu ihr vorbeugte. »Mord verjährt nicht, Frau Kronenberg. Das sollten Sie sich merken.«

Helenes aufgesetztes Lächeln erlosch. Sie hatte das Gefühl, ein festsitzender Kloß blockiere ihren Hals.

»Ich sehe mal nach, was mein Mann so treibt«, brachte sie mühsam hervor.

»Sie würden gut daran tun«, erwiderte Ley.

Helene wandte sich zum Gehen, doch Grohé war noch nicht fertig mit ihr. »Ach, und Frau Kronenberg?«

Zögerlich wandte sie sich ihm nochmals zu.

»Wir warten noch auf den Aufnahmeantrag Ihres Gatten für die Partei. Erinnern Sie ihn daran.« Sein provokativer Blick verriet Helene, dass dies keine Bitte war.

Sie nickte knapp und eilte hinaus auf den Flur. Dort angekommen, atmete sie angestrengt ein und aus. Was hatte das zu bedeuten gehabt? Ihr Herz raste. Im Salon verstummte die Musik, und Bendricks ungewöhnliche Karnevalsrede über die erfolgreiche Session drang gedämpft zu ihr vor. Zwischen einem dreifachen Tusch lobte er jeweils die Fortschritte in der Wirtschaftspolitik und bezeichnete das Loseisen vom Versailler Vertrag als Meilenstein. In Helenes

Innern hallte die skurrile Unterhaltung mit dem Gauleiter nach. Doch nicht nur er bereitete ihr ein mulmiges Gefühl. Die ganze Feier fühlte sich unwirklich an.

Vorsichtig spähte sie von der Tür aus in den Salon und stellte erschrocken fest, dass Grohé sich mit ihrer Mutter unterhielt. Helene wollte gerade für Schadensbegrenzung sorgen und ihr sagen, dass es Zeit war, nach Hause zu fahren, als sich hinter ihr die Tür öffnete. Georg kam herein. Er hatte die Perücke abgelegt. Seinen Hut hielt er in den Händen und drehte ihn, während er den langen Flur hinunterblickte. Helene stürmte auf ihn zu. »Du kommst spät!«

»Ich habe mich beeilt, es ging wirklich nicht eher. Dein Bruder wollte mich nicht gehen lassen. Na ja, du kennst ihn ja.«

Sie fasste ihn am Arm und kehrte mit ihm auf das Fest zurück. Sie verschafften sich einen Überblick.

»Du amüsierst dich nicht?«, fasste Georg zusammen.

»Wie könnte ich? Alle hier scheinen verrückt geworden zu sein. Aber, stell dir vor, Katharina ist hier.«

Er kratzte sich verlegen am Hinterkopf.

»Wann hattest du vor, mir zu sagen, dass du ihr geholfen hast, in Köln zu bleiben?«

Er senkte die Mundwinkel. »Ich wollte es dir erzählen, aber dann dachte ich, du würdest es nicht verstehen.«

»Was würde ich nicht verstehen?«, fragte sie mürrisch.

»Helene, sie kann nichts dafür, was passiert ist. Höchstens ein bisschen. Aber soll denn deswegen gleich ihre Zukunft ruiniert werden? Ich fand das nicht richtig, und Henri auch nicht. Jeder verdient eine zweite Chance.«

»Henri wusste davon?« Helene strich diese Merkwürdigkeit jedoch sogleich aus ihren Gedanken und seufzte nachgiebig. Sie hatten andere Probleme. Obendrein erweichte es sie, dass Georg sich um ein perspektivloses Dienstmädchen sorgte.

»Willst du gehen?«, fragte er.

»Zu gerne«, antwortete sie erlöst.

»Ist gut, wir holen deine Mutter, dann begleite ich euch zum Wagen.« Er bot ihr den Arm.

Helene stutzte. »Du willst nicht mitkommen?«

»Es sind ein paar wichtige Leute hier. Du weißt, es ist auch geschäftlich von Vorteil, wenn einer von uns bleibt. Ich will mit dem Gauleiter sprechen, um zu erfahren, was sich die Partei von unserer Firma erhofft.«

Ihr Blick glitt zu dem Mann, der sie mit seinem seltsamen Gerede aus dem Konzept gebracht hatte. Die Kussmünder auf Grohés Wangen – unscharfe Lippenstiftabdrücke –, lockerten sein einschüchterndes Erscheinungsbild kaum auf.

»Ich bin nicht sicher, ob du dafür nicht zu spät bist. Hier ist keiner mehr nüchtern, auch er nicht.« Es schien ihr die einzig logische Erklärung für Grohés beschämendes Verhalten zu sein.

»Hm.« Georg biss sich nachdenklich auf die Unterlippe. »Du hast recht. Aber das könnte ein Vorteil sein.«

Helene ergriff seine Hand. »Lass es lieber sein. Nie waren bei den Scheels Leute wie er eingeladen. Mir gefällt das Ganze nicht.«

Er lächelte schmerzlich. »Mir auch nicht. Wir wissen alle, dass er im Auftrag der Regierung hier ist.«

»Ich denke, er will die Leute auskundschaften. Wissen, wie sie denken.« Helene senkte nochmals die Stimme. »Und ich glaube, er hat mich auf dem Kieker.«

»Sollte ich erfahren, wieso?« Georg wirkte mit einem Mal überaus besorgt.

Sie druckste herum, zuckte die Schultern. Vielleicht irrte sie sich auch. »Er hat gesagt, sie erwarten deinen Antrag auf Mitgliedschaft in die NSDAP.«

»So?« Georg blieb ruhig.

»Hast du vor, einen zu stellen? Wie Alfred?« Gehemmt sah sie ihn an.

»Nicht aus Überzeugung, nein.«

»Gut. Sie können niemanden zwingen. Oder?«

Georg ließ ihre Frage unbeantwortet. »Man behält uns alle im Auge«, sagte er stattdessen.

»Bitte sei vorsichtig. Ich habe kein gutes Gefühl dabei, dass Grohé sich so lange mit meiner Mutter unterhält. Was soll das?«

»Er glaubt, eine Gelegenheit erkannt zu haben. Aber was er nicht weiß, ist, dass sie gar nichts über die Fabrik zu erzählen hat.«

»Ein Glück, dass sie sich nicht fürs Geschäft interessiert und nichts davon weiß, was das Fabrikpersonal beschäftigt«, murmelte Helene.

Georg sah sie mit zusammengezogenen Brauen an. »Was könnte sie denn wissen?«

Helene winkte ab. »Ach, gar nichts. Das war nur so dahergeredet.« Sie dachte an Helma, daran, wie ungestüm ihre Vorarbeiterin die Regierung kritisierte.

»Die Zeiten sind unruhig.« Es lag etwas Aufwühlendes in seiner Betonung.

»Das sind sie«, antwortete Helene unerklärlich nervös.

Georg schenkte ihr ein beruhigendes Lächeln. In Helene stieg das Gefühl auf, dass sie ihm vertrauen sollte. Auch wenn sie nicht einmal sagen konnte, wovor sie Angst hatte, wusste sie dennoch, dass sie begründet war.

Georg hielt ihr seinen Arm hin und zusammen begegneten sie dem Gauleiter. Klara trat einen Schritt zur Seite, um sie in die illustre Versammlung zu lassen.

»Wie schön, dass Sie es noch geschafft haben, Herr Kronenberg.« Grohé schüttelte seine Hand. Helene bedachte er mit einem flüchtigen und strengen Blick.

»Wir sollten aufbrechen, Mama«, sagte Helene an Klara gewandt.

Diese befreite ihr Handgelenk vom Spitzenärmel und überprüfte hochkonzentriert die Uhrzeit. »Aber es ist doch nicht mal eins.«

»Ja, aber für dich hat das Feiern schon vor dem Mittag begonnen, also …« Helene lächelte entschuldigend in die Runde. Über Grohés Gesicht huschte ein amüsiertes Grinsen.

»Ich bleibe dennoch«, entschied Klara. »Fahr ohne mich. Helmut soll mich später abholen.«

»Mutter, wir gehen!«, beschloss Helene und fasste sie am Arm. Klara aber machte sich so heftig von ihr los, dass sie fast das Gleichgewicht verlor. Sie drehte sich einmal um sich selbst und schaffte es gerade noch, ihr Glas Wein festzuhalten. Der Port schwappte über und traf klatschend auf Grohés Brust. Verblüfftes Raunen war zu hören. Grohé schaute langsam an sich herunter, entriss dem Kellner energisch ein Tuch und wischte sich den Wein von der Jacke.

»Ach je, tut mir leid.« Klara wollte ihm das Tuch abnehmen. Er warf ihr einen finsteren Blick zu, und sie wich zurück.

Die Umherstehenden verfolgten das Schauspiel mit erschrockenen Mienen. Köpfe wurden zusammengesteckt, es wurde getuschelt. »Wie peinlich«, ließ jemand verlauten, und: »Was ist nur aus der feinen Frau von Ratschek geworden?«. Helene lief hochrot an.

Klara stellte ihr Glas ab, stapfte schwerfällig an Helene vorbei und zur Tür hinaus. Helene blieb noch einen Moment und knirschte mit den Zähnen. Man starrte sie an, als hätten sie soeben ein Attentat auf Grohé verübt. Sie taumelte zurück. Georg fing sie auf.

»Ich kümmere mich darum«, versprach er. Sie nickte matt. Die unverhohlenen Blicke der Anwesenden waren wie Stiche auf ihrem Körper. Dennoch zwang sie sich zu lächeln. Sie wandte sich an Agnes, deren Gesicht Bedauern und Bestürzung ausdrückte. »Danke für die Einladung. Ich wünsche noch eine schöne Restfeier.«

Agnes lächelte knapp, bevor Helene sich umdrehte und ihrer Mutter hinausfolgte. Was für eine Blamage, dachte sie, als sie wenig später im Auto saßen. Ihre Mutter hatte den Kopf gegen die Fensterscheibe gelehnt, die unter ihrem röchelnden Schnarchen beschlug.

Mühevoll hatte Helene in dieser Nacht in einen unsteten Schlaf gefunden. Als sie hörte, wie die Haustür geöffnet wurde, schreckte sie sofort hoch. Kurz darauf vernahm sie dumpfe Schritte im Flur und undefinierbare leise Stimmen. Zunächst versuchte sie, das Gehörte zu ignorieren. Von einer inneren Unruhe getrieben, stand sie dennoch auf, huschte zur Treppe und verharrte am Geländer stehend.

Das Haus war so dunkel, dass sie kaum etwas erkennen konnte. Im Schatten des Vestibüls erfasste sie zwei Personen, die sich in zärtlicher Manier umschlangen. Unverständliches Flüstern war zu vernehmen, darauf folgten leise Kussgeräusche. Sicher waren es Dienstboten, die vom Karneval heimkehrten. Helene dachte sofort an Robert, weil die Statur zu ihm passte. Die andere, kleinere Person jedoch blieb schattenverhüllt. Womöglich war es eines der Küchenmädchen.

Auf Zehenspitzen kehrte Helene in ihr Zimmer zurück. Die Beziehungen der Bediensteten gingen sie nichts an. Außerdem war im Karneval vieles erlaubt. Man drückte bei den Angestellten ein Auge zu, die für die fünfte Jahreszeit freibekamen, damit auch sie feiern konnten. Schon Helenes Vater hatte es ihnen zugestanden – als Rheinländer und als Mensch.

Kapitel 15

Der März trieb den Frühling voran. Erste Knospen erstrahlten und erweckten die Natur zu neuem Leben. Doch die schnell vorbeiziehenden Tage stärkten in Helene auch wieder die Beklemmung, die sie wegen des Gerichtstermins empfand. Aller Hoffnungen zum Trotz hatte sich keine schnelle Lösung finden lassen, um ihre Unschuld zu beweisen.

Um den Termin mit klarem Kopf zu überstehen, hatte sie in den letzten Wochen nicht mehr versucht, dem Grund ihrer Eheprobleme auf die Spur zu kommen. Sie war ausgelastet. Seit dem jämmerlich verlaufenen Rosenmontag bei den Scheels wusste ganz Köln vom Alkoholproblem ihrer Mutter. Was die Leute nicht beim Kaffeeklatsch besprachen, fand sich in Zeitungen wieder. Die Presse hatte von dem Plagiatsvorwurf erfahren und schrieb über die Familie von Ratschek, sie sei am Ende eines »bittersüßen Märchens«.

Nicht nur Helene war öffentlich diffamiert worden. Für die Leute aber war ihre Verfehlung die größere. Menschen, die in ihr eine überschätzte Frau gesehen hatten, fühlten sich durch die Schlagzeilen bestätigt. Wo immer Helene auch hinging, sie kam sich verfolgt vor. Selbst das Fabrikpersonal warf ihr plötzlich skeptische Blicke zu.

Den Alltag zu meistern, stellte sich daher als Herausforderung dar. Helene kam sich behelligt und gehetzt vor. Ihre Nächte waren schlaflos, und geplagt von Problemen und Sorgen fand sie keine Erholung. Dann stand sie bereits am Morgen mit Herzklopfen und einem Schwindel auf, der sich bis zum Mittag nicht legen wollte. Um Klaras Melancholie zu lindern, hatte Henri beschlossen, eine Zeit lang zwischen Paris und Köln zu pendeln. Zum Leidwesen aller verfiel er jedoch schon nach kurzer Zeit in alte Muster. Er vergnügte sich an den Wochenenden mit Georg in der Innenstadt oder im Casino. Alfred hatte dafür kein Verständnis. Er nannte seinen Bruder einen realitätsfernen Narren und seinen Schwager einen Mitläufer. Helene hielt sich zurück. Sie wollte die beiden weder belehren noch kritisieren, obwohl deren nächtliche Ausflüge auch ihre Nerven strapazierten. Im Gegensatz zu den Männern ihrer Familie konnte sie sich gerade nirgendwohin wagen. Nicht einmal ein Spaziergang mit Anita war möglich, ohne dass ihr Journalisten auf die Pelle rückten.

In der Nacht von Samstag auf Sonntag war ein lautes Poltern zu hören, das Anita aus dem Schlaf riss. Die Kleine brüllte erschrocken, als hätte sie einen furchtbaren Alptraum gehabt. Helene sprang aus dem Bett und schaute auf die Uhr. Halb drei. Sie stürmte auf den Flur hinaus, horchte an Anitas Kinderzimmertür und hörte Fräulein Melmann, die beruhigend mit ihr sprach. Helene überlegte hineinzugehen, doch als es wieder still im Kinderzimmer wurde, sah sie davon ab.

Schritte hallten von unten hinauf. Helene ging zur Treppe. Im fahlen Mondlicht, das durch das Fenster über der Haustür drang, sah sie Robert. Sorgfältig überprüfte er, ob das Haus verschlossen war. Irritiert von dieser späten Kontrolle, stieg Helene die Treppe hinunter. »Ist alles in Ordnung?«

Robert drehte sich jäh zu ihr um. »Gewiss, gnädige Frau. Ich wollte nur sicher sein. Das war alles, wenn's genehm ist?«

Sie nickte ab, und Robert kehrte in den Dienstbotentrakt zurück. Sie wollte kehrtmachen, da hörte sie erneut Lärm. Wenig später Henris Lachen. Gedämpft, aber deutlich. Mit ihrem Herzschlag stieg auch der Ärger in ihr auf.

Helene eilte hinunter und schaltete das Licht an. Im Übergang zur Küche fand sie ihren Bruder und ihren Mann vor. Henri hatte den Arm um Georg gelegt, um ihn zu stützen. Dabei wirkte auch er nicht besonders standfest. Es war unschwer zu erkennen, dass beide sturzbetrunken waren. Empört stemmte Helene die Hände in die Hüften und räusperte sich lautstark. Zuerst hob Henri den Blick und sein Glucksen erstarb. Georg tat es ihm mit leichter Verzögerung nach. Sein Lachen ging in ein seliges Grinsen über. Helene betrachtete die Männer kopfschüttelnd.

»Muss das sein? Ihr macht das ganze Haus wach.«

Henri und Georg schauten erst sie, dann einander an, lachten schallend auf und krümmten sich vor Erheiterung.

Helene brachte das nur noch mehr in Rage. »Ihr findet das wohl witzig?«

»Tschuldigung, Lenchen.« Henri stakste auf sie zu und fiel fast in ihre Arme. Sie wich aus, und er hielt gerade noch so die Balance. »Wir haben die Zeit vergessen.«

»Die Zeit?«, wiederholte sie rasend. »Wie viel habt ihr denn getrunken?«

Georg zuckte die Schultern.

»Ihr wart doch nicht wieder im Casino?«

»Nö, wir doch nicht.« Henri tauschte einen verschwörerischen Blick mit Georg und prustete, in dem Versuch nicht laut loszulachen.

»Ihr wisst, ich sehe das nicht gerne. Und wenn Alfred davon erfährt, dann …«

Wieder wechselten die beiden einen Blick – eher amüsiert als schuldbewusst.

»Ab ins Bett mit euch!« Helene kam sich vor, als hätte sie keine gestandenen Männer vor sich, sondern kleine Jungen.

»Zu Befehl!« Henri salutierte vor ihr.

Helene wandte sich stöhnend um und ging hinauf. Zurück in ihrem Zimmer lehnte sie sich gegen die geschlossene Tür und atmete durch. Was war nur in die beiden gefahren? Sie konnte nicht verstehen, wie sie so leichtsinnig sein konnten. Ihre berufliche Zukunft stand auf dem Spiel und das Ansehen ihres Unternehmens, ihrer Familie. Unwillkürlich fasste sie sich an ihr Herz. Es polterte wild und in dem nahezu hysterischen Rhythmus, der ihr vor einigen Wochen zum ersten Mal aufgefallen war. Sie machte lange Atemzüge, konnte sich aber nicht beruhigen.

»Männer«, zischte sie und warf sich aufs Bett. »Die werden noch mein Tod sein.« Ungestüm rollte sie sich in die Decke ein, kam auf die Seite und löschte das Licht. Ihre Augen starrten minutenlang in die Dunkelheit, ehe sie sich endlich schlossen.

Klara schlug ein Ei auf, gab es zu ihrem Rotwein hinzu und verrührte alles mit einer Kuchengabel, bis ihr Aufbautrunk – so wie sie ihn nannte, schön schaumig war. Flüchtig schaute sie zu Henri und Helene, die an diesem Morgen noch kein Wort miteinander gewechselt hatten.

»Übrigens. Wir haben einen Brief vom Gauleiter bekommen. Er lädt uns zum Osterbrunch ein. Ist das nicht nett?« Klara nippte an ihrem Glas. »Ich glaube, damit ist das Malheur vergeben und vergessen.«

Helene starrte sie verständnislos über den Tisch hinweg an. »Da werden wir nicht hingehen.«

»Selbstverständlich werden wir«, entgegnete Georg trocken, während er die Marmelade auf seinem Graubrot verstrich. »Es käme einer Beleidigung gleich, wenn wir die Einladung ausschlagen würden. Deine Mutter hat recht. Wir haben Boden gutzumachen. Wir dürfen die Hand nicht ausschlagen, die man uns hinhält.«

Helene unterdrückte ein Stöhnen. »Habt ihr gewusst, dass er judenfeindlich ist?«

Henri schaute betreten zu ihr auf.

»Die meisten Menschen haben etwas gegen Juden. Das war schon immer so«, sagte Georg.

Helene konnte nicht fassen, wie entspannt ihre Familie damit umging, dass sich jemand öffentlich dazu bekannte, Juden bestrafen zu wollen. »Was ist eigentlich mit den Rensbergs? Ich hörte, man will ihnen die Schuhfabrik wegnehmen.«

Das Gespräch versumpfte in hartnäckigem Schweigen.

»Hast du davon gewusst, Mama?«

Klara ignorierte die Frage, hob Goldie auf ihren Schoß und gab ihr eine dicke Schinkenscheibe zu fressen.

Kopfschüttelnd starrte Helene ihren Mann an, doch der blieb gelassen. »Wir können es uns nicht erlauben, uns Feinde zu machen. Ich bin sicher, du verstehst das, Leni.«

»Ach so. Aber wenn ihr die Fehler macht, dann ist das kein Problem, richtig?«, fragte sie spitz. »Musste das gestern Nacht sein? Habt ihr wirklich nichts Besseres zu tun, als euch momentan ständig zu amüsieren?«

Henri lächelte mild. »Was ist denn schon dabei? Gönnst du uns etwa keine Freuden mehr?«

»Nein«, hauchte sie niedergeschmettert. »Ich gönne sie gerade niemandem in dieser Familie. Ihr wisst, dass wir in der Öffentlichkeit vorsichtig sein müssen. Wir haben genug schlechte Presse.«

»Du klingst wie Alfred.« Henri wippte ermahnend mit dem Zeigefinger. Georg lachte. Selbst Klara grinste hinter vorgehaltener Hand. Helene stierte ihren Bruder an. Wütend und eifersüchtig.

»Wir waren vorsichtig, Lenchen.« Georg legte seine Hand beschwichtigend über ihre.

Helene entzog sich ihm und sah ihn herausfordernd an. »Ich hatte gehofft, du verbringst zur Abwechslung mal eine Nacht bei mir.«

Er ließ die Hände in seinen Schoß sinken.

»Was?«, wollte sie wissen. »Wäre das denn so schlimm?« Sie konnte sich nicht mehr zügeln. Viel zu lange hatte sie seine Zurückweisung erduldet.

»Müssen wir das hier besprechen?«, fragte er leise. Es war

ihm anzusehen, wie unangenehm ihm die Situation war. Klara trank ihr Ei-Wein-Gemisch, ließ ihre Tochter und ihren Schwiegersohn aber nicht aus den Augen.

Helene biss die Zähne aufeinander. Sie wollte ihre Ehe nicht vor ihre Mutter ausschlachten und auch nicht vor Henri oder sonst wem, aber ihre Nerven lagen blank.

»Leni«, sagte Georg ruhig.

Sie schaute ihm ins Gesicht und merkte, dass er ihr seinen Blick verwehrte.

»Du kannst mich ja nicht einmal mehr ansehen«, rutschte es ihr heraus. Sie stand auf, hastete aus dem Esszimmer. Im Flur holte Georg sie ein, fasste sie an der Schulter und brachte sie auf diese Weise dazu, sich ihm zuzuwenden.

»Sind wir schon so weit, Leni? Dass wir unsere Probleme austragen, egal wo, egal vor wem?«

»Wenn das die einzige Möglichkeit ist, von dir bemerkt zu werden, dann … ja.« Trotz und Verzweiflung sprachen aus ihr. Sie verabscheute sich selbst dafür, aber sie hatte keine Kontrolle darüber. Nicht mehr.

»Du denkst, ich schenke dir keine Beachtung?«

»Das ist nur allzu deutlich, Georg.«

Er sah auf seine Schuhe herab, seufzte tief. »Du stehst gerade unter enormen Druck. Du bist gestresst und deshalb verzerrst du die Realität.«

»Dann willst du sagen, ich bilde mir das nur ein?«

Er schüttelte leicht den Kopf.

»Du meinst, ich halluziniere und du weichst mir nicht wirklich aus?«

»So habe ich das nicht gesagt.«

»Wie dann? Herrgott nochmal, Georg! Ich dachte einmal, wir könnten über alles reden. Ich dachte, du würdest mich nie allein lassen.« Sie merkte, wie ihre Stimme ins Weinerliche kippte.

»Ich lasse dich doch nicht allein!«

»O doch!« Tränen stiegen in ihr auf und drohten ihre Stimme lahmzulegen. »Du bist nicht für mich da. Jetzt, wo ich dich brauche. Man bezichtigt mich des Diebstahls, falls du das noch nicht mitbekommen hast.«

»Diese Anschuldigung ist haltlos.«

»Das sagst du so leicht. Ich möchte dich mal sehen, wenn dir so etwas vorgeworfen wird. Wärst du dann immer noch so gelassen?« Sie sah ihn herausfordernd an. Georg erwiderte ihren Blick, und sie glaubte, so etwas wie Verunsicherung darin zu sehen. Es schockierte sie, zu erkennen, dass er selbst jetzt nicht in der Lage schien, Aufmunterung zu schenken.

»Warum hältst du mich nicht einfach fest?«, flehte sie verzweifelt.

Er umfasste ihre Oberarme, strich sanft darüber, dann zog er sie an sich. »Scht«, machte er, als sie zu weinen begann. »Ich bin doch da.«

Helene vergrub das Gesicht in sein Hemd. »Warum fühlt es sich dann nicht so an?«, fragte sie leise.

Er erwiderte nichts, legte nur eine Hand auf ihren Schopf. Helene versuchte, sich zu beruhigen. Sie fühlte sich nicht geliebt. Zum ersten Mal war es, als würde sich der Schleier lichten, der zwischen Georg und sie gekommen war. Vielleicht, so dachte sie, war er immer schon da dagewesen. Sie hatte ihn nur nicht sehen wollen.

Kapitel 16

Es war ein grauer nebliger Aprilmorgen als Helene am Gerichtsgebäude ankam. Eva hatte ursprünglich vorgehabt, sie zu begleiten, aber sie hatte Evi nicht allein lassen wollen, die mit Fieber im Bett lag. Ein Virus machte die Runde, der auch Klara zu Hause festhielt. Helene musste mit Georg und Henri als Unterstützung vorliebnehmen, während Alfred in der Fabrik die Stellung hielt. Schon im Vorraum zum Gerichtssaal begrüßte Büdenbender Helene. Er zupfte an seiner Krawatte und wirkte allgemein ein wenig gehetzt, was ihre eigene Nervosität nicht gerade minderte.

»Was ist los, Büdenbender?«, verlangte Georg zu wissen.

»Nun ja«, begann dieser sachlich und bedeutete ihnen vor dem Saal auf einer Holzbank Platz zu nehmen. »Die Kläger haben mehr aufgefahren, als bei einem doch recht bescheidenen Betrieb zu erwarten gewesen wäre.«

Helene war schreckerstarrt.

»Und was bedeutet das im Klartext?« Henri übernahm das Fragen.

Büdenbender neigte sich vor und sprach mit gesenkter Stimme. »Ich kenne den Anwalt der gegnerischen Seite, Hugo Vilbel. Vor ein paar Jahren hat er einen Abgeordneten vor dem Gefängnis bewahrt, der verdächtigt wurde, einen politischen Gegner ermordet zu haben.«

»Ich erinnere mich an den Fall«, sagte Georg. »Es stand überall in den Zeitungen. Jeder wusste, dass er es getan hat. Trotzdem wurde er freigelassen.«

Büdenbender nickte. »Ganz ehrlich, das hier ist eher ein Kavaliersdelikt. Ich habe keine Erklärung dafür, weshalb man einen solchen Aufwand betreibt.«

Helene zuckte unter seiner unheilvollen Aussage zusammen.

»Wahrscheinlich geht es ums Prinzip«, vermutete Henri. »Die wollen sich an unserem Namen profilieren. In der Presse werden sie mit uns zusammen genannt. Die Kunden werden auf ihre Billigprodukte aufmerksam. Das ist Strategie.«

»Wenn dem so ist, Herr von Ratschek, dann ist es eine gute. Wir dürfen die Gegenseite nicht unterschätzen. Entschuldigen Sie mich kurz.« Büdenbender verschwand, um sich mit dem Gerichtsdiener zu besprechen.

»Ich sagte doch, da ist was faul«, flüsterte Henri Georg zu, im Glauben, Helene höre ihn nicht.

»Geduld. Wir werden sehen, was sie in der Hand haben. Es kann nicht viel sein«, entgegnete Georg und bedachte Helene mit einem aufbauenden Lächeln.

Ihr Puls raste und ihr Atem ging so schnell, dass sie fürchtete, ohnmächtig zu werden, sobald sie aufgerufen werden würde. Was, wenn man sie schuldig sprach? Ein kalter Schauer jagte ihren Rücken hinab. Trotzdem schwitzte sie.

Ungeduldig warteten sie vor dem Saal auf den Beginn. Als es endlich losging, setzte Helene sich wie automatisiert in Bewegung. Die Atmosphäre im Gerichtssaal war erdrückend. Ein widersinniges Schuldgefühl erfasste sie, als sie neben Büdenbender in die vorderste Bank sank. Der Richter eröffnete den Prozess mit einem einleitenden Vortrag über die Hintergründe der Straftat.

Angespannt erfasste Helene die Anwesenden. Auf der anderen Seite des Saals befanden sich die Kläger. Diskret, aber ausgiebig musterte sie ihre Gegner. Vilbel war korpulent und von gedrungener Statur, sein Gesichtsausdruck jedoch war von einer Entschlossenheit, wie Helene sie noch nie gesehen hatte. Mittig aus der Bank erhob sich sein wichtigster Zeuge, Fritz Wagner, der als der Bonbonmeister der Bremer Süßwarenfabrik vorgestellt wurde. Ein unscheinbarer Mann in den Vierzigern, mit Brille und Halbglatze. Er schwor auf die Bibel, nichts als die reine Wahrheit zu sagen, ehe er sich neben dem Richterstuhl niederließ und unter Vilbels strenger Aufsicht emotionslos seinen Werdegang herunterbetete.

»Und schließlich überkam mich die Idee für die Erdbeer-Taler, welche anschließend von der Firma Uppers im Februar 1929 patentiert wurde.«

Helenes Finger krallten sich in die Armlehnen ihres Stuhls, als er mit Nachdruck betonte, er und nur er allein, sei der Erfinder ihrer Süßigkeit. »Das ist doch alles gelogen«, zischte sie. Büdenbender blieb ruhig, es war zu früh für einen Einspruch.

Dokumente wurden von Vilbel vorgelegt. Darunter Patentsiegel und eine schriftliche Bestätigung von Wagners Entwurf, die auf das besagte Datum datiert war. Vilbels Auftritt machte Helene wütend. Erzürnt stöhnte sie auf – versehentlich zu laut.

»Keine weiteren Fragen.« Vilbel bedachte Helene mit einem kurzen hämischen Blick. Bei seiner Rückkehr in die Sitzbank blitzte ein diabolisches Grinsen in seinem Gesicht auf. Helene klopfte das Herz wie wild in der Brust. Sie ballte die Hände zu Fäusten und schlug sie sich lautlos in den Schoß. Mit einer flüchtigen Handbewegung bedeutete Büdenbender ihr, sie solle Ruhe bewahren. Reflexhaft kniff sie die Augen zusammen und hob das Kinn an. Nein, sie würde nicht den Mut verlieren.

»Was für eine Farce! Als wären wir gefangen in einem schlechten Theaterstück.«, schimpfte Henri mit leiser Zurückhaltung, nachdem der Richter den Prozesstag beendet hatte. Alles war furchtbar schnell gegangen. Helene schwirrte der Kopf. Ihre Gedanken rasten unkontrolliert umher.

»Die glauben doch nicht irgendwas von dem, was dieser Wagner von sich gegeben hat.« Georg richtete sich in der Vorhalle an Büdenbender.

Der nahm seine Mandantin zur Seite. »Natürlich nicht. Aber ich muss schon sagen, dass die Dokumente überzeugend aussehen.«

»Die stammen von Fälschern.« Henri war außer sich. »Ich habe selbst schon Passfälscher kennengelernt. Diese Leute sind gut. Verdammt gut.«

»Aber auch das ist Betrug«, raunte Helene verdrossen.

»In der Tat. Es ist sogar ein schweres Verbrechen«, pflichtete ihr Büdenbender bei.

»Diesen Leuten gehört das Handwerk gelegt!«, erzürnte Georg sich.

Henri stimmte mit einem vehementen Nicken zu. »Wo kein Richter, da kein Henker.«

Helene seufzte mühsam. Es war, als blockiere etwas ihre Kehle. Sie konnte nicht durchatmen, nicht klar denken. Offensichtlich war sie Betrug und Verleumdung ausgesetzt, aber niemanden schien das zu kümmern. Georg und Henri schleusten sie durch die Hintertür hinaus, vorbei an einer Horde raffgieriger Journalisten, die vor dem Gericht auf ihren Schnappschuss warteten. Kurz verharrte sie vor der Limousine stehend. Die erfrischende Frühlingsluft füllte ihre Lunge, und sie zog ein erstes Resümee. »Lächerlich das Ganze! Interessiert sich denn keiner mehr für die Wahrheit in diesem Land? Ich verstehe nicht, wieso dieser Wagner aussagen durfte und ich nicht.«

»Bei so etwas gibt es immer mehrere Termine, Leni. Du bist ein anderes Mal dran«, erklärte Georg sanftmütig.

»Sie wird benachteiligt. Das ist nicht richtig«, erwiderte Henri aufbrausend.

Georg verzog das Gesicht. »Sie ist diejenige, der etwas vorgeworfen wird. Diese Vorgehensweise ist vollkommen normal. Leider.«

Büdenbender stimmte schweigend zu, dann wandte er sich direkt an Helene. »Wir werden das Kind schon schaukeln, Frau Kronenberg. So oder so. Aber …«

»Aber was?« Sie registrierte, dass er besorgter war als vor dem Termin.

»Es wäre wirklich nützlich, wenn wir einen Zeugen hätten.

Jemanden, der Sie entlastet. Der aussagt, dass dieses Produkt von Ihnen stammt. Und es wäre nicht schlecht, wenn wir diese Aussage durch ein Beweisstück stärken könnten.«

»Gibt es denn niemanden?«, hakte Henri ungeduldig nach. »Dein Bonbonmeister in Hamburg? Dein Kollege in der Ausbildung? Du sagtest doch mal …«

»Sie können es nicht beweisen«, unterbrach Helene ihren Bruder. »Es gibt keine Aufzeichnungen mehr von damals. Meine Rezepte wurden während der Renovierung der Werkstatt vernichtet.«

Einen Moment herrschte ratloses Schweigen.

»Ich mache mir Gedanken«, versprach Büdenbender abgehakt. »Außerdem werde ich einen Kollegen zu Rate ziehen. Möglicherweise kann der uns noch einen anderen Weg aufzeigen.«

Georg und Henri bedankten sich bei ihm. Helene stand mit gesenktem Kopf da. Über ihnen hatte sich der Himmel weiter verdunkelt. Erste Regentropfen fielen zu Boden. Büdenbender spannte seinen Schirm auf und ging die Straße hinunter.

»Nicht den Mut verlieren, kleine Leni.« Georg hob Helenes Kinn mit dem Daumen an.

Sie nickte halbherzig. Er bot ihr den Arm.

»Wir lassen uns so schnell nicht unterkriegen.« Henri lächelte optimistisch, huschte voran, hielt die Wagentür auf und stieg nach ihnen ein.

Frei nach dem Motto schlechte Nachrichten sind gute Nachrichten, stürzten sich die Journalisten auf Helenes Unglück. Für sie war die Presse zu ihrem schlimmsten Alptraum geworden. Je öfter Helene auf die Berichte mit ihrem Namen stieß, umso mehr zweifelte sie daran, ihren Ruf je wiederherstellen zu können. Die Öffentlichkeit hielt sie bereits für schuldig. Der Skandal war perfekt. Zudringliche Reporter waren fast pausenlos vor dem Firmengebäude und verschafften sich sogar Zutritt in die Fabrik. Alfred hatte die Wachen an der Pforte verdoppelt, aber neben der Firma wurde auch die Villa belagert. Mehr als einmal sah Klara sich gezwungen, die Polizei einzuschalten. Diese schaffte es immerhin vorübergehend, die lästigen Reporter vom Grundstück und der Zufahrtsstraße zu verweisen. Das war jedoch nur ein kleiner Trost. Die Kölner Gesellschaft zeigte sich befangen gegenüber den von Ratscheks. Einladungen blieben aus. Ley legte den von Ratscheks nahe, besser nicht zum Osterempfang des Gauleiters zu erscheinen. Eine Bitte, die Helene begrüßte.

Die einen hatten sich entschieden, die Fabrikantenfamilie zu verurteilen. Häufig waren es Männer aus der gehobenen Schicht, die in Helene schon immer ein Problem gesehen hatten. Ihnen zufolge animiere sie Frauen dazu, ebenfalls eine Karriere anzustreben und Haushaltsführung und Kindererziehung zu vernachlässigen. Andere aber witterten ein Komplott gegen die von Ratscheks und zeigten ihre Anteilnahme. Fast täglich erreichten Helene Blumen und aufmunternde Grußkarten, ebenso wie Drohbriefe. Die aufreibende Stimmung belastete nicht nur die Familie. Sie wirkte sich zunehmend auf die laufende Produktion aus. Verkäufe gingen rapide zurück. Geschäfte, die Von-Ratschek-Produkte im Sortiment hatten, wurden teilweise boykottiert. Helene versuchte, sich nicht anmerken zu lassen, wie sehr sie die Situation belastete. Immerhin hatten Büdenbender und Georg ihr versichert, dass alles gut werden würde. Dass früher oder später ihre Unschuld bewiesen sein würde.

»Das ist ja ganz schrecklich, Leni!«, keuchte Magda, als Helene ihr am Telefon von den Problemen in Köln berichtete. »Wenn ich nur irgendetwas tun könnte!«

»Du tust schon genug«, erwiderte Helene. »Es ist eine Erleichterung, sich jemandem anvertrauen zu können. In letzter Zeit habe ich das Gefühl, dass niemand mehr richtig zuhört.«

»Ich höre dir immer zu!«, versicherte Magda. »Wie läuft es denn mit Georg? Hat sich etwas verändert?«

Helene seufzte. In den vergangenen Tagen hatte sie dieses Problem erfolgreich verdrängt.

»Also nicht«, entfuhr es Magda.

»Er ist immer noch unnahbar. Ich kann ihn nicht erreichen. Mehr oder weniger alles ist in unserer Beziehung mühselig geworden.«

»Weißt du, sogar Männer haben hin und wieder Phasen, in denen sie weniger Lust auf körperliche Nähe verspüren und mit ihren Gedanken ganz woanders sind. Oft ist Stress daran schuld. Sie sind auch nur Menschen«, versuchte Magda sie zu trösten.

Helene dachte kurz nach. »Hm, ja. Das leuchtet ein. Ich scheine es manchmal zu vergessen. Danke für deinen Rat!«

»Dafür bin ich da.« Sie lachte, und Helene stimmte mit ein, wurde dann aber nachdenklicher.

»Ach, wenn du nur herkommen könntest.«

Magda atmete in den Hörer. »Ja. Das wäre toll«, hauchte sie. Helene wusste, dass sie gerade nicht reisen konnte, weil Hannes wegen der bevorstehenden Süßigkeitenmesse alle Hände voll zu tun hatte. Magda hielt ihm den Rücken frei. Es stimmte Helene traurig, zu wissen, dass ihre Firma hingegen in diesem Jahr nicht auf der Messe vertreten sein würde. Aufgrund des Plagiatsvorwurfs hatte der Vorstand sich gegen einen öffentlichen Auftritt entschieden.

»Wir werden uns bald sehen, versprochen«, betonte Magda, ehe sie auflegte. Helene war dankbar für ihr Mitgefühl und ihr offenes Ohr. Egal wie oft sie sich wiederholte, Magda blieb stets geduldig. Sie schaffte es, sie aufzumuntern, ganz gleich, wie hoffnungslos ihre Lage schien.

Seit den frühen Morgenstunden regnete es in Strömen. Ein Gewitter verdunkelte den Himmel und Donnergrollen zog wie Kanonenhagel über den Rhein.

Der Mann, der an der Tür geklingelt hatte, betrat unaufgefordert das Haus. »Es ist dringlich!« Er stieß Robert zur Seite und stand urplötzlich im Esszimmer. Das schwarze Haar ragte ihm in nassen Strähnen ins Gesicht. Helene, Henri und Klara schauten erschrocken von ihrem Frühstück auf. Goldie bellte und fletschte drohend ihre Zähne.

»Wer zum Teufel sind Sie? Wir sprechen nicht mit Reportern.« Klaras Blick verfinsterte sich, als sie sah, wie der triefnasse Mann auf ihren kostbaren Orientstickteppich tropfte. Henris Gesicht verschwand hinter der entfalteten Tageszeitung.

»Sie da! Stopp!« Robert stolperte abgehetzt ins Zimmer. »Verzeihung, gnädige Frau, aber er ließ sich nicht aufhalten.«

Klara winkte hektisch ab. »Rufen Sie die Polizei.«

»Bitte«, knurrte der Fremde standhaft. »Nur eine Minute. Auf ein Wort, Herr von Ratschek!«

Helene und ihre Mutter sahen einander verwundert an.

»Du kennst diesen Mann, Henri?«, fragte Klara daraufhin.

Henri legte betreten die Zeitung auf den Tisch und erhob sich vom Stuhl. »Entschuldigt uns kurz.« Mit einer knappen Kopfbewegung bedeutete Henri dem Mann, ihm in die Bibliothek zu folgen.

Klara wandte sich flüsternd an Helene. »Weißt du, wer das ist?«

»Nein. Ihn habe ich nie zuvor gesehen. Vielleicht schuldet Henri ihm Geld.« Helene konnte nur Vermutungen anstellen.

Skeptisch nippte Klara an ihrem Kaffee. »Wohl eher nicht«, befand sie dann. Sie bestrich eine Brotkruste mit Leberwurst und reichte sie Goldie, die vor ihr saß und bettelte. Im nächsten Moment flog die Tür zur Bibliothek auf und der Mann stürmte erneut durch das Esszimmer, diesmal in umgekehrter Richtung. Die Haustür knallte hinter ihm so laut zu, dass das Geschirr in der Vitrine klapperte. Erstaunlich ruhig kehrte Henri an den Tisch zurück, schlug die Beine übereinander und die Zeitung auf.

Helene schaute ihn ratlos an. »Ist alles in Ordnung?«

»Aber ja.« Er brachte die Zeitung wie einen Vorhang vor seine Augen.

»Wer war denn dieser Mann?«, fragte Klara.

»Ein Bekannter«, antwortete er knapp.

Helene beließ es dabei. Ihr Bruder hatte schon immer zahlreiche Freundschaften gehabt. Mühelos Kontakte zu knüpfen, gehörte zu seinen Stärken. Schulden zu machen, zu seinen Schwächen.

Während Henri in der Villa Verwirrung stiftete, tat sein Bruder dies in der Fabrik. Eher beiläufig hatte Regine Helene am Telefon von einer Veränderung im Vorstand berichtet, die diese erschütterte. Außer sich vor Wut suchte sie ihren Bruder am nächsten Tag zu Hause auf.

»Würdest du bitte die Tür schließen?« Alfred ging in seinem Arbeitszimmer ruhelos auf und ab.

Helene kam sofort zur Sache. »Du hast Friedrich Ley in den Firmenvorstand berufen?«

Er zuckte gelassen die Schultern. »Schilling ist in den Ruhestand gegangen. Wir brauchten einen fähigen Ersatz.«

»Ohne mein Einverständnis. Denkst du nicht, da hätte ich ein Wörtchen mitzureden gehabt? Hast du überhaupt eine Ahnung, wer dieser Ley ist? Er ist ein Metzgersohn.«

Er lächelte abschätzig, während er sich einen Kräuterlikör einschenkte. »Das war er mal. Mittlerweile hat er es zu etwas gebracht.«

»Genau. Jetzt ist er die rechte Hand des Gauleiters. Was für eine Karriere«, zischte Helene kopfschüttelnd.

»Grohé schätzt ihn. Hast du nicht erst kürzlich gesagt, wir sollten niemanden benachteiligen? Als es um die Judenfrage in unserem Betrieb ging, da hast du …«

»Das, mein lieber Alfred, ist etwas vollkommen anderes«, unterbrach sie ihn abrupt. »Ley ist nicht qualifiziert für diesen Posten. Ich wollte Fritz Riemelt aus der Buchhaltung vorschlagen. Er ist schon viele Jahre bei uns.«

»Das wäre unmöglich gewesen«, sagte er nüchtern und sank in seinen Sessel. »Der ist ein Sozialist. Deren Partei ist seit Juni verboten.«

Helene hob missfällig die Brauen. Woher glaubte er das überhaupt zu wissen? Eine Hitzewelle überkam sie, als ihr einfiel, was Helma über die staatliche Kontrolle erwähnt hatte.

»Du solltest dich da nicht einmischen. Viel wichtiger wäre es, du würdest mit deinem Mann sprechen. Er hat noch immer keinen Antrag auf Aufnahme in die Partei gestellt. Das wirft kein gutes Licht auf unsere Fabrik. Außerdem sind seine Ausgaben in den vergangenen Monaten horrend gewesen.«

»Was er mit seinem Geld macht, ist seine Sache.«

»Das ist es ja. Es ist nicht sein Geld. Sondern deins.« Er zeigte ihr einen Auszug, der keine Zweifel zuließ. Helene war irritiert.

»Egal wie viel er vor eurer Hochzeit in unser Unternehmen investiert hat, es ist längst ausgeglichen«, fuhr Alfred fort. »Er belastet das Firmenkonto mit Kneipen- und Casinobesuchen, die er als Geschäftstreffen deklariert. Unsere Buchhaltung wird mit Rechnungen überschwemmt, die wir nicht absetzen können. Das geht zu weit, Helene. Schieb einen Riegel vor.«

»Ich werde mit ihm sprechen«, entgegnete sie leise. Es beunruhigte sie, davon nichts gewusst zu haben. Zugeben wollte sie das aber nicht.

»Und dieser Ley?«, kam sie zum eigentlichen Thema zurück. »Ich nehme an, seine Aufgabe im Vorstand besteht darin, uns auszuhorchen.«

»Du kannst so verbohrt sein, Helene. Versteh doch, ich hatte keine andere Wahl.« Alfred sprach in gesenkter Lautstärke. »Er wird von nun an die Interessen der Deutschen Arbeitsfront bei uns vertreten und Aufsicht führen.«

»Dann hatten sie das also vor?« Helene setzte sich. Erdrückt von so viel grobem Kalkül, schlug sie die Augen nieder. »Erst haben sie die freien Gewerkschaften zerschlagen und jetzt das? Was kommt als Nächstes? Will Hitler uns alle nach seiner Ideologie umerziehen?« Sie lachte auf, weil ihr all das verrückt erschien. Dann jedoch sah sie langsam in Alfreds starres Gesicht. Sein Schweigen ging ihr durch Mark und Bein.

Am Sonntagnachmittag hatte Georg gute Neuigkeiten zu verkünden. Bei einem Glas Wein erzählte er Helene von einem Angebot aus England, wo eine große Handelskette die Fruchtgummibären in die Läden bringen wollte. Georg zeigte sich zuversichtlich, und fast war es wie früher, als gemeinsame Träume alles waren, was sie zum Glücklichsein brauchten.

»Ich bin stolz auf dich.« Helene strich ihm durchs Haar. »Ist dir eigentlich klar, was wir schon erreicht haben?«

Er nickte mit einem strahlenden Lächeln. »Ich erwarte die Vertragsunterzeichnung in den nächsten Tagen. So einfach wie diesmal ging es mir noch nie von der Hand.«

»Du bist eben beispiellos.«

Wieder stimmte er ihr grinsend zu.

Helene wusste, dass auf sein Ego Verlass war, und empfand den Moment als günstig. Womöglich hatte sich sein Stressproblem inzwischen erledigt. Sie stand hinter Georg und legte ihm die Hände auf die Schultern. Kräftig und sinnlich massierte sie ihm den Nacken. Er neigte seinen Kopf abwechselnd zu den Seiten und stöhnte genüsslich.

»Wir könnten das oben fortsetzen«, flüsterte sie nah an seinem Ohr.

Ruckartig schnappte er nach ihrer Hand und beendete die Massage. Er schaute sie über seine Schulter hinweg an und lächelte leicht. »Geh nur schon vor. Ich komme nach.«

Helene küsste ihn sanft auf die Wange. Ihr Schlafzimmer war vom Licht der Nachttischlampe erhellt. Fanny hatte sie angelassen, nachdem sie das Bett gerichtet und das knielange schwarze Nachthemd darauf zurechtgelegt hatte. Helene schlüpfte hinein. Die Seide auf ihrem Körper zu spüren, weckte Erinnerungen an sorgenfreie Tage. In ihren Flitterwochen hatte Georg das dünne Hemd »Ein Hauch von Nichts« genannt.

Helene deckte sich zu und drehte sich auf die Seite. Sie schaltete die Lampe aus und wartete, den Blick zur Tür gerichtet. Die Zeit verging schleichend und Helenes Müdigkeit tat den Rest. Sie merkte nicht, wie ihre Lider schwerer wurden, bis sie sich schlossen. Der Schlaf traf sie so unerwartet, dass sie zunächst nicht wusste, wo sie war, als sie wieder aufwachte. Dunkelheit beherrschte das Zimmer. Benommen setzte sie sich auf, schob die Bettdecke von sich und schlüpfte in ihren Morgenmantel. Die alte Standuhr im Salon schlug Mitternacht, sobald sie auf den Flur trat. Abgesehen davon war das Haus mucksmäuschenstill. Diskret warf Helene einen Blick ins Gästezimmer. Es war verlassen. Ob Georg auf dem Sofa eingeschlafen war?

Sie huschte die Treppe hinunter. Diffuses Licht fiel unter der geschlossenen Wohnzimmertür hindurch. Auf leisen Sohlen ging Helene darauf zu. Sie schob die Tür auf und nahm das knisternde Kaminfeuer wahr. Kurz darauf bemerkte sie Georgs Schopf, der von der Sofalehne aufragte. Sie wollte ihn soeben fragen, was er so spät noch im Wohnzimmer machte, da richtete sich Henri neben ihm auf. Nur ein wenig, aber gerade genug, dass sie sehen konnte, dass er nichts anhatte.

Erschrocken ging sie rückwärts, als könne sie damit die Zeit zurückdrehen. Sie schlug sich eine Hand vor den Mund, um einen Aufschrei zu unterdrücken. Ihr Herz hämmerte so laut, dass sie befürchtete, es könne zerspringen. Wie in Trance setzte sie einen Fuß vor den anderen, stolperte aber dennoch über einen Läufer. Polternd landete sie auf dem Fußboden. Das Geräusch ließ Georg und Henri hochschrecken. Beide wandten sich ihr mit entgeisterten Mienen zu.

»Helene?«, setzte Henri an und warf sich blitzschnell eine Decke um die Schultern.

Helene hatte genug gesehen. Sie hastete los, rannte die Treppe hinauf und in ihr Zimmer zurück. Noch immer raste ihr Puls. Das Atmen fiel ihr schwer. Ein Alptraum, wollte sie sich einreden, doch das Gesehene konnte sie einfach nicht aus ihrem Gedächtnis streichen. Plötzlich ergab alles einen Sinn.

Sie rang nach Luft, fühlte sich zutiefst beleidigt, betrogen – ohnmächtig. Aber zwischen all dem Furchtbaren, das sie durchflutete, lag auch eine Gewissheit, und damit einhergehend eine befremdliche Ruhe. Es gab keine andere Frau in Georgs Leben. Es gab keine in Henris. In seinem hatte es nie eine gegeben. Als sie das realisierte, sank sie trostlos in sich zusammen. Ihr Herz war dabei, in tausend Stücke zu zerspringen. Gewaltsam drängte sich ihr die Frage auf, wo ihr Platz in dieser Geschichte war.

⇛ KAPITEL 17 ⇚

Lange Tage vergingen, in denen Helene versuchte, zu verstehen. Ihr Selbstwert war am Boden. Sie hatte sich niemandem anvertraut, weil sie beim besten Willen nicht wusste wie. Wem konnte sie davon erzählen? Wo anfangen? Sie hatte weder Henri noch Georg zur Rede gestellt und ging ihnen aus dem Weg. Die beiden schienen eine Konfrontation ebenfalls zu meiden. Im Anschluss an besagte Nacht war Georg überstürzt Richtung Frankfurt aufgebrochen. Henri nach Paris. Das Versprechen, das ihr Mann ihr gegeben hatte, war damit hinfällig geworden. Georgs Aufbruch brachte Helene vor Alfred in Erklärungsnot. Doch sie war wie paralysiert, zuckte lediglich die Schulter auf seine Frage hin, warum Georg all seine Termine in der Fabrik an ihn abgetreten hatte. Als er eine Woche später zurückkehrte, schwieg er sich aus, als sei nichts gewesen. Helene brachte es nicht fertig, ihn zu stellen wie einen Verbrecher. Stattdessen hoffte sie, dass der Schmerz vorüberging. Unendlich viele Fragen hielten sie jedoch davon ab, Heilung zu finden. Sie wiederholten sich in der Endlosschleife. Was hatte sie falsch gemacht? Wie hatte sie so naiv sein können – so blind? Warum taten sie ihr das an?

Helene empfand blanke Wut auf Georg. Sie machte ihn

dafür verantwortlich, ihr Vertrauen ruiniert zu haben. Zu allem Übel hatte er ihre Liebe zu ihrem Bruder in etwas anderes verwandelt. Wie konnte sie Henri je wieder in die Augen sehen? Zorn und Trauer beherrschten sie, und sie fühlte sich gefangen zwischen Verrat und Lügen, umgeben von Halbwahrheiten und einer trügerischen Harmonie. Dieser Umstand zwang sie in eine Isolation. Sie sprach mit keinem, zog sich von allen zurück.

»Willst du mir nicht endlich verraten, was mit dir ist?« Klara hatte darauf bestanden, dass Helene mit ihr den Tee einnahm. Wie jeden Samstag hatte sie es sich im Wintergarten bequem gemacht. Die Türen waren weit geöffnet, so dass Frischluft den gläsernen Raum flutete. Goldie lag auf einer Decke vor Klaras Füßen und schnarchte leise. »Ist es wegen des Prozesses, Liebes?«

Helene blinzelte die Tränen weg, ehe sie ihre Mutter ansah. Fast hätte sie vergessen, dass sie in ein paar Tagen wieder auf die Anklagebank musste. »Ja«, log sie heiser.

»Ach, mein unglückseliges Lenchen. Wäre diese unnötige Sache doch endlich vorbei.« Klara legte seufzend die Hand über Helenes. »Ein wenig Ablenkung wird dir guttun. Für heute Abend ist alles organisiert.«

Ratlos senkte Helene die Brauen.

»Sag bloß, du hast deinen Hochzeitstag vergessen?«

»Oje.« Sie starrte mit leerem Blick vor sich hin. Bei all den sich überschlagenden Ereignissen hatte sie nicht mitbekommen, dass schon Juni war. Überhaupt kam ihr alles nur noch peinlich vor. Wie hatte sie nicht merken können, dass ihr Bruder und ihr Mann …? Sie schämte sich zutiefst.

»Du arbeitest zu viel, Leni. Das macht den Geist träge.« Klara gab zwei Stück Zucker in ihren Tee und rührte sie klangvoll mit dem Löffel hinein. »Fanny hat dir ein Kleid herausgelegt.«

»Na, dann werde ich mich mal umziehen gehen«, murmelte sie und war froh, der Teestunde entkommen zu sein. Das Reden strengte sie an. Genau genommen war es auch deshalb zu früh für ein Gespräch mit Georg. Sie war noch nicht bereit, ihm gegenüberzusitzen und der Wahrheit ins Gesicht zu sehen. Und doch wusste sie, dass es unvermeidbar, ja, sogar wichtig war, dass sie es endlich hinter sich brachten. Wenn er die Notwendigkeit darin nicht sah, musste sie beginnen.

Seltsamerweise war sie ihm dankbar, dass er sie bisher mit fadenscheinigen Erklärungen verschont hatte. Letztlich gab es nämlich nur die eine. Die Tatsache, dass er an dem Restaurantbesuch zu ihrem Hochzeitstag festhielt, erstaunte sie dennoch. War es aus Gewohnheit oder Ignoranz? Ihre Mutter jedenfalls legte Wert auf solche Jahrestage und Helene war nicht in der Lage, ihr zu sagen, warum sie den Tisch besser abbestellen sollten. Von Lügen hatte sie erst einmal genug. Sie entschied sich für Schweigen und Gehorsam – zumindest für den Augenblick.

Der Rhein war ungewöhnlich ruhig an diesem Abend. Das Licht der Straßenlaternen spiegelte sich auf seiner Oberfläche, als wäre eine zweite Stadt im Fluss versunken. Helene saß am Fenster des Aussichtsrestaurants, starrte auf das Flimmern und fragte sich, wie sie überhaupt hergekommen war. Ihre Finger nestelten an den Pailletten ihres dunkelroten Kleides. Was die Ausführung des Hochzeitstages anging, so hatte Georg nicht ein Detail verändert. An Tisch Nummer vier in der Bastei hatten sie bereits beim ersten Mal gesessen. Sie hatten Fischsuppe und Lamm in Minzsauce bestellt und dazu Weißwein von der Mosel getrunken. Sogar das Geschenk, das Georg ihr überreichte, sah aus wie jedes Jahr. Es war in schwarzes Papier gewickelt, matt, nicht glänzend, versehen mit einer übergroßen roten Schleife. Helene öffnete es und stieß ein leises »Ah« aus. »Eine Kette. Noch eine.«

»Leg sie doch an.«

Sie tat brav, was er sagte. Die weißen Steine, dicht verarbeitet, lagen wie ein Amboss um ihren Hals. Als wäre es kein Schmuck, sondern ein Gewicht, das sie am Boden halten sollte.

»Du freust dich gar nicht?«, erkundigte er sich nüchtern.

»Doch, doch.« Helene kam sich wie die Schallplatte ihrer Mutter vor, die einen Sprung hatte. Das Restaurant war der Plattenspieler, auf dem sie feststeckte. Am liebsten wollte sie laut schreien.

Lieblos schob sie Georg die Kette hin. »Was soll das hier eigentlich? Dasselbe Paket des Juweliers, das identische Essen in der Bastei und dieselbe halbherzige Konversation. Jedes Jahr.«

Georg sah sie nicht an. »Ich schätze das Altbewährte«, erklärte er tonlos.

»Ja. Das glaube ich gern.« Sie beugte sich vor, legte ihre Unterarme auf der Tischplatte ab und suchte seinen Blick.

Er erwiderte ihn genervt. »Gefällt es dir etwa nicht?«

»Was denn?«, entfuhr es ihr lauter als beabsichtigt. Die Gäste um sie herum schauten sie erstaunt an.

Georg stimmte seinen Ton leiser. »Ich dachte, du magst dieses Restaurant.«

»Ich habe nichts anderes behauptet.«

Er zündete sich eine Zigarette an, inhalierte lang und lehnte sich im Stuhl zurück.

»Wir müssen das nicht machen, Georg.«

»Was genau?«

»Na, das hier.« Sie wedelte mit der Hand, damit er endlich begriff.

Er schaute sie an, in Wahrheit aber durch sie hindurch. »Allmählich komme ich mir dumm vor. Ich tue und mache. Ich bemühe mich und du sitzt nur lustlos vor mir.«

»Lustlos? Welch passende Wortwahl.« Wieder war sie zu laut geworden.

Er lehnte sich vor. »Ich dachte, das hätten wir geklärt?«

»Wir haben überhaupt nichts geklärt, Georg. Aber vielleicht ist es an der Zeit, das zu ändern.«

Er blinzelte mehrmals und zog nervös an der Zigarette.

»Du kannst nicht von mir erwarten, dass ich …«

»Es tut mir leid, Lenchen. Mehr noch, als ich sagen kann. Aber … ich bin nicht Herr darüber. Ich kann es nicht kontrollieren, und, bei Gott, ich habe es versucht.« Seine Stimme war eingebrochen, und Helene fiel das Glitzern in seinen Augen auf, als er seinen Kopf zur Seite drehte.

»Ich mache dir keinen Vorwurf«, beteuerte sie und wusste selbst nicht, wie ihr geschah. Empfand sie nun etwa Mitleid mit ihm?

Langsam schaute er zu ihr auf. Mit den Fingerkuppen wischte er sich die Tränen aus den Augenwinkeln.

»Ehrlich gesagt, ich bin erleichtert, dass es keine andere Frau gibt«, sagte sie aufrichtig.

»Es hätte nie eine andere geben können! Leni, du bist umwerfend, meine Fackel in der Dunkelheit.«

»Ja«, raunte sie mit belegter Stimme. Sie war fassungslos, denn sie glaubte ihm. »Ich weiß, du kannst nichts für deine Neigung. Aber warum Henri? Du wusstest, wie sehr ich meinen Bruder liebe. Wie soll ich denn jetzt mit euch umgehen?« Verzweiflung lag in ihrer Stimme.

»Das kann ich nicht mehr gutmachen«, raunte er einsichtig.

»Nein. Kannst du nicht.«

Für die Dauer eines Augenblicks lag eine Schwermut in der Luft, die kaum zu ertragen war.

»Ich wollte dich nie verletzen!«, beteuerte er nach einer Weile.

»Und das soll ich dir glauben? Ich bin dir doch egal geworden. Diese Geschäftsreisen, hat es die überhaupt gegeben? Eher nicht.«

»Das ist nicht wahr, Helene.«

»Ach, nein?« Sie starrte ihn an und ein Gefühl von Verachtung stieg in ihr auf, von dem sie nie gedacht hatte, dass sie es einmal für ihn empfinden würde. »Warum hast du mich geheiratet? War ich deine Absicherung?«

»Lenchen, sag so etwas nicht.«

Helene schaute matt auf ihren Teller herab. Messer und Gabel lagen wie zwei Schwerter darauf überkreuzt. Sie hatte das Lamm nicht angerührt. »Ich denke, ich kenne die Antwort. Es waren die Erwartungen der anderen. Die deiner Eltern. Weiß Fanny eigentlich …«, sie stoppte abrupt und sah ihn eindringlich an. »Natürlich weiß sie es.« Ihr Magen verkrampfte sich, als ihr aufging, dass seine Eltern Fanny als eine Art Aufpasserin zu ihr geschickt hatten. Ihr wurde furchtbar übel.

»Lenchen, ich …«, setzte er an, schien aber nicht weiterzuwissen.

Helene hingegen fand klare Worte. »Ich habe für dich einen Mann sitzen lassen, der mich aufrichtig geliebt hat. Für den ich mehr als nur eine Absicherung war.«

Georg schnaubte kopfschüttelnd. »Darum geht es dir? Du hast ihn also nie vergessen. Ich wusste es.«

Seine Eifersucht war absurd. Sie machte Helene rasend. »Du hast kein Recht, so zu reden. Nicht du! Du verachtest mich, dabei verachtest du dich eigentlich selbst. Ich halte dir nur den Spiegel vor.«

Er schüttelte den Kopf.

»Ich will dieses Schauspiel nicht länger, und ich bin auch nicht mehr deine Bank.« Sie sah ihm ins Gesicht, aus dem die Farbe gewichen war. »Diese Kette, die habe eigentlich ich bezahlt. Genau wie das Essen.« Sie schob den Teller von sich weg. »Du wirfst unser Vermögen zum Fenster raus, Georg. Alfred hat mich damit konfrontiert, doch ich wollte es nicht hören. Deine Casinobesuche, die werden dich noch ruinieren. Uns ruinieren.«

»Dann bist du plötzlich auf der Seite deines Bruders? Ich dachte, du hasst ihn?«

»Hassen?« Seine herbe Wortwahl irritierte sie und sie begriff, dass er sie nicht kannte. Alfred war ihr Bruder. Obwohl sie nicht immer einer Meinung waren, würde nichts auf der Welt daran je etwas ändern. »Nun, wie es scheint, habe ich in der Vergangenheit so einige Menschen falsch eingeschätzt«, erwiderte sie matt.

Er hielt ihrem Blick stand, wenn auch verdrossen. Helene schluckte. Ursprünglich hatte sie mit all dem warten wollen, bis sie zu Hause waren, aber es war einfach aus ihr herausgeplatzt.

»Ich kann das nicht mehr, Georg.« Ihr Ton war nun weniger scharf. »Unsere Ehe ist eine Lüge. Ein Theaterstück, das an Tragik nicht zu überbieten ist.«

Er legte den Kopf schief und seufzte. »Empfindest du das wirklich so?«

»Ich muss. Georg, ich bin allein. Ich bin einsam. Da nützen auch die Jahrestage nichts. Ich weiß ja nicht einmal, was wir feiern. In meinen Augen gibt es da nichts. Es ist alles inszeniert.« Sie wandte den Blick zum Fenster, in der Hoffnung etwas Friedvolles einzufangen. Die Stadtlichter tanzten glitzernd auf der Oberfläche des Rheins, ehe sie von einem Schiff durchbrochen wurden, das den Fluss hinauffuhr.

Georg beugte sich vor, suchte Helenes Hand und drückte sie. »Ich habe dich nicht angelogen, Leni. Ich habe dir nur nicht alles gesagt.«

Kopfschüttelnd sah sie ihn an. »Du hast eine merkwürdige Vorstellung von der Wahrheit.«

»Natürlich. Das war dumm von mir. Für das, was ich dir angetan habe, gibt es keine Entschuldigung«, gestand er ein. »Nicht einmal Worte, schätze ich. Nur das eine glaube mir bitte: Ich dachte, wir könnten glücklich werden. Ich war überzeugt davon.«

»Warst du das? Oder hast du dir nur etwas vorgemacht?«

Er drückte die Zigarette auf dem Teller aus und strich sich grob übers Kinn. »Meine Natur ist nicht einfach, Leni. Ich bin, wie ich bin. Für meine Eltern war es das größte Glück, dass ich dich fand. Sie waren der Ansicht, dass meine Affinität nur eine Phase war.«

»Und Henri? Seit wann ist er …« Sie war nicht sicher, ob sie die Antwort darauf wissen wollte, aber es war zu spät.

»Schon immer. Davon gehe ich jedenfalls aus.«

Helene musste kurz durchschnaufen. Sie schaute Georg grimmig an, als hätte er eine ungeheuerliche Anschuldigung gemacht.

»Was ist? Du willst mir doch nicht glauben machen, du hättest es nicht geahnt, Leni.«

Sie schwieg. Dass ihr entgangen war, dass ihr Lieblingsbruder Männer bevorzugte, war nicht leicht zu verkraften. Immerhin war sie überzeugt gewesen, alles über ihn zu wissen – Henri genau zu kennen.

Georg hob überrascht die Brauen und lachte abschätzig. »Es ist doch witzig, wie wenig der Mensch von seiner Umgebung wahrnimmt. Er sieht nur das, was er sehen will.« Seine Finger schlossen sich verkrampft um sein Zigarettenetui. Zittrig griff er hinein, nahm eine weitere Zigarette und schob sie sich zwischen die Lippen, zündete sie aber nicht an.

»Du unterstellst mir Intoleranz?«, fragte sie, überrascht von so viel Ehrlichkeit.

Georg spuckte die Zigarette aus und warf sie rüde auf den Tisch. »Wenn du dich angesprochen fühlst.«

»Möglicherweise habe ich die Zeichen falsch gedeutet«, versuchte sie ihm entgegenzukommen. »Wäre ja nicht das erste Mal.«

Ihr Blick bohrte sich in seinen. Dann stand sie auf und ging. Wie fremdgesteuert bewegte sie sich hinaus. Draußen wehte ihr die kühle Abendluft ins Gesicht und ließ sie klarer sehen. Helene war nicht wütend auf Georg, sie fühlte sich befreit. Nun, da die Wahrheit endlich ausgesprochen worden war, waren die quälenden Fragen nach den Gründen für sein Verhalten endlich beantwortet. Sie sah sich um, starrte auf die geschlossene Tür des Restaurants. Georg kam ihr nicht hinterher. Besser so, kam es ihr in den Sinn, und sie entschied, ihm Zeit zu geben. Beide hatten sie viel, über das es nachzudenken galt. Entscheidungen standen an. Nicht allein für ihre Partnerschaft, sondern für die ganze Familie.

Entschlossen stellte Helene sich an die Straße, pfiff durch die Vorderzähne und hob eine Hand. Ohne sich ein weiteres Mal umzuschauen, stieg sie in das anhaltende Taxi.

⇛ Kapitel 18 ⇚

Einige Tage später war Helene in Marienburg. Im Gepäck hatte sie Tüten voll mit Leckereien aus der Fabrik. Fräulein Melmann hatte sich an diesem Morgen bereit erklärt, auch auf Evas Kinder aufzupassen. Sie erwarteten sie alsbald aus dem Zoo zurück.

»Geht es dir eigentlich wieder gut?«, fragte Helene, als sie und ihre Schwägerin im Salon unter sich waren.

»Sehr gut sogar.« Eva strahlte.

»Es hat keinen weiteren Schwächeanfall mehr gegeben?«

»Nicht einen.« Eva nahm sich vom Fruchtgummi und kaute genüsslich.

Helene war froh, ihre Schwägerin wohlauf zu sehen. Fast vergaß sie dabei den Schmerz, der sie wegen ihrer unwiderruflich zerrütteten Ehe plagte.

»Oh, ich liebe dieses Lied!« Eva stellte das Radio lauter und zog Helene auf die Füße.

»Mir ist nicht nach Tanzen zumute.« Sie ließ die Schultern hängen und machte sich steif, doch Eva ließ nicht locker. Sie jagte sie in eine Umdrehung nach der anderen, bis ihnen schwindelig wurde. Sobald das Lied verklungen war, fielen beide unter schallendem Gelächter rücklings aufs Sofa.

»Gibt es irgendeinen Grund für deine extrem gute Laune?«, fragte Helene keuchend.

Eva lächelte geheimnisvoll. »Den gibt es.«

»Raus damit!« Neugierig drehte sie sich zu ihr, stützte den Ellenbogen auf die Sofalehne und den Kopf auf ihre Hand.

»Weißt du noch, worüber wir gesprochen haben, als Anita ganz klein war?«

Helene erinnerte sich genau. Eva hatte von dem Glück erzählt, Kinder zu haben und dass sie den Wunsch nach einem Geschwisterkind für Viktor und Evi noch nicht aufgegeben hatte. »Nicht doch, Eva. Nein! Bitte sag, dass es nicht so ist«, entfuhr es ihr entsetzt.

Eva betrachtete sie einen Moment staunend. »Also mir wäre es lieber, du würdest meine Freude teilen.«

Helene griff nach Evas Hand und schaute ihr direkt in die Augen. »Das tue ich. Aber ich habe auch Angst um dich. Weiß Alfred schon …?«

»Sicher.« Eva winkte entschieden ab.

Erst jetzt fiel Helene auf, dass ihr Bauch sich bereits ein wenig wölbte. »Wie weit bist du?«

»Die kritische Phase ist vorüber. Wir wollten vorher nichts sagen und warten, bis wir uns ganz sicher sein konnten.«

Helene seufzte auf.

»Es wird alles gut gehen«, beteuerte Eva. »Ich fühle mich phantastisch. Wunderlich meint, es sähe dieses Mal ausgezeichnet aus.«

Helene hing noch eine Weile ihren Gedanken nach. Es nützte nichts, Eva mit ihren Sorgen zu konfrontieren, denn sie selbst war frei davon. Sie wollte die Freude ihrer Schwägerin nicht trüben. Zu lange hatte diese eine stabile Schwangerschaft herbeigesehnt.

»Die Frösche mit dem Zuckerschaum, die werden noch mein Verhängnis sein. Eine neue Kreation, richtig?« Wieder griff Eva in die Süßigkeitentüte.

Helene nickte. »Ja, sie kommen Ende des Monats in die Läden.«

»Die Kunden werden nicht genug davon bekommen können. Mir geht es jedenfalls so. Verzwickt! Alfred mag es nicht, wenn ich pummelig bin.« Sie knickte die Tüte oben um und schob sie in die Mitte des Couchtischs.

»Es ist dein Körper. Außerdem trägst du ein Kind. Er nur Krustenbraten. Er ist derjenige, der die Plauze gekriegt hat.«

Eva lachte auf, dann drückte sie Helenes Hand. »Oh, was für eine Wohltat deine Besuche doch sind. Ich werde wohl nicht mehr allzu oft rauskommen. Alfred behandelt mich wie ein rohes Ei. Ich zähle die Tage bis zum Termin. Wenn es geschafft ist, dann gehen wir wieder ins Café und ins Kino. Stell dir vor, bald kommt ein Film, der meinen Namen trägt.«

»Den sehen wir uns an!«, stimmte Helene euphorisch zu.

»Ich kann es kaum erwarten.«

Eine einschneidende Pause trat zwischen sie, in der Helene unbewusst laut aufseufzte.

»Was ist mit dir? Wie hältst du dich?«, fragte Eva.

»Du meinst wegen des Prozesses?«

Eva zuckte die Achseln und betrachtete sie genau. »Und dem, was dich sonst noch bedrückt.«

Wie hatte sie glauben können, Eva würde ihr den Kummer nicht anmerken? Zunächst überlegte Helene, ihre Schwägerin anzulügen, doch das kam nicht infrage. Zu lange war sie schon allein damit. Allmählich hatte sie das Gefühl, unter der Last zu zerbrechen. In der Vergangenheit hatte Eva bewiesen, dass sie vertrauenswürdig war. Sie würde auch mit dieser delikaten Neuigkeit verantwortungsvoll umgehen.

Helene begann zu erzählen. Sie sprach sich alles von der Seele. Am Ende fühlte es sich tatsächlich leichter an.

»Dann stimmt es also«, raunte Eva in einem Ausatmen.

»Du wusstest, dass Georg und Henri … na ja …« Noch immer fiel es Helene schwer, auszusprechen, dass die beiden wichtigsten Männer in ihrem Leben eine Liebesbeziehung unterhielten.

Eva schaute sie betroffen und mitleidsvoll an.

»Dann war ich die Einzige, die es nicht gesehen hat.«

»Ich hatte gehofft, mich zu irren«, raunte Eva entschuldigend.

Helene rieb sich die Augen, in denen erneut die Tränen brannten. »Was soll ich denn jetzt nur tun?« Seit dem Abend im Restaurant hatte sie sich diese Frage tausendmal gestellt.

»Hach, mein liebes Lenchen, dafür gibt es auf der ganzen Welt kein Lehrbuch.« Eva legte tröstend den Arm um sie.

»Er muss sich ändern!« Für Helene schien das die einzige Lösung zu sein.

»Das kann er nicht«, entgegnete Eva bedauernd.

»Er muss!« In Helene brodelte die Wut. Dass Georg sie dermaßen belogen hatte, ertrug sie nicht. Sie fühlte sich von ihm und Henri verhöhnt. »Es ist unnatürlich. Gegen Gottes Plan.«

»Unnatürlich? Würdest du die Beziehung deiner Tante auch so bezeichnen?« Eva klang auffallend streng.

Helene ließ ein Schluchzen hören. Natürlich hatte ihre Schwägerin recht. Wie konnte sie Unterschiede machen? Der Fall schien klar zu sein. Sie hatte nur eine Möglichkeit. »Ich muss mich scheiden lassen. Das sollte schnell gehen. Ich meine, in so einem Fall sind es doch außerordentliche Verhältnisse. Die Kirche bezieht dazu eine klare Stellung.«

»Nicht nur die Kirche, fürchte ich.«

Helene schaute sie fragend an.

Eva raffte sich auf und überprüfte, ob kein Dienstmädchen an der Tür lauschte. Anschließend kehrte sie zum Sofa zurück.

»Vergangene Woche hatten wir Besuch vom Gauleiter und ein paar anderen Herren aus der Partei«, verriet sie leise. »Grohé hatte kurz zuvor persönlich mit Hitler gesprochen. Anscheinend hat der seinen Stab einberufen, um über ein Problem zu sprechen, das rasch behoben werden soll.«

»Alfred empfängt diese Leute nun auch zu Hause?« Helene konnte nicht fassen, wie vereinnahmt er war.

»Ich habe mitgehört und erfahren, was sie planen«, fuhr Eva leise fort und rückte näher zu ihr auf. »Sagt dir das Wort Untermensch irgendetwas?«

Helene schüttelte leicht den Kopf.

»Alfred will nicht, dass ich darüber rede, aber ich finde, du solltest es wissen. Offenbar wollen sie sie aus dem Weg schaffen. Es gibt bestimmte Volksgruppen, die sie dazuzählen. Unter anderem sind das …«

»Juden.« Helenes Stimme war nur ein Flüstern. Ihr Herz raste wie wild.

Eva nickte betreten. »Ja. Außerdem Behinderte oder ›Schwachsinnige‹, wie sie sie nennen.«

»Das ist Wahnsinn!«

»Und Homosexuelle«, fügte Eva geduldig, aber mit Nachdruck hinzu.

Helene schnappte nach Luft.

»Sie haben jemanden aus ihren eigenen Reihen ermordet, weil er sich zu Männern hingezogen fühlte. Das heißt, Stellung und Ansehen sind ihnen völlig egal. Was ich dir damit sagen will, ist … Dein Mann kann sich nicht retten, wenn wir ihm nicht helfen. Unter Umständen fällst du mit einer schnellen Scheidung gleich zwei Todesurteile – für ihn und für Henri.«

Helenes Herz schlug plötzlich alarmierend schnell. Ihr wurde schrecklich heiß, ihre Wangen glühten. Eva hatte sie soeben um Nachsicht angefleht. Erst jetzt wurde Helene klar, wie ernst die Lage war. Das Gehörte arbeitete in ihr, aber sie war unfähig, etwas zu sagen.

Evas Hand lag tröstend über ihrer. »Natürlich ist es deine Entscheidung und ich weiß, du musst dich schrecklich fühlen. Überlege dir bitte trotzdem gut, ob du das wirklich willst.«

Helene sah sie an. In Evas Blick lag so viel Fürsorge und Verständnis.

»Du hast natürlich recht«, brachte Helene schließlich hervor. Nach allem, was sie über die brutalen Machenschaften der Partei erfahren hatte, war ein Ende ihrer Ehe zum jetzigen Zeitpunkt ausgeschlossen. Grohé hatte sie im Visier – das hatte Georg selbst gesagt.

Eva atmete erleichtert auf. »Du tust das Richtige.«

Helene nickte unter Tränen.

»In jeder Ehe gibt es Höhen und Tiefen«, versuchte Eva sie

zu trösten. »Ihr seid nicht die Einzigen, die sich hin und wieder nach etwas anderem sehnen. Manchmal kann das auch eine Beziehung retten und vor Einsamkeit bewahren.« Sie reichte ihr ein Taschentuch. Helene presste es sich auf die Augen, dann sah sie Eva ratlos an. Wovon sprach ihre Schwägerin?

»Das wird dich jetzt wahrscheinlich schockieren, jedoch gestehen auch wir einander gewisse Freiheiten zu«, erklärte Eva. »Selbstredend ist dabei jedem überlassen, was er mit dieser Freiheit anfängt. Aber wir sind uns darüber einig, dass es niemandem schadet.«

»Dann gibt es eine Vereinbarung? Ihr trefft euch mit anderen?« Nie hatte Helene den Worten ihres Bruders geglaubt, nachdem sie ihn damals mit Katharina in der Gesindeküche erwischt hatte. »Was ist mit Treue, mit einem ›in guten wie in schlechten Zeiten‹?«

»Lediglich eine Richtschnur. Wie wir sie auslegen, bleibt uns überlassen.«

Helene musterte Eva aufmerksam und erstaunt, denn sie konnte keinen Widerspruch in ihrem Auftreten entdecken.

»Sieh mich nicht so schockiert an, Leni. So was ist nur menschlich. Wir riskieren, uns selbst zu verlieren, wenn wir unser Glück nur von einer einzigen Person abhängig machen.«

Evas Hand lag bestärkend auf Helenes, die stutzig geworden war. Wie eine Jahrtausende alte Überlieferung hallten die Worte ihrer Schwägerin in ihr nach.

»Wir sind zurück!«, ließ Fräulein Melmann vom Flur aus verlauten. Viktor und Evi stürmten ins Wohnzimmer und plapperten sofort drauf los. Sie erzählten freudestrahlend vom Ausflug, von gefährlichen Bären und lustigen Affen. Den exotischen Vögeln mit grün und gelb leuchtendem Gefieder. Fräulein Melmann kam mit Anita hinzu, die im Kinderwagen eingeschlafen war.

»Das nächste Mal kommt ihr aber mit!«, beschloss Evi. Ihr Bruder fügte mürrisch hinzu, dass seine Cousine den spannendsten Teil des Zoos, nämlich das Elefantengehege, verschlafen habe.

»Auf jeden Fall!«, versprachen Helene und Eva wie aus einem Mund.

Draußen fiel dichter Regen und der Wind peitschte gegen die Fenster des Wagens. Anita hüstelte. Sie hatte den Kopf auf den mütterlichen Schoß gebettet und schlummerte mit flatternden Augenlidern weiter.

»Ihre Stirn ist ganz heiß«, fiel Helene auf.

Melmann überprüfte es sofort. »Wahrscheinlich eine Erkältung. Die haben jetzt viele«, sagte sie unaufgeregt.

In der Nacht verschlechterte sich Anitas Zustand. Sie weinte jämmerlich und kam nicht zur Ruhe. Käthe brachte ihr Salbeitee zum Gurgeln, um das Brennen im Hals zu lindern, über das Anita klagte. Schlückchenweise gelang es Helene, ihr etwas davon einzuflößen. Doch kurz darauf ließ ein heftiger Schüttelfrost ihren kleinen Körper erzittern. Sie glühte förmlich. In den Morgenstunden legte Fräulein Melmann ihr Wadenwickel an, um die Temperatur zu senken. Anitas Gesicht war rot gefleckt und mit einem weißen Kranz um Mund und Nase. Käthe hatte ihr eine Fleischbrühe gemacht. Behutsam gab Helene ihr davon, aber Anita würgte und spuckte letztlich alles wieder aus.

»Wie lange willst du noch warten?« Klara hatte schon vor Stunden darauf gedrängt, Wunderlich hinzuzuziehen.

»Es ist wirklich nicht nötig«, wiederholte Melmann gelassen. »Meiner Erfahrung nach ist das Fieber eine normale Reaktion des Körpers auf einen Infekt und geht von allein wieder weg.«

Helene betrachtete ihre Tochter schmerzlich. Ihr Leiden war offensichtlich. Sie faselte wirres Zeug von Ponys und Schiffen. Hin und wieder fiel ein leises »Mama«. Helenes Herz war in Aufruhr. Erschüttert und hilflos sah sie auf ihr Kind herab. In dem Moment beugte Anita sich japsend vor. Stockend rang sie nach Luft und fiel starr zurück ins Kissen. Ein Schreckenslaut entwich Helenes Kehle. Neben ihr schrie Klara mit panikverzerrter Stimme. Melmann riss die Fenster auf, rannte zum Bett zurück und schlug Anita auf die Wangen.

»Lassen Sie das!« Helene stieß sie weg und umfasste Anita mit beiden Armen. Sie bettete ihren Kopf auf ihre Schulter und klopfte ihr sanft auf den Rücken. »Atme, Liebes, atme!«, keuchte sie flehend. Nach einer gefühlten Ewigkeit bäumte sich Anita auf und füllte röchelnd ihre Lunge.

»Ruf sofort den Arzt«, befahl Helene ihrer Mutter, die hinter ihr wie erstarrt stand.

Helene strich Anita über die tiefrote Wange. »Es wird alles gut«, beruhigte sie sie. In ihrem ganzen Leben hatte sie nie eine solche Angst empfunden.

Doktor Wunderlich kam und untersuchte Anita gründlich. Mit ernster Miene wandte er sich danach an Helene und Georg.

»Was fehlt ihr denn?« Georg begleitete ihn zur Tür.

Betreten schaute der Doktor zwischen den Eltern hin und her. »Hohes Fieber, Halsschmerzen, Ausschlag, Himbeerzunge. Die Symptome sind eindeutig. Sie hat Scharlach.«

»Grundgütiger!«, stieß Klara aus. Neben ihr schlug sich das Fräulein Melmann schockiert eine Hand aufs Herz.

»Es ist wieder einmal auf dem Vormarsch. Viele Kinder leiden gerade darunter.« Wunderlich schob müde seine Brille die Nase hinauf.

»Viktor und Evi«, fiel es Georg ein. »Sie waren alle zusammen im Zoo.«

»Gott steh uns bei!« Rasch bekreuzigte Klara sich.

»Ich informiere den gnädigen Herrn, wenn Sie es wünschen«, schlug Fanny vor.

»Ja, bitte.« Klara nickte dankend ab.

Die Diagnose hatte Helene das Blut in den Adern gefrieren lassen und ihr die Sprache geraubt. Plötzlich waren all ihre anderen Probleme nebensächlich. Scharlach war eine hochgefährliche Krankheit. Sie selbst hatte sie als Kind gehabt und sich nur schwer davon erholt. Sofort rutschte sie mit dem Stuhl näher ans Bett ihres Kindes heran und ergriff weinend dessen Hand. Zwischen Anitas Wimmern drängten sich unverständliche, im Fieberwahn gemurmelte Worte. Georg kam hinter Helene und strich beruhigend über ihre Schulter.

»Was können wir tun?«, fragte er heiser.

»Nun, nach meiner Erfahrung gilt es, die Gefahr einer Erstickung abzuwenden«, erklärte Wunderlich. »Wenn der Hals erst einmal zuschwillt, ist es meist zu spät. Ich will ehrlich sein: Anita ist in einem kritischen Alter. Ich rate Ihnen dringend, sie ins Kinderhospital zu geben.«

Helene unterdrückte ein lautes Schluchzen. Sie wechselte einen einvernehmlichen Blick mit Georg, der Wunderlich nickend seine Zustimmung erteilte.

»Ich werde den leitenden Oberarzt selbst informieren. Sie sollen alles vorbereiten«, sagte Wunderlich und fügte feinfühlig hinzu: »Dort ist sie in guten Händen.«

Wenig später wurde Anita mit einem Krankenwagen nach Oppenheim gebracht. Helene und Georg fuhren mit dem Auto hinterher. Vor der Quarantänestation mussten sie sich von Anita verabschieden. Für Helene begann damit eine weitere schlaflose Nacht, doch diesmal teilte sie sie mit Georg. Gemeinsam waren sie in Sorge um ihre Tochter verbunden und spendeten einander Trost.

Grau in grau waren die Tage. Der Himmel, verborgen unter einer dichten Wolkendecke, spiegelte Helenes Gefühlswelt wider. Regen prasselte auf sie herab, und die Stadt wurde zu einem einzigen feucht-dunstigen Keller.

Helene hatte es an diesem Morgen in der Fabrik nicht lange ausgehalten. Bonbonmasse einkochen, Lakritz verkosten, all das erinnerte sie an ihre kleine Anita, die im Oppenheimer Kinderhospital um ihr Leben kämpfte. So oft hatte sie ihre Tochter mitgenommen, ihr gezeigt, wie die Süßigkeiten entstehen, die sie so liebte. Doch nun waren diese Erinnerungen schmerzvoll, und Helene kam es nicht richtig vor, zu arbeiten, wenn es vielleicht bald nichts mehr gab, wofür es sich lohnte.

Im Kinderhospital kümmerten sich Nonnen mit weiß geschürzten Krankenschwestern aufopfernd um ihre kleinen Schützlinge. Trotzdem konnten sie nicht alle retten. Rasend schnell hatte sich das Scharlachfieber unter den Kleinsten ausgebreitet und den Von-Ratschek-Skandal zuverlässig von den Titelseiten der Zeitungen verdrängt. Verhaltensregeln und Schutzmaßnahmen waren in aller Munde. Besonders Kinder aus ärmeren Familien hatten schlechte Überlebenschancen, weil die Eltern aus Geldmangel damit zögerten, sie in Behandlung zu geben. Diesen tragischen Umstand machten sich Hitlers Anhänger für ihre Aufklärungskampagne zunutze. Helene blickte voll Abscheu auf die Politik, die nun sogar das Leid der Kinder instrumentalisierte. Wie durch ein Wunder waren Viktor und Evi vom Scharlach verschont geblieben. Auf welchem Weg Anita sich angesteckt hatte, konnte nur gemutmaßt werden. Klara sah das Übel in Fräulein Melmanns ausgiebigen Spaziergängen mit Anita bei nasskaltem Wetter. Obwohl Helene diese Meinung nicht unbedingt teilte, konnte sie nicht verhindern, dass Fräulein Melmann zur Verantwortung gezogen und vor die Tür gesetzt wurde.

⋟ KAPITEL 19 ⋞

An einem Dienstagmorgen begleitete Franziska Helene in die Nordstadt. Das Scharlachfieber hatte sie dazu veranlasst, die Versorgung im Proletarierviertel aufzustocken. Es gab zusätzliche Essensrationen für die Familien der Fabrikarbeiter. Obst und Gemüse, Fleisch und Milchprodukte. Die Not zu lindern, wo sie konnte, war das Einzige, dass sich annähernd nützlich anfühlte, während sie auf die erlösende Nachricht aus dem Hospital wartete.

Auf dem Weg zu den Krahnenbäumen wollten sie bei der Schneiderei Klasen vorbeischauen. Vor Wochen hatte Helene neue Designs in Auftrag gegeben, aber nichts mehr von Klasens gehört, was unüblich war. In der Vergangenheit war auf die Großschneiderei stets Verlass gewesen. Als sie in die Dagobertstraße einbogen, rannten Menschen in aufgehetzter Stimmung an ihnen vorbei.

»Was geht hier vor sich?« Franziska schaute sich besorgt um.

Helene schwieg mit einem mulmigen Gefühl im Bauch. Sie parkte am Straßenrand. »Bleib im Wagen«, sagte sie, stieg aus und ging in die entgegengesetzte Richtung des Pulkes. Polizei- und Feuerwehrsirenen durchdrangen die Rufe und Schreie der aufgescheuchten Menge.

»Weg hier!«, rief ein Mann und rempelte Helene brüsk an. Sie wurde zur Seite gestoßen, prallte mit dem Rücken gegen eine Laterne. Erst jetzt fiel ihr auf, dass sich die Meute aus jungen Männern zusammensetzte. Kaum älter als Vogelsang. Sie liefen nicht einfach nur davon, sie flüchteten. Die Sirenen wurden lauter und noch ehe die Feuerwehr um die Ecke gebogen war, sah Helene den Rauch. Schwarz und kräuselnd stieg er aus einem der eng aneinander gereihten Geschäftshäuser auf. Mit Schrecken erkannte sie, dass es die Schneiderei Klasen war, die lichterloh brannte.

»Frau Kronenberg! Helene!« Franziskas Stimme drang gedämpft zu ihr vor. Bevor Helene Orientierung fand und antworten konnte, wurde sie nach hinten gezogen. Ein ohrenbetäubender Knall folgte, der sie und Franziska zu Boden warf. Flammen schlugen aus dem Gebäude. Das Feuer hatte das große Schaufenster der Schneiderei zum Bersten gebracht, und ein funkelnder Splitterregen verteilte sich auf die Straße. Herumfliegende Trümmerteile wurden mit einer enormen Sprengkraft bis zur anderen Seite katapultiert.

»Jemand muss da rein!«, schrie Helene. »Sie sind da drin!« Mit schockgeweitetem Blick richtete sich Helene auf. Sie wollte auf das Haus zupreschen, wurde aber von einem Polizisten davon abgehalten. Mit zu den Seiten ausgestreckten Armen stellte er sich ihr entgegen.

»Bleiben Sie zurück!«, mahnte er streng und zwang sie hinter die Absperrung, die gerade durch seine Kollegen errichtet wurde.

Wasser wurde durch Schläuche gepumpt und auf das Gebäude gerichtet, aus dem die Hitze schlug wie aus einem

Vulkan. Mit vollem Einsatz versuchte die Feuerwehr, den Brand zu kontrollieren.

»Wir sollten hier weg!« Panik lag in Franziskas Stimme. Helene fasste sich an ihr angstvoll pochendes Herz. Unfähig, sich zu rühren, traf ihr Blick auf den Boden. Zwischen den glitzernden Scherben war der Fetzen eines Papierstücks vor ihre Füße geweht worden. Sie bückte sich danach.

»Kauft nicht bei Juden«, las sie heiser, und die Hetzschrift entglitt ihr. Franziska rüttelte an ihrer Schulter. »Frau Kronenberg, bitte! Wir müssen hier weg.«

Verstört starrte Helene auf das Chaos vor sich, auf die hektisch Wasser pumpenden Feuerwehrleute und jene, die den Schlauch führten. Die Flammen zeigten sich gnadenlos. Sie schwärzten Balken und Fassade und reichten bis in die oberste Etage der Schneiderei hinauf. Dort, wo sich Hanna Klasens Nähstube befand.

»Sie haben es nicht rausgeschafft. Die Türen ließen sich nicht öffnen. Die ganze Familie, die Angestellten, sie alle sind tot.« Helene bekam den schrecklichen Anblick vom Feuer in der Schneiderei Klasen nicht mehr aus dem Kopf. Die Zeitungen beschrieben den Vorfall als tragisches Unglück. Nicht nur Helene ahnte, dass mehr dahintersteckte.

»Du weißt, dass das kein Unfall war. Es war Brandstiftung.« Helma gab eine Schaufel Kohlen in den Ofen, der den Pausenraum in der Fabrik beheizte. Sie hatten es sich zur Gewohnheit gemacht, einander am Morgen mit einem Kaffee Gesellschaft zu leisten. Trotz Alfreds Warnung, Helene solle sich von der Vorarbeiterin fernhalten, zog es sie mehr denn je zu Helma hin.

»Im Radio hieß es, ein Bügeleisen sei schuld gewesen.«

Helma schnaubte. »Die werden immer erfindungsreicher.«

Helene stimmte ihr schweigend zu.

»Was haben Sie Ihrer Assistentin über den Brand erzählt?«, wollte Helma wissen.

»Nichts darüber, was ich wirklich denke.«

Nickend stemmte die Vorarbeiterin sich vom Ofen hoch. »Das ist auch besser so. Und Sie, Frau Kronenberg, Sie sollten sich auch zurückhalten. Die Wahrheit zu kennen, ist eine Sache, sie auszusprechen eine andere.«

Helenes Stirnrunzeln verstärkte sich. Ehe sie nachhaken konnte, worauf Helma hinauswollte, wurde sie von ihrer Sekretärin von einem Anruf aus dem Hospital unterrichtet. Sofort ließ Helene alles stehen und liegen und hastete in ihr Büro. Mit zittriger Hand nahm sie den Hörer entgegen.

»Hallo? Was gibt es Neues?«, fragte sie voller Ungeduld.

»Das Fieber ist gesunken.« In der Stimme des Arztes lag große Freude.

Helene konnte nicht glauben, was sie hörte. »Dann … dann ist sie überm Berg?«

»Das ist sie«, antwortete er. »Sie braucht noch Ruhe, aber das Schlimmste ist überstanden.«

Pures Glück durchströmte Helene, als sie in ihren Stuhl sank und den Hörer auflegte. Der Anruf hatte die ersehnte Erlösung gebracht. Ihre Tochter hatte den Kampf gegen die tückische Krankheit gewonnen. Schon morgen würden sie Anita wieder mit nach Hause nehmen dürfen. Endlich konnte Helene wieder aufatmen. Die befreiende Wirkung des Telefonats wurde nur durch die Vorfreude auf das Wiedersehen mit ihrem Kind übertroffen.

Am Abend saß die Familie im Wohnzimmer zusammen. Zur Feier des Tages hatte Georg einen raren Bordeaux entkorken lassen, und sie stießen auf Anitas Genesung an.

»Alles, was ich will, ist mein Kind wieder in den Armen halten zu können«, sagte Helene.

Georgs Blick war sanft auf sie gerichtet. Er nickte mit einem lang gezogenen Seufzer. »Unsere kleine tapfere Maus.«

Es war das erste Mal seit ihrem Hochzeitstag im Restaurant, dass sie mehr als nur einige Worte miteinander gewechselt hatten. Verwundert stellte Helene fest, dass ihr Groll gänzlich verflogen war. Sie beide schienen eingesehen zu haben, dass es Wichtigeres gab als ihre Beziehung zueinander. Sie hörten amerikanische Musik, lachten und genossen den teuren Wein. Sogar das Personal hatte sich nach Klaras Aufforderung zu ihnen gesellt.

Vor dem Schlafengehen zog Helene sich in die Gesindeküche zurück, um mit Käthe einen Kakao zu trinken. Unerwartet stieß Georg hinzu. Ein wenig unsicher stand er im Türrahmen, bis die Köchin ihn hineinwinkte.

»Nur keine Scheu, gnädiger Herr.« Sie wies ihm einen Stuhl neben Helene zu und setzte ihm eine Tasse heiße Schokolade vor.

»Ich geh mal nachsehen, ob die Hedwig oben zurechtkommt«, verkündete Käthe.

»Sie macht sich gut als Zofe«, sagte Helene. »Mama ist zufrieden.«

Käthe rollte mit den Augen. »Jaja. Und hier unten bleibt die ganze Arbeit liegen.« Stöhnend zog sie die Tür hinter sich zu. Seit Klara sich nicht auf eine Dame hatte festlegen können, war Katharinas Stelle unbesetzt. Hedwig half gerne aus. Sie hatte Helene anvertraut, dass sie insgeheim schon immer Zofe sein wollte.

»Sie ist verstimmt«, schloss Georg.

Helene lächelte und trank ihren Kakao. »Das legt sich wieder.«

»Wir haben nicht mehr darüber gesprochen, seitdem …« Georg machte eine Pause, in der er sich neu sammelte. »Du hast es niemandem gesagt.«

»Nein.« Helene brauchte nicht erst zu fragen, was er meinte.

Seine Augen verengten sich.

»Ich hielt es nicht für nötig. Und vielleicht gehört es zu den Dingen, die nicht ausgesprochen werden müssen?« Erst nachdem sie das gesagt hatte, bemerkte sie die Frage darin.

Er presste die Lippen aufeinander, nickte unmerklich. »Ich bin so froh, dass es unserem Kind besser geht.«

»Ich auch!«, sagte sie lächelnd.

Georg legte den Kopf schief und sah sie durchdringend an. »Ich wollte, dass es funktioniert, Leni. Das mit uns beiden. Das schwöre ich.« Er wirkte beinahe verzweifelt, auf Abbitte hoffend.

Sie erforschte ihre Gefühle, drehte sich ihm ruhig zu und glättete seinen Hemdkragen. »Ich glaube dir.«

»Wirklich?« Georg stieß erleichtert Atem aus. »Natürlich verstehe ich, wenn du dich scheiden lassen willst.« In seinen blauen Augen stand eine Selbsterkenntnis, die ihr imponierte. Offenbar war er bereit, für sich einzustehen, wie er war. Doch die Zeiten konnten dafür nicht schlechter sein. Sie wusste um den Spott, dem er ausgesetzt sein würde. Ausgrenzung und Isolation waren die Folge – eine unsichtbare Brandmarkung, und das wäre nicht einmal das Schlimmste. Er würde alles verlieren: seine Ehe, sein Kind, seinen Status als angesehener Geschäftsmann, den Respekt, den er sich verdient hatte.

Eva hatte Helene ins Gewissen geredet, und sie hatte reiflich über alles nachgedacht. Helene hatte gesehen, was Hitlers Anhänger mit Juden machten. Homosexualität war in Deutschland nicht einfach nur verpönt, sie stand unter Strafe. Sie wollte sich gar nicht ausmalen, was Georg oder Henri bevorstand, wenn ihre Liebe an die Öffentlichkeit kam.

»Du hast ein schweres Schicksal«, raunte sie, noch an seinem Kragen nestelnd.

»Nichts im Leben ist leicht.« Ein trauriges Lächeln umspielte seinen Mund.

Noch einmal erkundete Helene ihr Innerstes. Die Gefühle für ihn waren nicht fort, sie hatten sich nur verändert. Bei all dem, was ihr Georg bedeutete, konnte sie ihn nicht der Gefahr aussetzen. »Wir werden das anders machen«, beschloss sie, und seine Erleichterung schlug in Verwirrung um.

»Ich will keine Scheidung«, fuhr sie fort.

»Du denkst dabei an den Ruf deiner Familie?«

»Ich denke dabei an dich! Und an Ani.«

Georg schüttelte verständnislos den Kopf. »Du hast es selbst gesagt: Ich kann nicht von dir erwarten, an meiner Seite zu bleiben. Du hast ein Leben voller Liebe und Hingabe verdient.«

»Du aber auch.«

Er schwieg und senkte den Blick.

»Wir sind in der Schusslinie, Georg. Nicht allein wegen dir, sondern auch meinetwegen – weil ich mich der Partei in den Weg stelle. Der Vorstand drängt mich zur Unterschrift, um die bei uns beschäftigten Juden zu entlassen.«

»Ley steckt dahinter«, murmelte er.

Sie nickte. »Ich werde ihnen meine Unterschrift nicht geben.«

Er strich ihr eine Haarsträhne hinters Ohr. »Kleines Lenchen, ich bewundere dich so sehr. Aber du kämpfst einen Kampf, den du nicht gewinnen kannst.«

»Ich kann es versuchen«, entgegnete sie. »Allerdings schaffe ich das nicht ohne dich. Ein Skandal um meinen Ehemann käme diesen Kerlen gerade recht.«

Er seufzte lang und nachdenklich.

»Manchmal muss man eben so tun, als ob. Bis die Zeit gekommen ist, sein wahres Ich zu offenbaren«, begann sie schweren Herzens. »Du weißt, was mit Klasens passiert ist.«

In Georgs Miene stand Bestürzung. Das Schicksal der Freunde der Familie hatte alle schwer getroffen. Doch nie wurde es thematisiert. Weder von Georg noch von Alfred oder Henri. Erst recht nicht von ihrer Mutter, die von einem gemeinen Anschlag der Parteigenossen nichts wissen wollte.

»Wir beide müssen uns maskieren. Du noch mehr als ich. Georg, du musst den Aufnahmeantrag für die Partei stellen. Grohé wird uns sonst nicht in Ruhe lassen. Du musst ihm das Gefühl geben, dass du auf seiner Seite stehst. Und Henri auch, wenn er aus Paris zurückkommt.«

Er neigte zaudernd den Kopf.

»Wir haben etwas, das wir mit allen Mitteln beschützen müssen.«

»Ani!« Er lächelte kurz beseelt.

»Ja«, hauchte sie. »Sie braucht ihren Vater.«

Georg schloss seine Hände um ihre. »Ich werde es machen und mich mehr vorsehen, versprochen. Wir geben ihnen keinen Grund, an uns zu zweifeln.«

In Helene stieg ein warmes Gefühl auf. Die Bereitschaft, offen miteinander umzugehen, hatte den Wall gesprengt, der so lange zwischen ihnen gestanden hatte.

»Henri wird sich nicht überzeugen lassen«, fügte Georg dann leiser hinzu.

»Bitte ihn!« Ihr war klar, dass die beiden Kontakt hielten. Sie fragte nicht weiter nach, sie machte keinem von ihnen einen Vorwurf. Helene hatte eingesehen, dass nichts auf der Welt mehr Facetten hatte als die Liebe.

⋙ Kapitel 20 ⋘

Im August ging es Anita zunehmend besser. Nach den Wochen im Bett war sie kaum mehr zu halten. Sie tanzte zu der Lieblingsplatte der Großmutter und tollte mit Goldie durch den Garten. Doktor Wunderlich war der Ansicht, dass ihr Krankheitsverlauf einem guten Allgemeinzustand zu verdanken gewesen war und der raschen Behandlung im Hospital.

Helene war auf einem emotionalen Höhenflug. Er ließ sie fast vergessen, dass sie noch einen Prozess zu gewinnen hatte. Aufgrund von Anitas Erkrankung hatte man den Termin um einen Monat verschoben. Nun stand er kurz bevor. Dennoch fand Helene zurück in ihre alltäglichen Arbeiten und schätzte die Normalität. Bis Alfred sie daran erinnerte, dass ein Normalzustand noch weit entfernt war. An einem Mittwochmorgen bat er sie dringlichst in sein Büro.

»Du wolltest mich sehen?« Helene setzte sich in den Sessel vor dem Schreibtisch und betrachtete ihre Fingerkuppen, die rot von der Lebensmittelfarbe waren, mit der sie gerade noch gearbeitet hatte.

Alfred sank in seinen hohen Lehnstuhl. »Leni, es fällt mir nicht leicht, dieses Gespräch zu führen, aber ich fürchte, wir kommen nicht drum herum.«

»Was ist denn? Mach es nicht so spannend. Ich habe Bonbonmasse angesetzt.«

Er sah sie offen an. »Ich hatte gerade ein Treffen mit dem Vorstand.«

»Ohne mich?«

Er nickte betreten. »Wir sind der Meinung, dass zu viel Aufsehen um die Fabrik herrscht. Die Aufmerksamkeit, der ganze Trubel, das ist alles nicht gerade förderlich für einen reibungsfreien Betrieb.«

»Da stimme ich dir zu«, gestand Helene. »Es wird Zeit, dass Ruhe einkehrt.«

Falten durchzogen Alfreds Stirn. »Büdenbender hat noch keine Taktik entwickelt, dich aus dieser Sache zu manövrieren.«

»Er arbeitet dran. Und ich vertraue ihm. Was sollte ich auch sonst tun?«

Wieder nickte er, dann räusperte er sich laut. »Leni, wir sind der Meinung, dass es besser wäre, wenn du für eine Weile der Firma fernbleiben würdest. Nur vorübergehend natürlich.«

»Ich soll gehen?« Helene starrte ihn mit weit aufgerissenen Augen an.

»Wie gesagt, nicht für immer. Ich dachte an einen überschaubaren Zeitraum. Bis sich die Sachlage geklärt hat.«

»Ich soll gehen?!«, wiederholte sie empörter.

»Es ist zum Wohl unseres Unternehmens«, beteuerte Alfred. »Wir schreiben rote Zahlen, seit die Zeitungen über dich und deinen Süßigkeitenklau berichtet haben.«

»Ich habe nichts geklaut!«

»Ja. Das weiß ich.« Er klang tatsächlich, als wäre es ihm ernst. »Aber die Menschen wissen das nicht. Die Situation ist schwierig. Gerade hatten wir begonnen, uns zu restaurieren. Wir waren beinahe da, wo wir vor der Krise waren. Und ich weiß, wie viel dir unser Unternehmen bedeutet, deshalb willst du doch sicher nicht, dass es Schaden nimmt.«

Helene überlegt kurz und schüttelte dann langsam den Kopf.

»Sieh es doch mal so. Du könntest die Zeit nutzen, um mehr mit Anita zu unternehmen. Nachdem sie so krank war, braucht sie dich doch umso mehr. Und du und Georg, ihr …«

Sie hob eine Hand und unterbrach ihn damit. Er musste nicht wissen, dass die Arbeit ihre Zuflucht war. In der Fabrik hatte sie einen Ort für sich geschaffen, an dem sie nicht daran erinnert wurde, dass ihre Ehe auf einer Lüge basierte. In der Produktionshalle fühlte sie sich gebraucht, nützlich und gesehen. Nun hatte ihr Bruder vor, ihr das zu nehmen.

»Was schlägst du sonst noch vor, was ich tun soll? Mit unserer Mutter in der alten Villa hocken? Wie zwei Spinnen, die darauf lauern, dass sich irgendwas in ihrem Netz verfängt?«

»Nur, bis sich der Trubel gelegt hat«, wiederholte er sich, ohne auf ihren Sarkasmus einzugehen. »Das verstehst du doch, oder?« Er klang aufmerksam, und das überraschte sie. Ebenso wie der Umstand, dass sie Verständnis aufbrachte. Wäre es andersherum gewesen, so hätte sie seinen Rückzug verlangt.

»Ich sage Franzi, sie soll die Bonbonmasse entsorgen.« Sie stemmte sich mühsam hoch.

»Helene«, stoppte Alfred sie, ehe sie zur Tür hinausgegangen war. Widerwillig drehte sie sich um.

»Es tut mir leid«, schwor er. »Wirklich. Sehr leid sogar.«

Helene malträtierte ihre Unterlippe mit den Zähnen und biss so fest zu, dass sie blutete. Sie wollte jetzt nicht schon wieder Tränen vergießen und an etwas verzweifeln, dass sie nicht ändern konnte. Auf dem Weg in die Küche sah sie sich schwer atmend mit einer Entscheidung konfrontiert. Entweder sie gab dem Drang nach, an allem zu zerbrechen, was in ihrem Leben schieflief, oder aber, sie zeigte sich nach außen hin unverwüstlich. Weitermachen. Weiterkämpfen. Um ihr Recht, ihr Ansehen und ihre Familie.

Am Sonntag unternahm Helene einen Bootsausflug mit Georg und Anita. Käthe hatte ihnen einen Picknickkorb mit allerhand Köstlichkeiten mitgegeben. Eine Aufmunterung für Helene, die nach dem Gespräch mit Alfred mühsam versuchte, im Haushalt ihrer Mutter ihren Platz zu finden.

Die Sonne schien auf sie herab und die Temperaturen waren angenehm warm. Der Sommer zeigte sich von seiner besten Seite. Sie landeten am Niehler Strand im Norden der Stadt. Georg zog das kleine Motorboot ans Ufer zwischen Sträuchern und Trauerweiden, deren Ausläufer im seichten Wasser schaukelten. Auf einer Sandbank breitete Helene eine Decke aus und setzte sich in den Schneidersitz. Georg nahm neben ihr Platz.

»Nicht so nah ans Wasser, Ani!«, mahnte er. Eine Weile sahen sie schweigend Anita zu, wie sie das Ufer nach Treibgut absuchte. Eifrig sammelte sie Muscheln, Schneckenhäuser und Steine, trug alles zu ihren Eltern und flitzte erneut davon.

Georg malte mit einem Stock Kreise in den feinen Sand. »Ani ist nicht mehr so blass und schmal.«

»Ja, sie ist fast wieder die Alte.« Helene war froh, dass die letzten Spuren des Scharlachfiebers allmählich verblassten.

»Manchmal beneide ich sie um ihre Unerfahrenheit«, meinte Georg.

Stirnrunzelnd sah Helene zu ihm. »Wir verzeihen Kindern alles. Das ist unsere Aufgabe.«

Anita hatte einen Schmetterling entdeckt und jagte ihm über den Kies, bis zu ihren Eltern nach. Kurz schien er über ihnen in der Luft zu stehen. Helene sah genauer hin. Er war orangefarben mit dunklen Flecken am Flügelrand.

»Ein kleiner Fuchs. So einen hatte ich als Kind in meiner Sammlung«, sagte Georg.

Anita zog die Nase kraus und schüttelte den Kopf. »Kein Fuchs. Ein Schmetterling.«

»Er heißt nur so«, erklärte ihr Vater ruhig. Wieder schüttelte sie vehement mit dem Kopf, dann lief sie dem Insekt nach, das höher und höher stieg und schließlich in einer dichten Baumkrone verschwand.

»Komm zurück!«, forderte Anita und stapfte mit dem Fuß auf. Doch der Schmetterling war auf und davon. Bockig sank sie daraufhin zwischen ihre Eltern, schluchzte und rieb sich die Augen. Helene legte den Arm um sie und Georg gab ihr ein großes Stück Schokoladenkuchen aus dem Korb.

»Bestimmt ist der Schmetterling gerade erst geschlüpft«,

sagte Helene, um sie aufzumuntern. »Er muss erst noch seinen Platz in dieser Welt finden.«

»Und seine Freunde«, fügte Georg hinzu.

Anita sah sie beide durch wässrige Augen an und mümmelte ihren Kuchen.

Helene nickte. »Dafür bleibt nicht viel Zeit. Sie haben nur diesen einen Sommer.«

»Wie doof ist das denn?«, nuschelte das Mädchen und spuckte Krümel auf die Decke.

»Sie kennen es nicht anders. Aber deshalb ist jeder Moment für sie so kostbar.« Helene strich ihr über den Schopf und Anita schmälerte ihre Augen. Grübelnd hob sie einen Mundwinkel an. Ihr war stets genau anzusehen, wenn sie über etwas angestrengt nachdachte. Im nächsten Moment wischte Anita sich die Schokolade vom Mund. Ein kleiner brauner Schnurrbart blieb zurück. Ungeduldig sprang sie auf, hopste flink umher, zum Ufer, wo sie im Sonnenlicht tänzelte und Steine ins Wasser warf.

»Die Schmetterlinge wissen es wohl besser als wir.« Georg betrachtete Helene von der Seite.

»Sie wissen, dass sie keine Zeit zu verlieren haben.« Lächelnd wandte sie sich ihm zu, doch er sah hinaus aufs Wasser.

»Es fühlt sich gut an«, hauchte er. »Das hier. Mit euch. Wieso machen wir das nicht öfter?«

»Das fragst du mich?« Sie stellte die Beine auf und stützte die Arme darauf. »Von mir aus können wir das immer machen. Es liegt nicht an mir«, erinnerte sie ihn milde daran, dass er zuvor allen Versuchen ihrerseits, Zeit mit der Familie zu verbringen, ausgewichen war.

»Sollen wir über Henri reden?«, hakte Helene nach, weil sie spürte, dass er gedanklich immer wieder woanders war. Seit ihr Bruder nach Paris zurückgekehrt war, hatte sie nichts von ihm gehört.

»Da gibt es nichts zu reden«, antwortete er nach einer Weile.

Sie schaute ihn eingehend an. Helene hoffte, dass er endlich zur Vernunft kommen und sich ihr anvertrauen würde. Henris Abwesenheit tat der Familie nicht gut. Weder ihr noch Anita und erst recht nicht ihrer Mutter. Endlose Sekunden vergingen, ohne dass Georg merkte, welcher Sturm in Helene tobte. Wollte er sie schonen? Sie nicht noch mehr verletzen? Helene war wütend, weil es ihr nicht darum ging. Und sie war enttäuscht. Offenbar war die Ehrlichkeit zwischen ihnen nicht von Dauer gewesen.

»Mami, Mami!« Anitas Stimme durchbrach den Augenblick.

Helene zog ihre Schuhe aus, kam neben ihre Tochter und badete ihre nackten Füße im kristallklaren Wasser. Anita zögerte nicht, streifte sich ebenfalls die Schuhe ab und tauchte die kleinen Zehen in den Fluss. Kurz sprang sie auf. Nachdem der erste Kälteschock überwunden war, plantschte sie mit den Füßen zwischen den Steinen, so dass es nur so spritzte. Ein Frachtschiff trieb seine Wellen ans Ufer. Helene nahm Anita hoch und das Wasser umspülte ihre Beine bis zu den Waden. Der Wellenschlag brachte den Duft von Algen und Salz an Land. Möwen verfolgten den Frachter und ließen sich in dessen Sogströmung nieder. Helene warf einen Blick zurück. Über Georgs Mund huschte ein zweideutiges Lächeln. Er inhalierte seine Zigarette, blies den Rauch in die

Luft. Mit gemischten Gefühlen wandte Helene sich wieder dem Rhein zu, der sie, im Gegensatz zu früheren Zeiten, kaum zu beruhigen vermochte. Noch schien die Sonne über dem Fluss, doch in der Ferne türmten sich dunkle Wolken, die von einem Gewitter kündeten.

⋟ Kapitel 21 ⋞

Der beißende Geruch von Essigessenz erfüllte die Küche. Auf dem Tisch stand allerlei Silber. Besteck, Kannen, Krüge, Platten und Leuchter. Niedliche Zuckerdosen und Gewürzgefäße warteten, ausgebreitet auf mehreren Schichten Zeitungspapier, darauf, auf Hochglanz poliert zu werden. Astrid und Laurie hatten ihren Besuch angekündigt, und Klara hatte angeordnet, dass bis dahin alles picobello zu sein habe.

Helene freute sich auf ihre Tante und deren Lebensgefährtin, die als ihre seelische Unterstützung für den Prozess anreisen würden. Der anstehende Besuch hatte etwas Tröstliches, denn so manches Mal hatte Helenes Tante ihr Wege aufgezeigt, die sie selbst nicht sah. Vielleicht war es, weil Astrids Horizont weiter war als der der meisten Menschen. So hoffte Helene auch darauf, mit ihr in Ruhe über ihre Ehe sprechen zu können. Dinge, für die ihre Mutter nicht genügend Feingefühl aufbrachte.

Der Gerichtstermin war für übermorgen angesetzt. Wie versprochen blieb Georg in der Nähe. Er tagte in Frankfurt, wo er sich mit Vertretern traf, um den zu erwartenden Preisanstieg der Zuckerwaren zu besprechen. Zwar hatte er versprochen, rechtzeitig zurückzukehren, aber Helene legte keinen großen Wert darauf. Astrid und Laurie würden sie schon abzulenken wissen – besser, als er es momentan konnte.

»Sagen Sie, haben Sie noch mal etwas von Ihrer Freundin aus Hamburg gehört?«, fragte Hedwig.

»Ich erhielt eine Karte von ihr aus dem Pommernurlaub«, antwortete Helene und spürte Wehmut in sich aufsteigen. Sie vermisste Magda und wünschte sich, wie so oft, zurück in die Zeit, die sie mit ihr an der Elbe verbracht hatte.

»Du musst fester reiben«, schimpfte Hedwig Bruni, die den Lappen so locker hielt, dass er ihr ständig aus der Hand rutschte.

»Mache ich es richtig?«, fragte Helene stirnrunzelnd.

Hedwig begutachtete ihre Putztechnik mit strengem Blick. »Sieht aus, als würden Sie nicht zum ersten Mal Silber putzen, Frau Kronenberg.«

Helene lächelte selbstzufrieden. Seit sie der Fabrik fernbleiben musste, hatte sie Bücher gewälzt, gestickt und gehäkelt. Ihre Mutter hatte sie in die Kaufhäuser der Stadt geschleppt, war mit ihr in die teuersten Boutiquen gegangen, in denen sie königlich empfangen worden waren. Doch anders als sie fand Helene keine Freude daran, Geld auszugeben. Die gemeinsamen Einkaufsbummel waren für sie schnell strapaziös geworden. Es hatte ihr nichts gebracht, außer dem Gefühl, sich betäuben zu wollen. Als effektiver hatte sich die Hausarbeit herausgestellt. Zwischen den Dienstmädchen hatte sie wenigstens das Gefühl, sich in irgendeiner Weise nützlich machen zu können. Als Helene zum ersten Mal in der Küche aufgetaucht war und ihre Hilfe angeboten hatte, fanden es die jungen Frauen zunächst befremdlich. Nicht so

Käthe, die schon viele Jahre im Von-Ratschek-Haus tätig war und Helenes Eigenheiten kannte. Sie hatte Hedwig und Bruni angehalten, sich manierlich zu verhalten und keine Fragen zu stellen. Inzwischen waren diese an die Anwesenheit ihrer eigenwilligen Dienstherrin gewöhnt.

»Wie geht es Ihrer Schwägerin, der lieben Frau von Ratschek?«, erkundigte sich Hedwig nun.

Mit einem Ausatmen legte Helene den Schöpflöffel auf einem Tuch ab und untersuchte ihn auf verbliebene Schlieren. »Sie ruht sich bis zur Geburt aus.«

»Oh, ich hoffe, es wird alles glattgehen.« Bruni seufzte. »Erst neulich erzählte mir das Hausmädchen der Nachbarn, dass die Dienstherrin ihrer Cousine bei der Geburt ihres Kindes gestorben ist. Es ist für uns Frauen wahrlich nicht ungefährlich.«

Hedwig schüttelte den Kopf. »Das war früher so, Bruni. Als die Medizin noch nicht so weit war.«

»Aber es sterben noch immer Frauen.« Sie schaute zwischen Helene und Hedwig hin und her.

»So gut wie keine mehr«, widersprach Hedwig.

Bruni zog die Stirn kraus, faltete sorgfältig den Stofffetzen in ihrer Hand und fuhr damit gemütlich über den Fuß eines Kerzenleuchters.

»Du sollst das Silber säubern und nicht streicheln.« Hedwig stöhnte leise. Als erstes Hausmädchen hatte sie Bruni zu beaufsichtigen. Doch ihre Sanftheit war der Grund, weshalb sie eher wie eine große Schwester für sie war. Oftmals zog sie Brunis Kopf aus den Wolken, deren melodramatische Art einer Vorliebe für Groschenromane entsprang.

»Nicht, dass es ihr schlecht ergeht«, fuhr Bruni etwas theatralisch fort. »Meine Tante, das müsst ihr wissen, ist noch im Kindbett gestorben. Jung war sie, keine zwanzig. Hat meinen Onkel schwer getroffen.«

»Hörst du wohl auf mit der Schwarzmalerei, Brunhilde!« Käthe trabte durch die Tür und funkelte das junge Mädchen an. Bruni senkte betreten den Kopf. Konzentriert und mit mehr Kraft wischte sie über den Fuß des zweiarmigen Leuchters. Käthe stellte einen Korb mit Karotten, Sellerie und Petersilie auf der Arbeitsfläche neben dem Ofen ab. »So was will ich nicht hören«, machte sie deutlich. »Erst recht nicht, wenn Frau Kronenberg hier ist. Nichts für ungut.« Sie zwinkerte Helene zu.

»War doch nicht so gemeint. Ich mache mir nur Gedanken«, versicherte Bruni leise.

»Besser wär's, du würdest übers Abendessen nachdenken.« Käthe stemmte eine Hand in ihre ausladende Hüfte. »Der schönen Herrin wird nichts geschehen. Das wird der Herrgott nicht zulassen. So, und nun wird weitergeputzt. In einer Stunde brauchen wir den Platz für unsere Vorbereitungen. Das wird eine Herausforderung. Die Hälfte der Gerichte habe ich noch nie zuvor gemacht.«

»Ich bin sicher, sie werden wie immer köstlich sein«, sagte Helene.

Ächzend ging Käthe den Speiseplan durch und verschwand damit in der Vorratskammer. Am Tisch verlagerte sich das Gespräch auf den bevorstehenden Besuch der Tante des Hauses und deren Gefährtin. Aufregend, modern, neuartig befand Hedwig. Aber eben auch gewöhnungsbedürftig, fügte Bruni hinzu, die es nicht erwarten konnte, einen Blick auf die geheimnisvolle Französin zu werfen, von der sie schon so viel gehört hatte. Die Frau, die immer nur Hosen trug und über alles erhaben zu sein schien. Helene grinste ob der bewundernden Neugierde, die Bruni erfasst hatte.

»Stimmt es, dass sie ihre Kleidung selbst macht?«, erkundigte Bruni sich.

Helene nickte. »Nun, sie entwirft sie. Das Anfertigen übernimmt eine Schneiderin.«

Brunis Augen wurden so groß, dass es aussah, als würden sie jeden Moment aus ihren Höhlen fallen. »Eines Tages, da werde ich auch etwas erschaffen, das andere bestaunen«, verkündete sie mit stolzgeschwellter Brust.

Hedwig und Helene tauschten einen amüsierten Blick.

»Also fürs Erste würde ich es bestaunen, wenn das Silber glänzend in seine Schränke zurückkehrt.« Hedwig deutete auf einen dunklen Fleck am Leuchter, den Bruni gerade zu den fertig geputzten Stücken stellen wollte. Helene konnte ein Lachen nicht zurückhalten.

⋙ Kapitel 22 ⋘

Sobald Astrid am Abend den Salon betrat, fiel Helene ihr um den Hals. Ihre Tante, die nicht mit einer so stürmischen Begrüßung gerechnet hatte, sah überrascht und besorgt zu ihrer Nichte auf.

»Ich freue mich so, dass ihr endlich da seid!«, verriet Helene, um ihre Zügellosigkeit zu erklären.

Astrid und Laurie wechselten einen gerührten Blick, dann legte Astrid ihre Hand an Helenes Wange. Sie war warm und tröstend. »Wir sind auch froh. Sehr sogar«, sagte sie.

Robert trug eine Ladung voll Geschenke für Anita herein. Verzückt nahm sich das Mädchen der Babypuppe im Kinderwagen an, dazu gab es allerhand Kleidung und ein Teeservice mit hübschen, filigranen Tassen und Tellern für ihre Puppenstube. Alfred und Eva hatten für den Abend absagen müssen. Sie hatten eine frühere Einladung vorgeschoben, aber Helene ahnte, dass die Schwangerschaft ihrer Schwägerin der eigentliche Grund war. Sie setzte Eva mehr zu, als sie zugeben wollte. Letztlich hatte Helene Franziska und Vogelsang zum Essen dazu gebeten. Beide waren ihr eine so große Stütze, dass sie es an der Zeit fand, ihnen etwas zurückzugeben.

Hedwig führte die Gäste in den Speisesaal. Neben einem üppigen Menü hatte Klara dem Personal Anweisung gegeben, auch das feine Meissener Porzellan aufzutragen, das eigentlich nur für Feiertage vorgesehen war. Dazu schmückten die Silberleuchter und hohe Kristallgläser die gestärkte weiße Tischdecke.

Astrid nahm Platz. »Ich sehe schon, du hast dir wieder Mühe gemacht, Klara.«

»Es ist exquisit«, lobte Vogelsang höflich.

»Es ist viel zu viel Gedöns«, korrigierte Astrid ihn. Wie üblich redete sie nicht um den heißen Brei herum.

Klaras Blick schweifte zweifelnd über den festlich eingedeckten Tisch. Wieder einmal schien sie vergessen zu haben, dass ihre Schwägerin keinen Wert auf große Förmlichkeiten legte. Im Gegenteil. In der Vergangenheit hatte Astrid oftmals gezeigt, dass sie mit kalter Küche zufriedenzustellen war. An Klaras zitternder Augenbraue merkte Helene jedoch, wie sehr sie Astrids Aussage verunsicherte, mit deren direkter Art sie noch nie richtig umgehen konnte. Aber sie wusste auch, dass ihre Mutter nicht wegen Astrid oder deren Freundin, erst recht nicht für Vogelsang oder Franziska auf ein feierliches Ambiente bestanden hatte. Vielmehr ging es darum, dass ihr ein nobles Umfeld Sicherheit gab. Prunk und Pomp gaben ihr das Gefühl, nicht aus dem Rahmen zu fallen.

»Ich hoffe, ihr hattet eine angenehme Reise.« Klaras Augenbrauen stoben unkontrolliert hinauf, als sie sah, dass Astrids Finger mit Lauries verschränkt waren.

»Ich habe die meiste Zeit verschlafen.« Astrid lachte. Sie rückte mit dem Stuhl näher an den Tisch heran und drehte den Leuchter, der vor ihr stand, so dass sie freie Sicht auf Helene hatte.

Es klingelte an der Haustür.

»Erwarten wir noch jemanden?«, fragte Helene. Klara nippte geheimnisvoll an ihrem Cognac.

Vom Flur aus drang Henris Stimme zu ihnen vor. Helene schluckte nervös. Kurz darauf betrat er in Begleitung von Georg das Esszimmer.

»Henri, mein Lieber.« Klara empfing den Kuss ihres Sohnes, und Helene ging auf, dass sie über sein Kommen informiert gewesen war.

»Guten Abend.« Georg strich Anita über den Kopf, dann Helene über die Schulter und setzte sich.

»Was für eine schöne Überraschung«, tönte Astrid.

»Verzeih mir, Tantchen. Ich war nicht sicher, ob wir es rechtzeitig schaffen würden.« Henri drückte Astrid von hinten einen Kuss auf die Wange und begrüßte Laurie auf dieselbe Weise. »Habt ihr schon angefangen?«

»Non, pas encore«, antwortete Laurie beschwingt.

»Très bien«, entgegnete Henri keck.

Helene versuchte, sich ihre Verwirrung nicht anmerken zu lassen. Georg entging sie jedoch nicht. Er lehnte sich zu ihr herüber. »Wir haben uns am Bahnhof getroffen«, erklärte er ruhig.

»Zufällig nehme ich an.«

Georg schwieg, entfaltete seine Serviette und legte sie neben seinen Platzteller.

Die Vorspeise wurde aufgetischt. Eine Kressesuppe mit Grießklößchen und einem buschigen Petersilienzweig.

Dazu wurde dünn geschnittenes Weißbrot gereicht. Es gab Wein aus der Provence und schwarze Oliven in Lavendelöl. Der Zwischengang, Weinbergschnecken an Kräuterbutter, sorgte für Stirnrunzeln. Während Vogelsang bemüht war, das Schneckenfleisch aus dem Haus zu schälen, ohne es dabei quer über den Tisch zu schleudern, tauschte Laurie sich mit Astrid auf Französisch aus.

»Entschuldigung«, mischte Klara sich mit einem müden Lächeln ein. »Mein Französisch ist leicht eingerostet.«

Laurie wandte sich betreten wieder ihrem Teller zu und schob ihre Schnecke von rechts nach links. Grinsend streckte Astrid sich nach ihrer Schwägerin aus und tätschelte deren Hand. »Du hast dir Gedanken gemacht, und wir wissen das zu schätzen. Aber … Escargots?«

In Klaras Miene wuchs die Unsicherheit.

Astrid lächelte schulterzuckend. »Laurie isst weder Fleisch noch Fisch.«

»Oh. Oje …« Klara rutschte die Gabel aus der Hand. Klirrend traf sie auf ihren Teller. »Das wusste ich nicht«, gab sie an und atmete schwer aus.

»Das macht nichts, Klara«, betonte Astrid, und auch Laurie versicherte ihr mit charmantem Akzent: »Ist nicht schlimm.«

»Wir bleiben einfach beim Gemüse«, entschied Astrid guter Laune.

Klara nickte verdattert, und ihre rechte Augenbraue hob und senkte sich wieder eigenwillig. Sie führte ihr Glas an die Lippen und der Wein verschwand in ihrem Schlund. Obwohl Laurie beteuerte, dass sie kein Problem damit hatte, wenn andere am Tisch Fleisch aßen, wies sie Bruni an, dass der Burgunderbraten, den Käthe vorbereitet hatte, gar nicht erst die Küche verlassen sollte. Stattdessen begnügte man sich mit Flammkuchen mit Schmand und Frühlingszwiebeln. Nach einem gehaltvollen Dessert bestehend aus Crêpes, heißen Kirschen und Vanilleeis brachte Helene Anita zu Bett. Müde wie das Mädchen war, schlief es sofort ein. Am liebsten wäre Helene bei ihr geblieben, hätte sich neben sie gelegt, um dem unangenehmen Abend zu entkommen. Während sie versuchte, die Zeit totzuschlagen, traf ihr Blick auf die kostbare Silberdose, die sie Anita ins Zimmer gestellt hatte. Nie hatte es sich so angefühlt, als gehöre sie ihr. Gedankenversunken strich sie mit den Fingerkuppen über die Gravur. *G & H.* Und plötzlich erkannte sie, wie fehl am Platze sie war. Entschlossen riss Helene die Dose von der Anrichte und ging langsam wieder hinunter zu den anderen.

Auf dem Flur kam Henri ihr entgegen. Betreten schaute er zu ihr auf. »Können wir uns kurz unterhalten?«

»Es ist alles gesagt, Henri. Ich weiß Bescheid und ich akzeptiere es.« Sie wollte sich an ihm vorbeidrängen, aber er hielt sie fest.

»Das war anders geplant. Deshalb bin ich gegangen. Ich dachte, wenn wir Abstand voneinander hätten, dann …«

»Aber so einfach ist es nicht. Oder?« Sie hielt ihm die Dose hin. »Die war für dich bestimmt. Für eure Briefe nehme ich an.«

Vieles lag in der Stille, die folgte. Henris Bekenntnis, das abermalige Brechen ihres Herzens und das Wortgefecht zwischen ihrer Mutter und Tante, das aus dem Esszimmer zu ihnen schallte.

»Ich habe ihm gesagt, ich kann sie nicht annehmen«, hauchte Henri.

»Dann sag ich dir jetzt, du musst.« Helene drückte ihm die Dose in die Hand. »Hast du vor hierzubleiben?«

Er seufzte gedehnt. »Vorerst.«

Sie nickte. »Du musst in die Partei eintreten. Zu deiner Sicherheit.«

Er zog die Augenbrauen zusammen. »Das ist nicht dein Ernst.«

Sie kam nah an ihn heran und schaute fordernd zu ihm auf. »Es ist nur Tarnung, Henri! Es ist bedeutungslos.«

»Es ist feige. Warum drängst du mir diesen Weg auf? Den einfachen? Das passt nicht zu dir. Du kannst diese Nationalsozialisten doch selbst nicht leiden.«

»Weil ich nicht will, dass dir was passiert, Herrgott nochmal!«,«, zischte sie. Sie verstand nicht, wieso er die Notwendigkeit nicht einsah.

Henri schaute sie mit betroffener Miene an. »Ich habe mich immer versteckt, Leni. Mein Leben lang habe ich so getan, als wäre ich jemand, der ich nicht bin.«

Sie schluckte schwer, als sie erkannte, dass sie ihn nicht würde umstimmen können. Diese Erkenntnis war bitter. Helene war besorgt, gleichzeitig aber auch unendlich stolz. Henris Unbeugsamkeit imponierte ihr. Sie umarmte ihn, drückte ihn fest an sich.

»Paris ist meine Zuflucht. Da wird mir nichts geschehen«, sagte er.

Mit einem tröstlichen Lächeln lösten sie sich voneinander.

Im Esszimmer wurde noch immer über den Schneckenvorfall diskutiert. Klara weigerte sich, ihren Fauxpas mit Humor zu nehmen und wiederholte sich damit, dass sie es hätte wissen, wenigstens ahnen müssen.

Astrid tat ihre Grübelei als unnötig ab und brachte das Thema stattdessen auf Eva. »Sie sollte ins Krankenhaus. Dort wäre sie sicherer.«

»Doktor Wunderlich behandelt unsere Familie bereits seit vielen Jahren«, gab Klara zurück. »Er hat all meinen Kindern auf die Welt geholfen.«

»Und wir verdanken ihm, dass Ani so schnell behandelt wurde«, brachte Helene sich ein.

»Ach, ich stelle keineswegs seine Kompetenz infrage. Er scheint mir nur nicht der Richtige für eine Problemschwangerschaft zu sein. Eva wäre in einer Frauenklinik am besten beraten«, fuhr Astrid unbeirrt fort.

»Das ist absurd.« Klara belächelte sie, nippte an ihrem Glas und schüttelte den Kopf. »Als Allgemeinmediziner hat er uns stets gute Dienste erwiesen. Alfred, als er es mit den Bronchien hatte, da war er gerade sieben. Und Henri hat er zur Kur geschickt, als er …« Sie stoppte sich, biss sich auf die Unterlippe und nahm erneut einen hastigen Schluck Wein.

Henris Blick war finster auf sie gerichtet. Helene ahnte, dass es um die alte Geschichte ging. Mit dreizehn war Henri monatelang in ein Kloster nach Bayern geschickt worden. Ihr war damals gesagt worden, dass Henri krank sei und sich einer besonderen Heilbehandlung unterziehen musste. Ihr Bruder war zwar immer schmächtig, abgesehen davon aber in Helenes Augen putzmunter gewesen. Etwas, dass sich nach seiner Rückkehr schlagartig geändert hatte. Henri war verschlossen und schreckhaft aus Bayern zurückgekehrt. Helene erinnerte sich, wie er angefangen hatte, sich nachts einzunässen und im Schlaf zu schreien. Über mehrere Wochen hinweg hatte er kein Wort gesprochen, zu niemandem. In der Folge hatte es regelmäßig heftigen Streit zwischen ihren Eltern gegeben, in dem ihre Mutter es bereut hatte, Henri weggeschickt zu haben. Ihr Vater hingegen hatte den Entschluss energisch verteidigt.

Nie hatte Helene erfahren, was damals wirklich im Kloster passiert war. Niemand hatte ihr je etwas davon erzählt. Weder ihre Eltern noch Alfred. Und Henri verlor erst recht kein Wort darüber, was vorgefallen war. Nur manchmal sah Helene seitdem in seinen Augen eine Furcht aufblitzen, die sie zuvor nicht an ihm gekannt hatte.

»Können wir bitte aufhören, über Vergangenes zu sprechen?«, bat Henri mit starrem Blick und hielt sein Glas fest umklammert. Das Erwähnen seiner Kur in Verbindung mit Wunderlich hatte ihn offenbar aufgewühlt.

»Doktor Wunderlichs fachliche Meinung wird geschätzt«, mischte Georg sich ein und unterbrach damit das Schweigen, das Einzug erhalten hatte. »Seinem schnellen Handeln verdanken wir es, dass Anita geholfen werden konnte. Das werde ich ihm nicht vergessen. Andererseits darf man ihm nicht vorwerfen, dass er nicht auf allen Gebieten ein Experte ist. Jeder kann sich mal irren. Deswegen halte ich es nicht für verwerflich, auch andere Meinungen zu Rate zu ziehen und sich über Alternativen zu informieren. Wunderlich ist ein kluger Mann. Er sieht das sicher genauso.«

»Diplomatisch vorgetragen«, rühmte Vogelsang, der sich zuvor zurückgenommen hatte. »Die Medizin entwickelt sich in einem so raschen Tempo, dass wir nicht erwarten können, dass jeder Mensch da mithalten kann. Unsere Augen und Ohren sollten stets geöffnet sein.«

»Hört, hört.« Henri klang ein wenig missbilligend.

Klara bedachte Georg mit einem strafenden Blick. »Wie auch immer«, begann sie Zunge schnalzend. »Eva möchte das Kind zu Hause bekommen, und diesen Wunsch sollten alle respektieren.«

»Gewiss«, erwiderte Astrid. »Trotzdem, ich denke, dass eine Krankenhausgeburt heutzutage die höhere Sicherheit verspricht. Für Mutter und Kind.«

Laurie stimmte mit einem Nicken zu. Vogelsang und Franziska taten es ihr zurückhaltend nach.

»Niemand stellt sich gegen den medizinischen Fortschritt, Astrid«, betonte Klara. »Es gibt nur keinen Bedarf an einer Behandlung im Krankenhaus. Eva hat zwei gesunde Kinder zur Welt gebracht. Die Schwangerschaften waren beschwerlich, aber sie gingen gut aus. Ich sehe keinen Grund, weshalb das nun anders sein sollte.«

»Da möchte ich euch auch gar nicht reinreden, jedoch …«

»Dann tu es nicht!« Klara unterbrach sie scharf. Unsichere Blicke wurden sich über den Tisch zugeworfen. Betreten, abwartend.

»Das ist eine Beurteilung von Mutter zu Mutter«, erklärte Klara nun ruhiger. »Verzeih, aber da fehlt es dir an Erfahrung.«

Astrid räusperte sich leise. Ihr Gesichtsausdruck, als sie sich ihrem Wein widmete, verriet einen Schmerz, den niemand so erwartet hatte.

Für den Rest des Abendessens verlor die Konversation endgültig an Tiefe. Man sprach über den Rheinpegel, die Zuckerpreise und das Wetter. Als sie später im Salon ihren Digestif tranken, nahm Helene ihre Mutter zur Seite. »Wie konntest du so gefühlskalt gegenüber Astrid sein? Du weißt, sie hätte liebend gern eigene Kinder gehabt.«

»Nun ja, sie hat sich dagegen entschieden. Dafür ist niemand verantwortlich, außer sie selbst. Manchmal müssen wir eben Entscheidungen treffen, die bedeuten, dass wir uns von etwas anderem verabschieden müssen. Von einer Vorstellung vom Leben, um einer anderen gerecht zu werden. Gerade du solltest das besser als jede andere wissen.« Sie ließ Helene vor dem Kamin stehen und kehrte zu Vogelsang zurück, dem sie zuvor Auskunft über die antike Standuhr erteilt hatte, die aus dem Nachlass ihrer Eltern stammte.

Helene ging zu ihrer Tante. Astrid saß auf dem Sofa und streichelte Goldie, die ihr Hundeköpfchen auf ihren Schoß gelegt hatte.

»Es tut mir leid«, sagte Helene. »Was Mama da am Tisch von sich gegeben hat, war unverschämt.«

Astrid lächelte besänftigt. »Ach was, es hat mich nicht getroffen. Jedenfalls nicht so, wie es beabsichtigt gewesen war.«

Helene machte schmale Augen. Ehe sie jedoch nachhaken konnte, was Astrid meinte, erspürte sie deren Hand auf ihrer. »Nun, sag, wie geht es dir, Lenchen? Sicher bist du furchtbar aufgeregt wegen des anstehenden Gerichtstermins.« Sie betrachtete sie aufmerksam und mit einer Engelsgeduld.

»Gibt es inzwischen jemanden, der dich entlastet? Jemanden, der für dich spricht?«, fragte Laurie.

Helene atmete erschwert ein, dann schüttelte sie den Kopf.

Astrid verstärkte den Druck auf ihre Hand. »Und dein Mann? Steht er zu dir?«

Unbewusst sah Helene zu Georg, der mit Henri in eine Schachpartie vertieft war. Wieder nahm sie einen tiefen Atemzug, dabei hatte sie kurz das Gefühl, die Luft würde in ihrer Lunge steckenbleiben.

»Oh, mein liebes Lenchen. Du hast es wahrhaft nicht leicht.« Flüchtig sah Astrid zu Georg hinüber.

»Dann haben die beiden ihren Streit also beigelegt«, murmelte Laurie.

Helene nickte. »Ich bin froh, dass es so ist. Sie entzweit zu sehen, das hat mir Kummer bereitet.«

Astrid betrachtete ihre Nichte genau. »Nun, es scheint, als hättest du Kummer gegen Kummer getauscht. Kein fairer Handel, wenn du mich fragst.«

Helene schwieg. Sie wollte nicht zugeben, dass es so war. Nicht jetzt, wo doch der Prozesstermin so viel Raum einnahm. Trotzdem spürte sie die Tränen aufsteigen, dann fiel sie in Astrids Arme.

⋟ Kapitel 23 ⋞

Am Tag der Verhandlung war der Himmel von einem grauen Wolkenschleier bedeckt. Ein Wärmegewitter grollte in der Ferne. Das Pflaster vor dem Gerichtsgebäude glänzte vom Starkregen, der in der Nacht gefallen war. Franziska hatte wie Astrid und Laurie darauf bestanden, Helene zu begleiten. Georg wollte mit Henri nach der Vorstandssitzung dazustoßen.

Auf dem Flur des Gerichtsgebäudes wartete Büdenbender. Helenes Magen rebellierte, sobald sie die Kläger erblickte. Vilbel instruierte Wagner, der ihr in regelmäßigen Abständen verstohlene Blicke zuwarf.

»Er weiß, dass er etwas Unrechtes tut«, raunzte sie. »Der Mann lügt wie gedruckt.«

Büdenbender stimmte ihr zu. »Dennoch müssen wir das erst mal beweisen.«

»Wie stehen unsere Chancen? Bitte, seien Sie ehrlich zu mir.«

Büdenbender seufzte und seine ohnehin schon blasse Gesichtsfarbe wechselte zu aschfahl. »Die Gegenseite will einen weiteren Zeugen vereidigen lassen. Das habe ich gerade erfahren. Wir dagegen haben nicht ein Ass im Ärmel. Wenn

Sie damit einverstanden sind, werde ich versuchen, einen Vergleich auszuhandeln. Das ist das Beste, was wir tun können. Es sei denn, es geschieht ein Wunder.«

Helene rieb sich gestresst die Schläfen. Bis zuletzt hatte sie auf dieses Wunder gehofft, doch nun fand sie sich in einem Käfig wieder. Sie hatte nichts verbrochen. Vielleicht aber musste sie es sich zum Vorwurf machen, nicht vorsichtiger gewesen zu sein. Warum hatte sie die Rezepte aus ihrer Zeit in Hamburg nicht aufbewahrt? Wieso hatte sie sich nicht abgesichert? Sie war blauäugig gewesen – wieder einmal.

Die Verhandlung begann, und Helene hatte das Gefühl, nicht körperlich anwesend zu sein. Vilbel brachte seinen weiteren Zeugen vor. Eine Frau aus der Produktion, die bestätigte, dass die Erdbeer-Taler bei Uppers vor denen der von Ratscheks über das Förderband gelaufen sind. Helene lehnte sich resigniert zurück. Sie hörte nur noch halb zu und erwartete das Urteil: vermutlich die Forderung einer riesigen Schadensersatzsumme, die sie für alle Zeiten aus dem Unternehmen verbannen würde.

Die zwanzigminütige Unterbrechung der Verhandlung zögerte nur das Unvermeidliche hinaus.

»Ich hole Ihnen ein Glas Wasser, Frau Kronenberg.« Franziska sauste los.

»Bin gleich wieder da«, versprach Astrid. Helene fühlte sich wie von einer Pistolenkugel getroffen. Sie sank auf die Bank in der Vorhalle und vergrub das Gesicht zwischen ihren Händen. Als sie sich verzweifelt fragte, womit sie dieses Unglück verdient hatte, stieg ihr der vertraute Geruch von Sandelholz und Zitronen in die Nase.

»Hallo, Helene«, vernahm sie eine Stimme, die sie allzu lange nicht gehört hatte.

Langsam hob sie ihren Blick, und ihr Herz setzte einen Schlag aus. Magda stand vor ihr, lächelte auf sie herab. Helene sprang auf und drückte sie fest an sich. »Ich dachte zuerst, du wärst ein Geist.«

Ihre liebe Freundin sah in ihrem dunkelgrünen Mantel wahnsinnig adrett aus. Das dunkle Haar trug sie kinnlang, kirschroter Lippenstift betonte ihren Mund.

»Nicht doch. Ich bin so echt wie du. Trotzdem bin ich nicht die Überraschung.« Magda rückte von ihr ab und tat einen Schritt zur Seite. Helene traute ihren Augen nicht.

»Frederik?« Sie folgte ihrem ersten Impuls und fiel auch ihm um den Hals. Zögerlich legte er die Arme um sie. Kurz hielten sie einander fest.

»Was machst du denn hier?«, fragte sie ungläubig.

»Ich habe gehört, du steckst in Schwierigkeiten.« Seine dunklen Augen trafen auf ihre.

»Magda und Hannes?«, fragte sie verdutzt.

»Unter anderem.« Er schmunzelte, und sein Blick suchte Astrid.

Helene spürte große Erleichterung in sich aufwallen.

»Ich wäre schon früher gekommen, aber ich war …« Frederik stockte und sah betreten auf seine Schuhe. »Ich war nicht im Lande«, fuhr er leiser fort, als wäre das ein Verbrechen. »Bei uns in der Firma geht es gerade etwas turbulent zu.« Er lächelte erneut, aber seinen Augen fehlte das Strahlen, das Helene immer so bewundert hatte.

»Du musst dich doch nicht entschuldigen«, hauchte sie.

Sie war durcheinander. Warum hatte er die weite Reise von Hamburg nach Köln auf sich genommen? Ihretwegen? Nein, schalt sie sich innerlich, und doch klopfte ihr Herz deutlich schneller bei dieser Möglichkeit.

Für einen Moment standen sie schweigend voreinander. Helene konnte sich einfach nicht von ihm abwenden. War er es wirklich? Oder nur eine Erscheinung?

»Ich kann nicht glauben, dass du hier bist«, gestand sie heiser.

Er berührte sie sanft am Arm. »Glaub es ruhig.«

Frederik sah noch attraktiver aus, als sie ihn in Erinnerung hatte – wenn auch leicht verändert, maskuliner, gereifter. Das blonde Haar trug er länger, so dass es sich über seinen Ohren kringelte. Es stand ihm. Ihr Herz pflichtete ihrer Wahrnehmung bei, indem es noch heftiger gegen ihren Brustkorb schlug.

»Ich hörte von deiner Verlobung«, raunte sie und beendete damit das gegenseitige Anstarren.

»Hm. Ja.« Er wirkte irritiert.

»Meinen Glückwunsch.«

»Danke.«

»Ah, da ist ja unser Ass im Ärmel.« Astrid kam mit Büdenbender zu ihnen. Sie umschloss Frederiks Hand mit ihrer und ließ sie lange nicht los. »Es ist wirklich schön, dass Sie da sind! Danke dafür! Ich weiß, wie schwierig es momentan für Sie ist.«

Helenes Blick huschte zwischen ihr und Frederik hin und her.

Büdenbender legte Frederik seine Hand auf die Schulter.

»Sie werden diese Verhandlung in eine entscheidende Richtung lenken, Herr Spiegel. Das ist Ihnen hoffentlich bewusst.«

»Ist es«, entgegnete Frederik kühn.

»Was ist hier eigentlich los?« Helene schaute in verlegene Gesichter.

»Wir konnten dich nicht vorwarnen, Leni, weil wir nicht sicher waren, ob wir auf der richtigen Spur sind«, antwortete Astrid und wechselte einen vielsagenden Blick mit Franziska.

»Ich habe heimlich recherchiert«, gab diese zu und grinste verschmitzt. »Über diese Bremer Firma und ihren Bonbonmeister. Es waren ein paar Briefe nötig und es hat etwas gedauert, aber …«

»Allem Anschein nach haben sie überhaupt kein Weingummi im Sortiment«, übernahm Astrid das Wort.

»Und dieser Wagner«, Franziska holte ein Dokument aus ihrer Umhängetasche und reichte es Helene. »Das hier habe ich gerade erhalten.«

Helene warf einen Blick auf das Schreiben: ein Auszug des Bergbauregisters. Daneben ein Foto von Wagner mit kohleverschmiertem Gesicht.

»Er war nie bei Uppers angestellt. Er ist Kohlelieferant«, fuhr Franziska fort.

Astrid nickte. »Er brauchte Geld. Wer auch immer ihn dafür bezahlt, gegen dich auszusagen, hat es sich was kosten lassen.«

Helene traute ihren Ohren nicht. »Das habt ihr ganz allein herausgefunden?«

»Wir hatten ein wenig Hilfe.« Franziska hob vielsagend die Schultern.

»Als deine Assistentin mir geschrieben hat, wie ernst es ist, habe ich Magda und Hannes nach Bremen geschickt«, ergänzte Frederik. »Zufällig kenne ich die Bremer Süßwarenfabriken ganz gut, deshalb wusste ich, dass da etwas nicht mit rechten Dingen zugehen kann. Magda und Hannes haben bei Uppers auf eigene Faust ermittelt.«

»Offenbar erfolgreich.« Helene kam aus dem Staunen nicht mehr heraus. »Dann werde ich rehabilitiert?« Sie wandte sich mit klopfendem Herzen an Büdenbender. Dieser nickte mit einem breiten Lächeln.

»Bleibt nur die Frage, warum man mir etwas anhängen will. Jemand will mir schaden.« Helene sprach ihre Sorge laut aus.

Astrid legte bestärkend den Arm um sie. »Damit befassen wir uns später, Leni.« Sie und Franziska überreichten Büdenbender die Beweise, damit er sie dem Richter vorlegte.

Frederik wandte sich noch einmal an Helene. »Ich hoffe, ich kann helfen und diesem Wahnsinn hier ein Ende bereiten. Das muss dich furchtbar aufgerieben haben.«

»Das hat es. Das tut es«, gestand sie.

»Es wird bald vorbei sein. Gegen diese Beweise werden sie nicht ankommen.« Er griff in seine Tasche und holte eine Papierrolle hervor. Helene erkannte sie sofort wieder.

»Meine Rezepte! Du … hast sie gefunden.« Sie riss sie an sich, entrollte sie und freute sich die Zeichnung wiederzusehen, die sie vor fast sechs Jahren von den Erdbeer-Talern angefertigt hatte.

»Ich habe sie abgenommen, nachdem du gegangen warst, und die Abschriften habe ich auch noch.«

Sie nickte lächelnd, ihren Blick auf die Rezepte gerichtet.

»Ich habe alle behalten«, fügte er zaghaft hinzu.

Langsam sah sie zu ihm auf. »Wieso?«

»Als eine Art Erinnerung, vermute ich.«

Ihr Lächeln wurde weicher. »Damit hast du sie vor der Vernichtung bewahrt.« Sie gab sie ihm zurück. Er deutete ein Nicken an und steckte sie wieder ein.

Als sie still kurz beieinanderstanden, erinnerte Helene sich an das Gefühl, das sie früher in seiner Gegenwart gehabt hatte. Die Leichtigkeit, die sie in seiner Nähe verspürte, die wohlige Wärme seiner Hände auf ihrer Haut. Eine Gänsehaut rieselte ihr den Rücken herab, als sie daran dachte. Nichts davon hatte sie vergessen. Unmerklich schüttelte sie die Erinnerungen von sich ab. Frederik war ihr immer noch so vertraut – nach all den Jahren. Wie war das möglich?

»Leni.« Er hauchte ihren Namen mit Hingabe. »Es gibt immer Menschen, die einem den Erfolg nicht gönnen und diese Leute sind zu allem fähig, zu allem bereit.« Er sagte das, als wüsste er genau, was in ihr vorging. Dabei hatte sie gerade gar nicht an die Leute gedacht, die hinter ihrer Anschuldigung standen. Frederik hatte seine Hand auf ihren Arm gelegt und bewegte seinen Daumen leicht vor und zurück. Seine Worte hatten tröstlich klingen sollen, riefen Helene aber auch ins Gedächtnis, dass sie sich in Gefahr befand. Die Kläger würden sicherlich nicht zimperlich mit ihr umgehen.

»Die dachten wahrscheinlich, du wärst leicht kleinzukriegen«, setzte er hinzu und lächelte entschlossen. »Dass sie über dich das Unternehmen schwächen können. Aber da haben sie sich gehörig getäuscht.«

»Danke«, hauchte sie und verlor sich gänzlich in seinen braunen Augen.

»Herr Spiegel, auf ein Wort?« Büdenbender nahm ihn zur Seite. Helene beobachtete Frederik weiterhin. Auch er schaute bisweilen zu ihr, schickte ihr ein aufbauendes Lächeln und nickte auf Büdenbenders Anweisungen hin.

Wenige Minuten später bat der Gerichtsdiener alle, in den Saal zurückzukehren. Helene schaute sich um. Weder Georg noch Henri waren zu sehen. Ebenso wenig wie ihre Mutter. Hinter Astrid und Franziska registrierte sie jedoch eine bekannte Gestalt im grauen Anzug. Es war Grohé. Zusammen mit zwei Parteigenossen saß er in der hintersten Bank.

Sie beugte sich zu Büdenbender und sprach im Flüsterton: »Was macht denn der Gauleiter hier?«

Büdenbender schaute unauffällig über seine Schulter. Seine dichten grauen Augenbrauen zogen sich zusammen. »Überwacht wahrscheinlich den Prozess.«

Helene hatte keine Erklärung, welches Interesse den Gauleiter hergeführt hatte, aber es verhieß nichts Gutes, dessen war sie sicher. Der Richter erklärte den Prozess für fortgesetzt. Helene konnte sich nur schwer darauf konzentrieren. Ihre Gedanken kehrten immer wieder zu Frederik zurück, der sich für ihre Unschuld verbürgte. Er war da – im Gegensatz zu Georg, ihren Brüdern oder ihrer Mutter. Helene argwöhnte, dass sie Wichtiges zu tun hatten. Sie ahnte, dass der ein oder andere mehr über den Grund ihrer Anklage wusste, als er zugab. Trotzdem hatte sie sich familiären Beistand erhofft. Nun kam sie sich vor wie das Bauernopfer.

In einem wortreichen Plädoyer erinnerte Vilbel das Gericht an die erdrückende Beweislast für Helenes Schuld. Zur Veranschaulichung hielt er das Patentdokument hoch und deutete in diesem Zuge auf den fadenscheinigen Bonbonmeister. Wagner saß angespannt in seiner Bank, schräg neben Helene. Sie beobachtete ihn genau. Er sah nicht siegessicher aus, sondern vielmehr äußerst nervös. Sein Gesicht war leichenblass, die Augen weit aufgerissen. Er wirkte fahrig, wackelte mit den Beinen und strich sich immer wieder durch das dünne Haar.

Ein Raunen ging durch den Saal, als Büdenbender den Zeugen der Verteidigung aufrief. Spätestens nach dem umfangreichen Artikel im Wirtschaftsteil der *Deutschen Allgemeinen* war Frederik Spiegel kein Unbekannter mehr. Auch durch seinen Einsatz für jüdische Arbeiter war er vielen ein Begriff. Helene kam nicht umhin, Grohés Reaktion zu erkunden. Der Gauleiter richtete sich in seiner Bank auf. Sein Blick fokussierte Frederik, als hätte er nur auf ihn gewartet. Helene drängte sich ihr Gespräch mit Helma auf, in dem es über die Enteignung jüdischer Fabrikanten gegangen war. Und mit einem Mal nahm der Prozess eine ganz andere Dimension an. Frederik war selbst Jude und riskierte mit seiner Aussage womöglich Kopf und Kragen. War ihm das bewusst? Helenes Magen verkrampfte sich bei dem Gedanken, ihn ins offene Messer laufen zu lassen. Sie überlegte, ihn zu stoppen, doch dafür war es zu spät.

Frederik legte ihre Rezepte dem Richter vor und erklärte, dass sie aus der Zeit stammten, in der sie bei ihm gearbeitet hatte. Ein Kälteschauer durchfuhr Helene. Sie war kurz davor, aufzustehen und ihn zu unterbrechen. Ihn dazu zu bringen, zu schweigen, aber es war längst alles gesagt. Büdenbender nahm Frederiks Aussage als Einführung für die Wahrheit über die Bremer Firma und ihres vorgeblichen Bonbonmeisters. Den ohnehin bereits übernervösen Wagner hielt nichts mehr in seiner Bank. Er erhob sich und versuchte, dem Saal zu entkommen. Gerichtsdiener hielten ihn fest. Erstauntes Raunen, Gemurmel und Getuschel erfüllte den Saal.

»Ruhe!«, brüllte der Richter, so dass es im hohen Raum widerhallte. »Ich nehme an, Ihre Flucht ist ein Schuldgeständnis, Herr Wagner. Oder sollte ich lieber sagen …« Er schob seine Brille die Nase hinauf und warf einen prüfenden Blick auf den Auszug des Registers. »Sollte ich lieber Herr Marković sagen?«

Marković wechselte einen flüchtigen Blick mit Vilbel, dann einen ängstlichen mit Grohé.

Helene war erschrocken über diese Wendung, wusste sie doch nicht, was sie zu bedeuten hatte.

»Wir nehmen Sie fürs Erste in Gewahrsam«, beschloss der Richter. »Wegen Falschaussage und der Mittäterschaft des gemeinen Betrugs. Führt ihn ab. So wie es aussieht, ist der Fall hier ein ganz anderer.« Er wandte sich den Vertretern der Bremer Firma und Vilbel zu. »Ich muss Sie nicht daran erinnern, dass es ein Verbrechen ist, ein Unternehmen öffentlich des Diebstahls zu bezichtigen. Wir reden hier über eine rufschädigende Verleumdung, die mit einer hohen Entschädigung bestraft wird.«

Die Kläger schwiegen. Selbst Vilbel schien um Worte verlegen.

»Lassen Sie das nochmals prüfen.« Der Richter reichte

einem Gerichtsdiener den Patentbrief und wandte sich an Helene. »Was Sie angeht, Frau Kronenberg. Im Namen dieses Gerichts entschuldige ich mich bei Ihnen für die Unannehmlichkeiten.«

Langsam nickte sie. Im ersten Augenblick wollte nicht so recht zu ihr vordringen, was soeben geschehen war. Doch dann löste sie sich aus ihrer Starre und fiel kurzerhand Büdenbender um den Hals. »Ich danke Ihnen!«

»Dafür nicht.«

»Mein liebes Lenchen.« Astrid kam ihr entgegen und drückte sie an sich. »Siehst du, Wahrheit und Gerechtigkeit obsiegen am Ende immer.«

Helene hob einen Mundwinkel an, erstarrte jedoch, als sie sah, wie Grohé und seine Kameraden mit versteinerten Mienen den Saal verließen.

Im Flur traf sie auf Georg, der ruhig an der Treppe auf sie gewartet hatte. Er war in Begleitung von Laurie, die Helene wohlmeinend zunickte, ehe sie die beiden allein ließ.

»Entschuldige bitte. Ich war zu spät. Man ließ mich nicht mehr hinein.« Georg strich sich das Haar zurück, während ein Diener gerade hinter den letzten Prozessbesuchern die Tür zum Gerichtssaal schloss.

Helene unterdrückte ein Seufzen.

»Wie ist es gelaufen?«, fragte Georg nach einer Pause.

»Überraschend! Büdenbender konnte mit etwas Hilfe die Kläger des Betrugs entlarven.«

»Gott sei Dank!« Georg umarmte Helene kurz, aber sie spürte, wie er dabei verkrampfte. Sie kam nicht umhin, zu bemerken, dass er mit seinem Blick noch immer die Vorhalle durchkämmte. Langsam machte sie sich von ihm frei und zwang ihn, sie anzusehen. »Was ist los?«

Er legte den Kopf schief, lächelte erzwungen. »Was soll los sein? Ich bin nur so erleichtert, dass es jetzt vorbei ist.«

Helene schluckte, denn in seinen Augen stand keine Erleichterung, sondern Furcht. Sie kam nah an ihn heran, sah ihm direkt ins Gesicht und drosselte ihre Lautstärke. »Wann willst du endlich vollkommen ehrlich zu mir sein?«

Er zauderte. »Leni, ich …«

»Büdenbender hat die Reporter vor dem Gericht über deinen Freispruch informiert. Du bist offiziell aus dem Schneider.« Magda war mit Franziska in die Halle zurückgekehrt und stand nun recht forsch vor ihnen. »Wir wollen dann los.«

»Wir kommen«, wandte Helene sich knapp an sie, dann schaute sie wieder zu Georg auf. Abwartend, aufs Schlimmste gefasst. Wusste er etwa, wer ihrem Ansehen schaden wollte? So oder so machte er keine Anstalten, ihr irgendetwas mitzuteilen.

»Na, schön«, stieß sie erbost aus. Sie würde nicht länger auf Erklärungen pochen. Ihre Geduld war am Ende.

»Ich habe dir ja gesagt, dass du dir keine Sorgen machen musst«, meinte Georg, als hätte er ihren Missmut gar nicht bemerkt.

Helene biss sich auf die Lippe. »So würde ich das nicht formulieren. Aber, was den Vorwurf anging, da hattest du recht.«

Er machte schmale Augen. Helene hatte keine Lust darauf einzugehen. Für den Moment wollte sie durchatmen und neue Kräfte sammeln. Dazu gehörte eben auch loszulassen.

»Und jetzt?« Georg betrachtete sie ratlos.

»Nur raus hier.« Sie wies mit dem Kinn zum Ausgang und eilte darauf zu. Georg ging ihr nach.

Draußen hielt die Polizei die Pressevertreter hinter einer Absperrung in Schach. Auf der Treppe warteten Astrid, Laurie und Franziska. Büdenbender und Magda sprachen mit den Reportern. Etwas abseits stand Frederik und musterte Georg nüchtern.

»Sie, hier?« Georg schüttelte seine Hand.

»Nun ja …«

»Lange Geschichte«, fiel Astrid Frederik ins Wort und wies damit alle Erklärungen ab. Sie wandte sich Georg zu. »Begrüßenswert, dass du es doch noch einrichten konntest.«

»Ich war …«, setzte er an, aber Astrid wedelte flink mit einer Hand vor seinem Gesicht.

»Das, mein Lieber, ist jetzt nicht relevant«, beschloss sie. »Ein gemeinsames Essen wird die Erinnerung an dieses sinnlose Unterfangen ganz schnell tilgen.«

»Sicher wartet Mama ungeduldig auf unsere Rückkehr«, schob Helene ein. »Und bestimmt freut sie sich über ein paar Gäste mehr am Tisch.« Sie bedachte Magda und Frederik mit einem warmherzigen Lächeln.

»Perfekt!« Astrid klatschte in die Hände.

»Unglücklicherweise … Ich muss wieder zurück in die Firma.« Georgs zerknitterte Miene war nichts im Vergleich zu Astrids. Wieder hob sie eine Hand, ging aber nicht auf seine Anmerkung ein. Und auch sonst niemand tat das.

»Was meinen Sie, Büdenbender? Können Sie etwas von ihrer Zeit entbehren?« Astrid schaute ihn derart bestimmend an, dass er gar keine andere Wahl hatte.

»Warum eigentlich nicht«, entschied er demnach.

»Und Sie, Herr Spiegel? Immerhin sind Sie unser … Wunder.«

Frederik sah verschmitzt zwischen ihr, Helene und Georg hin und her. Er nickte mehrmals. »Ja. Da bin ich dabei.«

»Phantastisch.« Astrid scheuchte Franziska hinter Laurie in die Limousine. Büdenbender schloss sich ihnen mit Magda und Frederik an.

Helene blieb noch einen Moment bei Georg. »Du verstehst hoffentlich, dass ich mit ihnen fahren möchte?«

»Sicher«, antwortete er nüchtern. »Und du verstehst, dass ich …«

»Sicher.« Sie klang wie sein Echo.

»Ich stoße später dazu.«

Sie nickte, wenn auch wenig überzeugt.

»Kommst du, Leni?« Magda streckte den Kopf aus der Autotür.

»Bis nachher dann.« Helene wandte sich um und hastete zum Wagen.

⋙ Kapitel 24 ⋘

Eigentlich hatte Eva Anita an diesem Morgen zu sich nehmen wollen. Ihre Beschwerden hatten es ihr aber unmöglich gemacht, das Bett zu verlassen. Also war Klara kurzerhand für sie eingesprungen. Bei Helenes Rückkehr vom Gericht staunte sie nicht schlecht, als Fanny erzählte, dass die gnädige Frau Stunden mit ihrer Enkelin in der Puppenstube und an der frischen Luft verbracht hatte. Anschließend war Anita auf dem Sofa eingeschlafen. Klara, die die unerwarteten Gäste herumführte, wirkte nicht weniger erschöpft, doch die Nachricht von Helenes Freispruch verlieh ihr neue Energie.

»Es ist wirklich eine Freude, Sie wiederzusehen, Herr Spiegel!«, wiederholte Klara sich, in der Tür zum Wohnzimmer stehend. Gemeinsam bewunderten sie die schlafende Anita. »Und Sie, Fräulein …« Klara musterte Magda mit schmalen Augen.

»Frau Bromberg«, half diese ihr.

Klara nickte lang anhaltend.

»Sie ist inzwischen verheiratet, Mama. Mit dem Bonbonmacher der Spiegels. Das hatte ich dir doch erzählt«, erinnerte Helene sie geduldig.

»O ja. Natürlich.« Klara lächelte verhalten und bat sie ins Esszimmer. Ehe sie den Raum wechselten, beugte Frederik sich zu Helene vor. »Sie ist sehr süß.«

»Wie die Mama«, ergänzte Magda im Vorbeigehen. Frederik senkte lächelnd seinen Blick.

Käthe hatte kalte Platten vorbereitet, um die Zeit bis zum Abendessen zu überbrücken. Es gab gefüllte Eier, Lachsröllchen, Schinken und Käse, frisch gebackene Brötchen, Schmalzkuchen und Früchtekörbe. Am späten Nachmittag kamen Georg und Henri hinzu. Pünktlich zu Kaffee und Kuchen. Zur Feier des Tages wurde eine Buttercremetorte mit weißer Schokolade aufgetischt. Käthe hatte sich mächtig ins Zeug gelegt.

»Wie lange gedenken Sie in Köln zu bleiben?« Henri schaute zwischen Frederik und Magda hin und her.

»Wir müssen morgen wieder zurück«, gab Magda bedauernd zur Antwort.

»Quel dommage!«, stieß Laurie gedehnt aus.

»Ungemein schade, ja.« Ziellos stocherte Georg mit der Gabel in seinem Kuchenstück.

»Man erwartet mich in der Fabrik zurück«, erklärte sich Frederik neben ihm.

»Ich hatte gehofft, wir könnten Ihnen noch ein wenig die Stadt zeigen. Wir alle gemeinsam«, warf Astrid ein. »Eine Art persönliche Rundführung. So als Dankeschön für Ihre Mühen.« Sie bewegte geheimnistuerisch ihre Brauen rauf und runter.

»Vielleicht könnten wir nachher zusammen etwas trinken gehen«, schlug Laurie vor.

»Ich weiß nicht so recht.« Helene druckste herum.

»Also an mir soll es nicht liegen.« Magda schaute auffordernd zu Frederik, dessen scheuer Blick zu Helene wanderte. Georg entging das nicht. Abwartend beobachtete er ihre Reaktion. Sie wollte gehen.

»Für mich gibt es noch Papierkram zu erledigen«, fiel es ihm ein. Diskret stieß er Henri in die Seite.

»Tja, und ich kann euch leider auch nicht begleiten«, sagte dieser daraufhin. »Die nächste Ausstellung steht an und es muss noch einiges vorbereitet werden. Aber ich finde, ihr solltet losziehen, auch ohne uns. Nicht wahr, Georg?«

Georg sah zu Frederik, dann zu Helene. »Ja. Ihr solltet gehen. Auf jeden Fall.«

»Das wird euch guttun. Ich werde hier mit Ani die Stellung halten«, gab Klara fröhlich bekannt.

»In Ordnung. Dann gehen wir«, sagte Helene, als wäre nur Georg anwesend. Beide schauten einander eindringlich an. Ein Lächeln umspielte seinen Mund. Sie hatte seine Erlaubnis, seinen … Segen?

»Sagen Sie«, Büdenbender lehnte sich zu Franziska vor, »haben Sie schon mal Genever gekostet?«

»Ich denke nicht, nein.« Sie schüttelte den Kopf.

»Dann sollten wir das unbedingt heute nachholen«, entschied Astrid verzückt. »Und ich weiß auch schon genau wo.«

Etwa eine Stunde später hatte es sie in einen Club mit Blick auf den Dom verschlagen. Es wurde Jazzmusik gespielt, gesungen und getanzt. Der Inhaber war ein Bekannter von Astrid. Jerome de Bluebell-Paradiso nannte er sich. Es war mit ziemlicher Sicherheit ein Phantasiename, doch er passte hervorragend zu dem extrovertierten Mann, der so bunt gekleidet war, als wäre er kopfüber in einen Farbmalkasten gefallen. Helene hatte noch nie jemanden wie ihn gesehen. Sie war fasziniert.

»Offiziell sind Clubs wie diese ja verboten«, merkte Büdenbender an und schlürfte genüsslich seinen Wodka auf Eis.

»Ach ja?« Wissbegierig lehnte Magda sich zu ihm herüber. »Warum denn?«

»Na, wegen dieser amerikanischen Musik. Das ist undeutsch«, erläuterte er leise.

»Bescheuerter Rassenwahn.« Astrid schüttelte den Kopf. »Jeromes Bar ist ein absoluter Geheimtipp. Er betreibt sie schon seit über fünfzehn Jahren.«

»Ah«, machte Büdenbender und entschied die nächste Runde für sich. Verhalten winkte er dem Barkeeper, der ihm zuzwinkernd signalisierte, dass er verstanden hatte. Büdenbenders leicht herunterhängende Wangen liefen tomatenrot an.

Der Club füllte sich. Helene war begeistert von der Stimmung. Wieso war sie nicht schon früher hier gewesen? Alle schienen sich prächtig zu amüsieren. Franziska versuchte sich mit Magda im Swing. Laurie und Astrid hatten alte Freunde getroffen, denen sie viel zu erzählen hatten.

Draußen war es dunkel geworden. Eine Kellnerin zündete die Kerzen auf den Tischen an. Die hohen Fenster und der ausladende Balkon boten einen atemberaubenden Blick über

Köln. Der Himmel erstrahlte mit einem Sternenmeer. Keine Wolke trübte den Horizont. Helene blieb mit Frederik am Tisch. Sie warfen sich immer wieder verstohlene Blicke zu, aber keiner von ihnen schien Worte zu finden. Helene überlegte, ihn auf seinen letzten Köln-Besuch anzusprechen, der damit geendet hatte, dass sie ihre Verlobung gelöst hatten. Aber sie wollte keine alten Wunden aufreißen.

»Wo bist du gewesen?«, erkundigte sie sich stattdessen.

Er hob fragend die Brauen.

»Du hast im Flur des Gerichts gesagt, du wärst eine Zeit lang nicht im Lande gewesen.«

»Ah, richtig. Bei Verwandten in Tel Aviv.«

»Wie ist es dort?«

Er lächelte verzückt. »Traumhaft! Zerklüftete Felsen, weiße Sandstrände. Überall duftet es nach Orangen und Wildkräutern.«

»Klingt umwerfend.«

»Das ist es.«

»Mir wird gerade klar, dass ich noch nie irgendwo war«, sagte Helene nüchtern.

»Das kann sich ja noch ändern. Also ich war zuvor noch nie in einer solchen Bar.« Frederik schaute sich mit einem amüsierten Grinsen um.

»Nein. Ich auch nicht.« Sie nahm einen großen Schluck Weißwein.

»Wenn ich gewusst hätte, dass man hier so viel Spaß haben kann.« Er deutete auf Büdenbender, der vornehm auf seinem Hocker saß. Geschmückt mit einem pinkfarbenen Federschal, kostete er seinen Genever.

»Ich kann nicht fassen, dass du da bist.« Schnell schaute Helene weg, als sie bemerkte, wie sie ihn angestarrt hatte. »Warum bist du gekommen?«, schob sie vorsichtig nach.

»Was ist das denn für eine Frage?« Er lächelte sanft.

»Du bist mir nichts schuldig. Nach allem, was ich getan habe, da …«

»Was hast du denn getan?« Er hörte nicht auf zu lächeln, was sie irritierte.

»Ich habe mich nie bei dir entschuldigt. Damals war ich einfach viel zu naiv. Nichts bereue ich mehr als das.«

»Leni, das alles ist Jahre her.«

Sie wollte wissen, ob er über sie hinweg war. Ob er manchmal an sie dachte, traute sich aber nicht, ihn darauf anzusprechen.

»Wie geht es dir denn?«, fragte er stattdessen, und sein Blick tastete sich sanft und aufmerksam über ihr Gesicht. »Ich meine abgesehen von diesem lächerlichen Verfahren. Das ist ja jetzt Vergangenheit.«

Kurz spielte Helene mit dem Gedanken, von einer höflichen Antwort abzusehen und ihm die Wahrheit zu sagen. Sie wollte ihm mitteilen, dass es in ihrer Fabrik Probleme gab und wie unglücklich sie in ihrer Ehe war. Unklug, schalt sie sich innerlich. Frederik war unerreichbar für sie geworden. Mit Ehrlichkeit würde sie sich keinen Gefallen tun.

»Mir geht es ausgezeichnet. Danke.« Ihre Antwort war ein einstudierter Vortrag. Viele Male hatte sie auf dieselbe Frage mit denselben Worten reagiert. Niemals hatte auch nur ein Mensch nachgehakt. In Frederiks Miene aber stand Skepsis. Er glaubte ihr nicht, und diese Einsicht brachte in ihr den

Stein ins Rollen, der ihren Damm brach. Die Tränen stiegen so schnell in ihre Augen, dass sie sie nicht zurückhalten konnte.

»Leni«, hauchte er, und sie spürte seine Hand auf ihrer. »Du kannst mit mir reden.«

Nicht darüber, sagte die Stimme in ihrem Kopf. Helene ließ den Blick schweifen, erfasste die Ausgelassenheit, die in diesen Räumlichkeiten zugegen war und fühlte sich, als wäre sie in einem Käfig – zum Zuschauen verdammt. Unfähig, die Freiheit zu leben, gebunden an ein pflichterfülltes Dasein.

»Du machst dir Sorgen darüber, wer dich belastet hat und aus welchem Grund«, schloss Frederik, als sie stumm blieb. »Ich habe gehört, du hast das Unternehmen deiner Familie in die schwarzen Zahlen zurückgebracht.«

»Hm.« Es überraschte sie nicht, wie gut er informiert war.

»Dann hast du viel erreicht. Mehr als dir die Leute zugetraut haben. Oder gewünscht.«

Sie schluckte.

»Du weiß ja, wie man sagt: Wer Neider hat, hat Brot, wer keine hat, hat Not.«

Er hatte sie zum Lächeln gebracht.

»Glaub mir, das passiert uns allen, in irgendeiner Form. Bei dir ist die Besonderheit, dass du …«

»… dass ich eine Frau bin«, vervollständigte sie seinen Satz.

Er nickte matt.

»Ich kannte das Risiko, Fred. Und ich dachte, ich wäre deshalb auf der Hut. Aber was mich wirklich beunruhigt, ist …« Sie stockte, weil die Angst sie überkam.

»Sprich weiter«, ermunterte er sie.

»Ist dir im Gerichtssaal der Mann im grauen Anzug aufgefallen? Der, der in der hintersten Reihe saß?«

Er dachte nach. »Ja, ich denke schon. Warum?«

»Ich habe so ein Gefühl, als hätte er etwas damit zu tun.«

»Wer ist er?« Seine Stirn legte sich in Falten.

Sie sah sich um, um sich zu vergewissern, dass sie nicht belauscht wurden. »Der Gauleiter. Ich bin ihm an Karneval begegnet. Er hat lauter merkwürdiges Zeug geredet. Die Partei mischt sich in die Angelegenheiten unserer Fabrik ein.«

Er seufzte. »Ich weiß.«

Helene fiel auf, wie blass er geworden war. »Bei euch auch?« Sie traute sich kaum, die Antwort zu erfahren.

Nun wirkte auch Frederik nervöser. Als er sich ihr zuwandte, nickte er knapp.

»Stimmt es, dass sie Unterschiede machen? Was den Glauben angeht?«

Wieder nickte er.

»Mein Bruder Alfred hat sich ihnen angeschlossen. Er hat den Adjutanten des Gauleiters in unseren Vorstand gelassen. Anscheinend ließen sie ihm keine Wahl. Sie verlangen, dass wir unseren jüdischen Arbeitern kündigen. Ist das nicht unfassbar? Da mache ich nicht mit.« Sie schüttelte stur den Kopf.

»Dann hast du dich gegen sie gestellt.« Es war keine Frage, sondern eine Feststellung.

»Ja«, raunte Helene, und auf einmal setzte sich das Puzzle vor ihrem geistigen Auge zusammen. Hatte man aufgrund ihrer Haltung alles daran gesetzt, sie mit dem Prozess auszuschalten?

Frederik lehnte sich zu ihr vor. »Konni ist nicht in den Ruhestand gegangen. Er ist untergetaucht.«

»Was ist passiert?«

»Er ist Kommunist. Dass er das öffentliche Reden nicht unterlassen hat, missfiel der Regierung. Sie hatten vor, ihn in eines dieser Arbeitslager zu stecken.«

»Wie schrecklich! Hast du noch mal etwas von ihm gehört?«

»Nein. Aber so, wie ich ihn kenne, wird er sich nicht schnappen lassen.«

Das hoffte Helene auch. »Was gerade hier bei uns im Land geschieht, ist unheimlich! Was sind das nur für Leute?«

Frederik schnaubte verächtlich. »Uns wollen sie zum Verkauf der Fabrik zwingen. Für einen Spottpreis. Die Mitglieder unseres Aufsichtsrates wurden schon gegen parteitreue ausgetauscht. Die warten nur darauf, dass wir gehen.«

»O Fred, das tut mir so leid!«

»Vater und ich, wir nehmen an, sie wollen die Kontrolle über die Wirtschaft. Offenbar denken sie, Juden stünden ihnen dabei im Weg.«

»Wie lächerlich!«

»Ja. Sie haben dem Volk das Versprechen gegeben, die Arbeitslosigkeit zu beheben. Deutschland soll frei werden vom Diktatfrieden. Anscheinend sind sie der Auffassung, dass ihnen das mithilfe der Fabriken, unter ihrer Führung, am besten gelingen kann.«

»Indem sie Juden schlechtreden.«

Sein Blick verlor sich im Kerzenschein. »Antikapitalismus. Geldgeschäfte waren schon immer das Metier der Juden. Viele sehen darin eine Bedrohung.«

Sie musste lachen. »Als könntest du für jemand eine Bedrohung sein.«

Langsam sah er zu ihr auf.

»Ich dachte, wir wären über das Mittelalter hinaus«, ergänzte Helene.

Er seufzte leise. »Ich glaube, dies ist der Beginn eines neuen finsteren Zeitalters.«

Helene legte die Stirn in Falten. »Das würden die Menschen niemals dulden. Ich lasse diese Entwicklung jedenfalls nicht zu.«

»Und was hast du vor, dagegen zu tun?« Plötzlich war er todernst geworden. »Du kannst nicht gewinnen. Nicht gegen solche Leute.«

Sie schüttelte den Kopf. Er redete genau wie Georg. »Unterschätz mich nicht. Ich finde einen Weg.«

Er sah sie verständnislos an. »Weißt du, was dann passiert? Wenn die wirklich hinter all dem stecken, dann war diese Anzeige gegen dich noch harmlos. Sie haben versucht, dich über den Rechtsweg loszuwerden. Das nächste Mal werden sie sich nicht zurückhalten. Sie werden anders vorgehen.«

»Etwa mit Gewalt?« Daran hatte sie noch nicht gedacht.

»Das halte ich für denkbar. Offensichtlich hat sich jemand sehr viel Mühe gegeben, dir etwas anzuhängen, das dich aus der Firma treibt. Jemand, der vor nichts zurückschreckt.«

»Ich habe gehört, dass schon Menschen verschwunden sind.« Helenes Stimme war kraftlos geworden.

Er schaute sie durchdringend und voller Sorge an.

»Sollte mir das Angst machen?« Helene wusste, dass ihre Frage überflüssig war. Ihr wild klopfendes Herz hatte sie längst beantwortet. In Frederiks Augen spiegelte sich das Kerzenlicht. Sie sah ihm die Beunruhigung an und verstand. Seine Fabrik war von der Partei bedroht. Mehr noch als ihre.

»Vielleicht ist es besser, wenn du dich für eine gewisse Zeit aus eurem Unternehmen zurückziehst«, sagte er nach einer Weile. »Nur so lange, bis die Schlange ihren Kopf gezeigt hat, und wir wissen, wohin sie uns führen will.«

Helene schlug die Augen nieder und atmete erschwert aus. »Das kann ich nicht. Ich brauche meine Arbeit.«

Er drückte ihre Hand. Seine Wärme ging auf sie über. »Du hast ein Kind.«

»Anita«, hauchte Helene gedankenvoll. Sie schaute zur Bühne, um die sich die Leute gescharrt hatten. Eine Big Band aus afroamerikanischen Musikern baute ihre Instrumente auf und begann zu spielen. Es wurde lauter im Club, und Frederik lehnte sich weiter zu Helene vor.

»Für deine Tochter solltest du umso mehr auf deine Sicherheit bedacht sein«, sagte er, mühsam gegen den Swing ankommend.

Helene starrte einen Moment vor sich hin. Sie wusste, er hatte recht. »Und was werdet ihr tun?«

Er schob die Kerze zur Seite und nestelte an der runden Tischdecke. »Vater ist der Ansicht, wir sollten das aussitzen. Dass sich die Lage wieder entspannt. Aber … ich denke das nicht.«

»Was hast du vor?«

Er schaute sie durchdringend an, und ein sanftes Lächeln umspielte seinen Mund.

⋟ KAPITEL 25 ⋞

»Los, Leni. Lass uns tanzen!«

Helene konnte nicht anders, als Magdas Befehl zu befolgen. Sie bedeutete Frederik, sie auf die Tanzfläche zu begleiten. Er winkte ab, sein Blick aber blieb auf sie geheftet. Fast war es, als wäre Helene durch die Zeit gerutscht und wieder in Hamburg. Zurückversetzt in jene Stunden, in denen sie sich damals frei und unbelastet gefühlt hatte. Während sich ihre Füße zur Musik bewegten, schlug ihr Kopf jedoch schon bald eine andere Richtung ein und ihre Gemütsstimmung veränderte sich erneut. Sie schaute zu Frederik, der ihnen zusah, und spürte eine Traurigkeit in sich aufsteigen, deren Ursprung sie in all den Menschen und Möglichkeiten vermutete, die für sie verloren waren. Franziska ergriff Magdas Hände, und sie drehten sich im Kreis. Helene klatschte mit den Umstehenden im Takt. Zwischen dem Trubel und der Heiterkeit verfing sich erneut ihr Blick mit Frederiks. Und für einen Moment schien alles stillzustehen. Sie sah sein Bedauern, seinen Schmerz und wollte nur eins: ihm Linderung verschaffen. Der Wunsch vernebelte ihre Sinne. Sie merkte zunächst nicht, wie die Musik mit einem Mal stoppte und die Leute aufgeschreckt umherliefen.

»Polizei!«, rief jemand. Dutzende hetzten Richtung Ausgang. Leise Panik kam auf. Büdenbender wurde vom Strom mitgerissen.

Aufgescheucht sah Helene sich nach ihrer Tante, Laurie, Franziska und Magda um. Doch in dem Chaos konnte sie sie nicht entdecken. Sie hatte komplett die Orientierung verloren. Im Wirrwarr der Polizeikontrolle spürte sie, wie jemand nach ihrer Hand griff.

»Komm mit!« Frederik schlug sich einen Weg an den Hinausströmenden vorbei. Er zog Helene durch eine Seitentür, eine steile Treppe hinunter und hinein in den Keller. Weiße Laken leuchteten wie Gespenster auf einer quer durch den Raum gespannten Wäscheleine. Frederik schob den Stoff zur Seite wie Buschwerk bei einer Waldwanderung.

»Ich bin nicht sicher, ob es hier einen Ausgang gibt«, sprach Helene ihre Befürchtung aus.

Frederik zischte jedoch nur und wagte sich bis zum anderen Ende des Kellerraums vor, ehe er sein Feuerzeug herausnahm. Funken sprühten, dann erleuchtete eine kleine Flamme den Raum. Bizarre Schatten erschienen am gekalkten Mauerwerk.

Frederik schaute sich suchend um. »Da drüben ist eine Tür.«

Helene überkam eine Gänsehaut, doch sie wollte nicht zugeben, dass sie sich fürchtete. Frederik steckte sein Feuerzeug wieder ein und drückte die Klinke herunter.

»Ist sie verschlossen?«, fragte Helene ängstlich und rüttelte ebenfalls am Griff. Sie schob mit aller Kraft. Frederik stemmte sich mit seinem Gewicht dagegen. Nach einigem Ruckeln und Schieben gab die Tür unter lautem Quietschen nach. Helles Mondlicht fiel durch ein schmales Fenster und erhellte diesen Teil des Kellers, der bis oben hin mit Gerümpel vollgestellt war. Ausrangierte Kommoden, kleine Tische und Regale mit allerlei Plunder. Vasen, Töpfe und Bücher. Ein von Spinnweben behangenes, metallenes Bettgestell war gegen die Wand gelehnt. Darüber hatte jemand einen braunen Pelzmantel geworfen. Frederik und Helene manövrierten sich an einem Ohrensessel und Stühlen vorbei zum anderen Ende des Raums, wo es eine weitere Tür gab. Anders als die vorherige war diese trotz Schieben, Stoßen und Rütteln nicht aufzubekommen.

»Endstation«, stieß Frederik enttäuscht, aber schieflächelnd aus.

»Wir könnten zurückgehen«, schlug Helene vor.

»Und riskieren, dass du kurz nach deinem Gerichtsprozess von der Polizei aufgegriffen wirst, weil du in einem illegalen Club warst?«

Sie rümpfte die Nase. »Hast recht.« Staub wirbelte auf, als sie sich in den Ohrensessel fallen ließ. Hüstelnd wedelte sie mit der Hand vor ihrem Gesicht.

Frederik nahm auf einem der Stühle Platz. »Nun, ich schätze, dann sind wir hier gefangen.«

Kurz hing nachdenkliches Schweigen in der Luft, dann konnte Helene ein Kichern nicht unterdrücken. Zuerst leise, doch der nachfolgende Lachanfall war nicht aufzuhalten.

Frederik setzte eine gespielt ernste Miene auf. »Du findest das hier witzig?«

Sie nickte grunzend und holte tief Luft, um ihm antworten zu können. »O ja. Sehr sogar.«

Er sah sie mit strahlenden Augen an und stimmte in ihr Lachen ein.

»Ich wusste nicht, dass Jerome keine Lizenz hat«, beteuerte sie nach einer Weile, immer noch erheitert über die unglaubliche Lage, in die ihre Tante sie gebracht hatte.

»Nein. Dafür klingt Jerome de Bluebell-Paradiso zu seriös«, pflichtete Frederik ihr gelassen bei.

»Am Ende habe ich doch noch etwas Verbotenes getan«, sagte Helene.

Frederik zuckte die Achseln. »Passiert uns allen hin und wieder.«

Sie nickte. Es fühlte sich gut an, mit ihm zu lachen. »Hoffentlich sind die anderen in Sicherheit«, schob sie ernst nach.

»Das hoffe ich auch. Auf jeden Fall hat deine Tante interessante Kontakte. Sie wirkt viel jünger als zweiundsiebzig, und wie jemand, für den es nicht die erste Razzia war.«

»Sie ist eine interessante Frau.«

Er lächelte zustimmend.

»Wie spät ist es?« Allmählich spürte Helene die Müdigkeit in ihren Knochen. Zitternd vor Kälte schlang sie die Arme um sich.

»Fast drei.« Frederik steckte seine Taschenuhr zurück ins Jackett und sah zur Decke hinauf.

Die Geräusche aus dem Club waren leiser geworden. Aber von draußen erklang noch immer die Polizeisirene. Die Jagd nach den Gästen und dem Besitzer war demzufolge nach wie vor nicht zu Ende.

»Was, wenn sie hier runterkommen?«, fragte Helene bibbernd.

»Ach, die denken sicher, niemand ist so dumm und flüchtet in den Keller, aus dem man nur schwer wieder hinausfindet«, erwiderte Frederik.

Sie schmunzelte.

»Wir müssen noch etwas warten.« Er befreite den Pelzmantel von Spinnweben und legte ihn Helene um die Schultern.

»Danke«, hauchte sie, als er danach so leise wie möglich das Bettgestell aufrichtete. Dahinter kam eine alte Matratze zum Vorschein. Staub vernebelte die Luft, als er sie abklopfte und auf das Bett schob. Aus einem ausrangierten roten Theatervorhang formte er ein Kissen, das er ans Kopfende legte. Keuchend wischte er sich mit dem Ärmel über die Stirn und bewunderte sein Werk.

»Ruh dich aus, Leni. Ich halte so lange Wache.«

Zögerlich nahm Helene sein Angebot an und ging, den Pelz um sich geschlungen, zum Bett. Sprungfedern drückten sich in ihren Po, als sie eine erste Sitzprobe machte. Vorsichtig schlug sie die Beine hoch und lehnte sich gegen das provisorische Kissen. Das war gar nicht mal so unbequem, wie es aussah. Lange Minuten verstrichen. Von der Straße war noch der Lärm der Fahndungsaktion zu hören, gedämpfter zwar, aber noch nicht verhallt.

»Wie ist sie so?«, durchbrach Helene die Stille im Kellerraum.

Frederik hob den Blick vom Boden und blinzelte mehrmals. »Wer?«

»Deine Verlobte?«

Er sog tief Luft ein, bevor er antwortete. »Sie ist nett. Wirklich.«

»Ist sie aus Hamburg?«

»Nein. Miriam ist aus Antwerpen. Sie ist die Tochter eines Diamantenhändlers. Wir kennen die Familie schon ewig.«

»Miriam. Ein schöner Name! Dann ist sie Jüdin?«

»Ja.«

Eine Leere füllte Helenes Kopf, und sie bereute es, so forsch gewesen zu sein.

»Darauf lege ich aber keinen Wert. Du weißt, das habe ich nie getan«, ergänzte er etwas zu spät.

»Ja. Ich weiß.« Helenes unsicherer Ton verriet, dass sie in Wahrheit daran zweifelte. Nicht jeder war so weltoffen wie er. Zwar waren seine Eltern ihr gegenüber freundlich gewesen, trotzdem hatte sie damals das Gefühl nicht ablegen können, dass sie sich insgeheim eine Frau für ihren Sohn gewünscht hätten, die seinen Glauben teilte.

»Ich freue mich für dich, Fred.«

Helene hörte ihn atmen und musste selbst ein Seufzen unterdrücken.

»Ist er gut zu dir?« Seine Frage kam so unvorhergesehen, dass es ihr die Sprache verschlug. »Bitte, sag mir, dass es so ist, Leni.«

Sie spürte seinen durchdringenden Blick und versteinerte nur noch mehr in ihrem Herzschmerz.

»Helene.« Er kam zu ihr auf die Bettkante und sah sie an. Wissend und voller Mitgefühl.

Helene schluckte mehrmals hintereinander, um ihre Stimme wiederzufinden. »Nun ja. Ich bin nicht sicher, ob er überhaupt schon gemerkt hat, dass ich nicht zu Hause bin.« Sie lachte die Traurigkeit weg, die in diesen Worten lag.

Ihr Blick glitt zu Frederik. Seine Augen wurden erst groß, dann schlug er die Lider nieder, doch nur kurz. Auf die Andeutung eines Kopfschüttelns hin lehnte er sich zu ihr herüber. Das Gestell knarzte unter ihm, als er sich ihr näherte. Ehe Helene sichs versah, lag seine Hand an ihrer Wange. Seine Finger krallten sich in ihr Haar.

»Leni«, flüsterte Frederik, den Kopf leicht zur Seite geneigt. Wie anders ihr Name aus seinem Mund klang, dachte sie. Eine tiefgründige Bewunderung lag darin verborgen. Wertschätzend, liebend. Es traf sie mitten ins Herz, das nun, da sie ihm unverhofft so nah war, den Rhythmus eines Trommelwirbels angenommen hatte.

»Warum hast du meine Rezepte aufbewahrt? Wieso hast du sie nicht einfach weggeworfen?« Helene hörte, wie ihre Stimme zitterte.

»Kannst du dir das denn nicht denken?«

»Mein Bauchgefühl hat mich im Stich gelassen, seit ich beinahe täglich mit neuen Herausforderungen konfrontiert werde. Sorgen und Ängste blockieren jeden klaren Gedanken. Eine Aneinanderreihung von Problemen, die sich nicht einfach nur gegenseitig ablösen, sondern überlagern.« Es sprudelte nur so aus ihr hervor. Dieses Gespräch hatte sie schon mehr als einmal geführt. Bisher aber immer nur mit ihrem Spiegelbild.

Frederik betrachtete sie einfühlsam. Sanft fuhr er mit den Fingern ihren Unterkiefer entlang. »Ich bin kein Mensch, der hasst. Aber dafür, dass du dich so allein fühlst – dafür hasse ich deinen Mann.«

Sie schmiegte das Gesicht in seine Hand und ihre Lippen

berührten seine Haut. Zunächst unbewusst, dann spitzte sie sie, formte sie zu einem lautlosen, weichen Kuss.

Ihm entfuhr ein leiser Seufzer, und seine Finger schlossen sich fester um ihr Kinn. »Ich hätte dich immer gesehen. Dir nie das Gefühl gegeben, du seist allein.«

Sein Daumen streifte ihre Unterlippe. Sein Blick blieb bewundernd und liebevoll auf sie gerichtet. Helenes Herz schlug Purzelbäume. Das war es, wonach sie sich in den vergangenen Monaten schmerzlich gesehnt hatte. Zärtlichkeit und Nähe. Sie spürte den Drang, Frederik einfach an sich zu reißen. Im letzten Moment löste Helene jedoch ihren Blick von seinen dunklen Augen und rutschte zurück gegen den zusammengeknüllten Theatervorhang. Scham über das, was sie hatte tun wollen, wallte in ihr auf. Ganz gleich, was in ihrer Ehe los war, sie war eine verheiratete Frau. Sie durfte für einen anderen Mann nicht so empfinden. Doch er machte es ihr nicht leicht.

»Es waren deine Werke, deine Kreationen«, flüsterte er mit weicher Stimme und drehte ihr Gesicht ins Mondlicht, um es besser betrachten zu können. »Niemals hätte ich mich von etwas trennen können, was du geschrieben hast.«

Helene verlor sich in den bernsteinfarbenen Sprenkeln seiner Iris. Nichts hatte sich seit dem Tag geändert, an dem sie sich mit ihm verlobt hatte. Ihre Gefühle für ihn waren lediglich überdeckt worden. Ein Zuviel konnte eben verwirren.

Unversehens kam sie ihm ganz nah. Sie spürte seinen Atem auf ihrem Gesicht. Ihr Blick tastete sich schüchtern über seinen Hals und die pulsierende Ader unter seiner rosigen

Haut. Der Duft, der von ihm ausging, versetzte sie in Ektase. Sandelholz und Zitrone. Sein Geruch umschloss sie wie eine Wolke, und sie wollte nichts anderes, als in der Geborgenheit zu versinken, die sie bei Frederik fand. Helene beugte sich zu ihm vor, kniete sich hin und küsste ihn. Er wich nicht aus, sie nicht zurück. Langsam lehnte er sich über sie, umfasste ihre Taille und warf sie auf den Rücken. Seine Lippen senkten sich auf ihre, fanden ihren Nacken und ihre Brust. Noch ehe sie sich vollkommen aus der Kleidung befreit hatten, verschmolzen sie miteinander. Alles ging so schnell, war so schwerelos, als wäre es nicht das erste Mal, dass sie sich in Leidenschaft vereinten.

Helenes ganzer Körper spannte sich unter dem Verlangen an, das sie für diesen Mann verspürte. Frederiks Blick fand den ihren. In seinen Augen stand etwas, das sie nie zuvor darin gesehen hatte: der Hunger nach dem Verbotenen und der Wille, ihn zu stillen. Er bebte vor Erregung, als er sich langsam, aber intensiv in ihr bewegte. Helenes Finger krallten sich in sein Haar, dann in seinen Rücken und sie stöhnte genussvoll auf. Nicht nur, weil ihr letztes Mal so lange her war, sondern weil es sich mit ihrem Ehemann nie so angefühlt hatte. Mit Frederik war es mehr als die Befriedigung von Lust. Es war, als wären sie eins. Zwei Körper, zwei Seelen – im Einklang miteinander.

Erschöpft lagen sie danach eng umschlungen da. Helene lauschte Frederiks Herzschlag und betrachtete ausgiebig seinen Körper. Für sie war er der schönste Mann auf der Welt. Sein Brustkorb hob und senkte sich leicht, auf seinen Bauchmuskeln glitzerten die Schweißperlen. Oft hatte Helene sich gefragt, wie es wohl sein würde, mit Frederik zu schlafen. Nun hatte sie ihre Antwort. Es war vollkommen.

Sanft strich er ihr über den Arm und küsste ihre Stirn. Helene schloss die Augen und glitt zufrieden in den Schlaf. Ohne Gedankenchaos, ohne nervösen Puls.

Als sie wieder erwachte, traf das Tageslicht durch das Kellerfenster aufs Bett. Abrupt setzte Helene sich auf und der Pelzmantel, mit dem sie zugedeckt war, rutschte ihr von den Schultern.

»Guten Morgen.« Frederik saß vor ihr auf dem Stuhl. Für einen Moment fragte Helene sich, ob er nie von dort aufgestanden war. Ob sie nur geträumt hatte? Ein Wunschtraum, so ersehnt wie phantastisch? Doch als sie an sich herabsah, erkannte sie, dass sie unter dem Pelz nackt war. Hektisch hielt sie ihn vor sich.

»Wie lange habe ich geschlafen?« Sie strich sich das verstrubbelte Haar hinter die Ohren.

»Ungefähr drei Stunden.«

»O nein! Die anderen werden sich sicher fragen, wo ich abgeblieben bin.« Sie strampelte sich aus dem Bett und schlüpfte in ihre Sachen.

»Ich bringe dich zurück.«

»Nein! Das wäre keine gute Idee«, entgegnete sie und stellte sich vor ihn.

Langsam erhob er sich, legte den Kopf schief und seufzte laut. Im nächsten Moment hatte er seine Arme um sie geschlungen. Sein langer sanfter Kuss war wie ein Höhenrausch. »Ich will dich nicht noch einmal verlieren.« Etwas verboten Zärtliches hatte sich in seine Stimme geschlichen. Es ließ Helenes Knie weich wie Butter werden.

»Das hattest du nie. Ich war so dumm, Fred. So unendlich dumm!«

»Du hast nur versucht, das Richtige zu tun«, widersprach er leise.

»Meine Entscheidungen sind stets die falschen.«

»Es ist nicht deine Schuld. Er hat dich belogen, Leni. Er wusste, dass er dir nicht geben kann, was du brauchst, was du verdienst.«

Sie machte sich von ihm los, starrte zu Boden. »Er kann nichts dafür.«

Frederik erfasste ihren Arm und zwang sie, sich ihm erneut zuzuwenden. »Du musst ihn nicht in Schutz nehmen. Er hätte wissen müssen, wie das endet.«

Helene schockierten seine Worte. Gleichzeitig fragte sie sich, ob er über Georg Bescheid wusste. Bisher hatte er nie jemanden in ihrer Anwesenheit kritisiert. Sie war nicht einmal sicher gewesen, ob er dazu fähig war. Nachlässig klaubte sie ihren Schal vom Boden auf.

Frederik ergriff ihre Hand und suchte ihren Blick. »Und was jetzt?« Seine Frage klang flehentlich.

Helene sah zögerlich zu ihm auf. Was erwartete er von ihr? Sosehr sie sich auch bemühte, ihr wollte keine Lösung einfallen. »Lass mich gehen«, hauchte sie widerwillig und mit verkniffenem Gesichtsausdruck.

»Leni! Nein.« Frederiks Lippen lagen so schnell wieder auf

ihren, dass ihr ein Stöhnen entfuhr. Schmerzvoll. Sehnsüchtig. Er sah sie an, und seine Augen erforschten ihre Miene. »Du willst das doch gar nicht. Dieses Leben. Mit ihm.«

Tränen stiegen in ihre Augen, und sie schloss sie für einen Moment. »Willst du denn deines? Mit Miriam?«

Er schluckte und schaute auf seine Füße. Helene reichte das, um zu erkennen, dass sie beide gefangen waren – auf ihre Weise.

»Wir bekommen nicht immer das, was wir wollen«, flüsterte sie mit zittriger Stimme. Sie wiederholte das, was Henri ihr einmal, aus Entrüstung heraus, gesagt hatte. Damals hatte er sich verbittert in ihren Ohren angehört. Jetzt aber erkannte sie in seinen Worten die Parallelen zu ihrem eigenen Liebesglück – eine tragische Widersprüchlichkeit. Die Enttäuschungen, die sie in den vergangenen Jahren ereilt hatten, hatten ihren Blick dafür geschärft.

Auch Frederik schien keine weiteren Erklärungen zu brauchen. Seine Finger streiften ihre, bevor er ein Nicken andeutete.

Langsam bahnten sie sich den Weg zurück durch den Keller, die Treppe hinauf und durch den verlassenen Club. Die Türen waren weit geöffnet. Überall auf dem Boden gab es Spuren einer hektischen Flucht. Scherben, Flaschen, zurückgelassene oder verlorene Kleidungsstücke. Hüte, Jacken, sogar Schuhe lagen weitgestreut herum. Als sie endlich das Freie erreichten, nahm Helene einen tiefen Atemzug. Die Luft war erfrischend. Über den Dächern der Stadt erhob sich allmählich die Morgensonne. Ihr weiches Licht traf in die Gasse, in die sie gestolpert waren. Regenwasser staute sich in tiefen Pfützen und das Pflaster glänzte. Helene und Frederik standen sich gegenüber. Keiner rührte sich vom Fleck. Helene wollte nicht, dass es endete. Nicht hier, nicht so. Jede Faser ihres Herzens schrie bei dem Gedanken auf, dass er eine andere Frau heiraten würde.

»Wann brecht ihr auf? Du und Magda?« Zaghaft schaute sie ihm ins Gesicht.

»Der Zug fährt in zwei Stunden. Ich hoffe, ich finde sie rechtzeitig.« Er grinste schief.

»Bestimmt ist sie im Hotel.«

Er nickte wortlos.

Sie holte Luft, presste sie förmlich in ihre Lungen hinein, um ihre Tränen zu unterdrücken.

»Ich weiß nicht, ob wir uns wiedersehen.« Frederiks Blick ließ sie erschaudern. Es war ihm ernst. War es gar eine Warnung?

Helene schwankte nicht. Sie nahm sein Gesicht zwischen ihre Hände und küsste ihn zärtlich auf den Mund. Ein langer, sanfter Kuss, der Raum und Zeit verschwimmen ließ.

»Bitte, pass auf dich auf!«, flüsterte sie beschwörend.

Er lächelte verhalten. »Und du auf dich. Versprich mir das.«

Ein unverhoffter Schmerz durchzog wie ein Stromschlag ihren ganzen Körper. Sie nickte dennoch. Ihre Hand hielt seine so lange wie möglich fest, auch, als sie sich bereits von ihm abwandte und das Dröhnen in ihrer Brust heftiger wurde. Nach ein paar Schritten war sie gezwungen, ihn loslassen. Von einer Sekunde auf die nächste entschwand ihr seine warme Hand, und dann war da nur noch Kälte. Sie sah nicht mehr zurück, aber bereits ehe sie in die Straße eingebogen war, die aus der Stadt hinaus zum Rhein führte, drängte sich ihr eine traurige Ahnung auf: Es war kein Abschied auf Zeit, sondern ein Lebewohl.

Bei einem Kaffee am Nachmittag in der Villa erfuhr Helene, dass es allen gelungen war, der Polizei zu entkommen. Amüsiert erzählte Astrid davon, wie Jerome sie und Laurie auf abenteuerliche Weise über einen Geheimgang aus dem Haus geschleust hatte. Sie wusste auch zu berichten, dass Franziska und Magda in einem Taxi entwischt waren und dass sogar Büdenbender nicht geschnappt worden war. Auf Lauries Nachfrage hin, was Helene denn erlebt habe, hatte die von dem Keller gesprochen, der für sie und Frederik zum Verließ geworden war.

»Ach je, du Arme. Zum Glück warst du nicht allein.« Lauries Anmerkung traf es auf den Punkt.

»Eben.« Helene zuckte mit geheimnisvoller Miene die Schultern.

»Dann war es gar nicht so schlimm?« Astrid grinste mit hochgezogenen Brauen.

Helene schüttelte den Kopf. »Nein. Es war … unvergesslich.«

⋟ KAPITEL 26 ⋞

Im Oktober hatte Eva mit vorzeitigen Wehen zu tun, die sie endgültig ans Bett fesselten. Die Sorge, sie könnte erneut eine Frühgeburt erleiden, hielt Alfred zu Hause. In Absprache mit Bendrick gestattete er Helene deshalb, zeitweise in die Fabrik zurückzukehren, um die Produktion der Waren für die englische Handelskette zu beaufsichtigen. Helenes Freude darüber blieb aber gedämpft.

»Stimmt was mit den Fruchtgummis nicht?« Helma war neben ihr am Band aufgetaucht. Ratlos starrte sie die vorbeiziehenden Bären an.

»Ähm, nein. Sieht nicht danach aus. Alles bestens«, stammelte Helene und wechselte Thema und Produktionsstätte. »Wie kommt ihr mit der Herstellung der neuen Dauerlutscher voran?«

Helma folgte ihr in den hinteren Teil der Fabrik. Eingefärbte Zuckermasse köchelte in hohen Bottichen und verströmte einen bittersüßen Duft. Helene las die Temperatur vom Thermometer ab und notierte sie in ihrem Buch.

»Ich weiß, es geht mich nix an, Frau Kronenberg. Und ich bin bestimmt die Letzte, deren Rat Sie hören wollen, aber …« Helma schloss zu ihr auf, und Helene hatte keine

Wahl, als sich ihren Fragen zu stellen, auch wenn sie bereits wusste, worum es ging. Immerhin hatte Helma schon mehrmals damit angefangen.

»Ich freue mich, dass Sie wieder hier sind, Frau Kronenberg, und ich will nicht, dass Sie erneut gehen. Niemand hier will das. Aber es hat sich etwas verändert durch diesen Ley im Vorstand. Es ist nicht mehr die Fabrik, die ich kenne.« Helma schüttelte seufzend den Kopf. »Hier stinkt irgendetwas ganz gewaltig.«

»Das ist deine Latzhose, Helma!«, rief ein schnurrbärtiger Arbeiter, der mit zwei Kollegen an ihnen vorbeiging.

»Haha, sehr witzig, Sönke. Du findest doch die Wanne nicht, obwohl du schon drin liegst«, entgegnete sie schlagfertig.

Das Wortgefecht brachte Helene zum Lachen, so dass sie kurz die ernsten Hintergründe ihres Gesprächs vergaß.

»Was ein Esel«, knirschte Helma. »Sie kennen meine Meinung und meine Sicht auf die Politik, Frau Kronenberg.« Sie wandte sich ihr zu und konnte sehen, wie Helenes Lächeln erblasste. »Dieser Hitler«, fuhr sie leiser fort. »Der ist ein Fanatiker. Und seine Anhänger sind gefährliche Leute. Getrieben von Gier, Neid und Macht. War alles schon da. Wer nicht aus der Geschichte lernt, der ist gezwungen, sie zu wiederholen. Ach, übrigens: Die Rensbergs mussten ihre Fabrik abtreten.«

Helenes Augen verengten sich. Es erschreckte sie, dass sie das noch nicht gewusst hatte. »Ist das sicher?«

»Morgen wird es in der Zeitung stehen«, gab die Vorarbeiterin trocken zur Antwort.

Helene dachte daran, dass Alfred sie gewarnt hatte. Bei allem, was sie über die Nationalsozialisten wusste, ließen die Helma bestimmt nicht unbewacht. Offen zu sprechen, war riskant. Offen zu handeln noch viel mehr.

Helene trat nah an sie heran. »Warum werde ich das Gefühl nicht los, das ich etwas wissen sollte? Helma, dies sind nicht die Zeiten für unüberlegte Heldentaten.«

Helma biss die Zähne aufeinander, sagte aber nichts.

Helene seufzte auf. »Wir können keine weiteren Probleme in der Fabrik gebrauchen. Du musst dich vorsehen.«

Helma nickte unschuldig. »Weiß ich doch. Da müssen Sie sich keine Sorgen machen.«

Helene schaute sie skeptisch an.

»Ich bin nur ein kleiner Fisch in diesem Meer«, sagte Helma. »Ich bin unbedeutend. Was man über Sie nicht sagen kann.«

»Was soll das heißen?«

Sie beugte sich vor und sprach im Flüsterton: »Die Fabrik ist kein sicherer Ort mehr.«

Ihre Worte gingen Helene durch Mark und Bein. Ängstlich sah sie sich um. Nach wie vor fühlte sie sich von Blicken verfolgt. Seit Ley im Vorstand war, gab es einige neue Gesichter. Nicht alle schienen ihr wohlgesonnen zu sein. Sie hatte sich die Entscheidung nicht leicht gemacht, zurückzukehren. Ebenso wenig wie Alfred. Ihr Bruder hatte nur eingelenkt, weil er einen wichtigen Auftrag gefährdet sah. Obwohl Helenes Ruf rehabilitiert worden war, blieb das öffentliche Interesse an ihrer Person bestehen. Hinzu kam die Verunsicherung aufgrund dessen, was Frederik ihr über die Vorgänge in seiner Firma erzählt hatte. Nun auch noch Rensberg, dachte sie erschüttert.

Ihr Blick schweifte in der großen Produktionshalle umher. Stolz und wehmütig speiste sie ihre Sinne mit dem geschäftigen Treiben, den Gerüchen nach Salmiak, Lakritz und Fruchtmasse und dem Maschinenlärm. Helene presste sich das Notizbuch gegen die Brust. Ob Frederik in seiner Hamburger Fabrik gerade genauso da stand? Helene verlor sich einen Moment in dem Gedanken an ihn. Sie könnte sich ein paar Tage freinehmen, zu ihm fahren und nach dem Rechten sehen. Nein! Energisch schüttelte sie diese Idee von sich. Er war so gut wie verheiratet, schalt sie sich. Das wäre nicht recht. Außerdem gab es etwas, das sie davon abhielt, ihrer Fabrik den Rücken zuzukehren.

»Ich bin der letzte Schutzschild für einige der Angestellten hier«, sagte sie mit Bedauern in der Stimme.

»Sie meinen für die jüdischen Arbeiter?«, hakte Helma gedämpft nach.

Helene schaute hinter sich, um sich zu vergewissern, ob sie niemand belauschte. »Ja.«

Helma stieß laut Atem aus, dann nickte sie mit niedergeschlagenen Augen.

»Was das angeht …«, legte Helene behutsam nach, »wenn du irgendetwas hörst, dann möchte ich, dass du sofort zu mir kommst.«

»Darauf können Sie sich verlassen.«

Helene nickte dankbar.

»Sagen Sie, haben Sie noch mal was von dem netten Herrn aus Hamburg gehört, der für Sie ausgesagt hat?«

Helene schüttelte den Kopf. Sie schluckte ein tiefes Seufzen hinunter, das sich dennoch gewaltsam an die Oberfläche drängte. Ihren Kummer darüber, nicht zu wissen, wie es Frederik ging, konnte sie nicht verbergen.

»Ah, Mensch. Ich versteh schon.« Helma klopfte ihr trostspendend auf die Schulter. »Ich bin sicher, es geht ihm gut.«

»Ja«, hauchte Helene hoffnungsvoll. Daran wollte sie glauben. Alles andere wäre die reinste Qual.

»Wir überstehen das.« Helma verzog den Mund zu einem dürftigen Lächeln. Sie hatte schon viele politische Gegner bekämpft. Ob bei Protesten oder Demonstrationen – sie hatte stets in vorderster Reihe gestanden, Rechte verteidigt und sich für diese starkgemacht. Helene hatte oft gedacht, dass Helma in einem anderen Leben, zu einer anderen Zeit, die perfekte Anführerin gewesen wäre. Bisher war sie jedem gegenübergetreten. Diesmal aber war es anders. In den sonst so furchtlos dreinblickenden Augen der Vorarbeiterin stand die Angst vor einem unberechenbaren Befehlshaber. War Hitler wirklich eine solche Gefahr?

Helene spürte die schneidenden Blicke einiger Arbeiter auf sich, die in regelmäßigen Abständen von der dampfbetriebenen Walze zu ihr sahen. Eilig kehrte sie in ihr Büro zurück. Sie schloss die Tür hinter sich, und ein mulmiges Gefühl stieg in ihr auf. Helma hatte recht. Die Atmosphäre in der Fabrik hatte sich gewandelt. In ihrem tiefsten Innern wusste Helene, dass eine Entscheidung ausstand. Würde sie ihre Unternehmensanteile nicht freiwillig abgeben, so würden sie ihr früher oder später genommen werden.

Ein Herbststurm fegte durch die Stadt und entriss den Platanen am Rhein letzte orangefarbene Blätter. Es war früher Morgen. Blinzelnd wandte Helene sich ihrer Umgebung zu und seufzte resigniert darüber, ihr nicht entkommen zu sein. Die Postkarte, die sie vor wenigen Tagen von Magda erhalten hatte, stand auf ihrem Nachttisch an die Lampe gelehnt. Darauf war das Elbufer an einem sonnigen Tag zu sehen. Helene sehnte sich an diesen Ort zurück. Zurück zu Frederik. Wieder hatte sie von ihm geträumt, und es hatte sich so echt angefühlt, als wäre er wirklich da gewesen. Sein Geruch umgab sie. Die Erinnerung an seine Berührung weckte in ihr erneut das Verlangen. Mühevoll streifte sie beides von sich ab. Die Realität war eine andere.

Blind tastete sie neben sich. Sie war erleichtert, festzustellen, dass die rechte Bettseite verlassen war. Um den Schein zu wahren, hatte Georg in den vergangenen Wochen hie und da eine Nacht bei ihr verbracht. Mittlerweile hatte sie sich daran gewöhnt. Sie waren eingespielt und setzten ihre Maskerade fort, wenn es darum ging, andere von ihrem Eheglück zu überzeugen. Niemand wusste, was sie wirklich taten, wenn sie allein waren. In den spätabendlichen Gesprächen ging es nicht selten philosophisch zu. Sie sprachen über den Wert von Kunst und Kultur, ergründeten den Sinn des Lebens. Die Politik war häufig ein Thema, daneben sprachen sie aber auch über Flirts und Liebeleien. Georg war für Helene ein wertvoller Freund geworden, und gemeinsam kamen sie ihren Pflichten als Eltern nach.

Er hatte sie nicht gefragt, was in jener Nacht nach ihrem Freispruch geschehen war. Helene hatte es ihm dennoch erzählt. Zuerst hatte er verletzt gewirkt, kurz darauf aber Verständnis gezeigt. »Gut, dass es passiert ist«, hatte er mit einem Lächeln gemeint und, dass er sich so etwas schon gedacht habe. Zu erfahren, dass Georg ihr den Treuebruch nicht nachtrug, ließ ihn in einem anderen Licht erscheinen. Er gönnte ihr die Nacht mit Frederik, in der sie die Liebe erfahren durfte, die er ihr nicht geben konnte. Mittlerweile war seine Homosexualität für sie so offenkundig, dass sie sich fragte, wie sie je etwas anderes in ihm hatte sehen können. Helene hatte die unterschiedlichen Formen der Liebe kennengelernt und konnte endlich reinen Herzens behaupten: Es war gut, so wie es war.

Helene streckte sich, legte den Morgenrock an und schaute hinaus in einen verregneten Morgen. Zum Mittagessen hatte sie sich bei Eva angekündigt. Sie freute sich auf den längst überfälligen Austausch mit ihr. Es würde eine willkommene Abwechslung vom Alltag werden.

Trist war der Tag, und die undurchdringlichen Wolken am Himmel ließen wenig Hoffnung auf Besserung zu. Über den Rhein hatte sich wie ein Leichentuch ein dichter weißer Nebelschleier gelegt. Noch bevor Helene wusste, warum ihr dieser Gedanke gekommen war, hörte sie den schrillen Schrei ihrer Mutter, der von unten zu ihr hinaufdrang. Sie hastete aus dem Zimmer, die Treppe hinunter und fand ihre Mutter knieend auf dem Fußboden im Flur vor. Fanny hatte sich über sie gebeugt und versuchte, ihr auf die Beine zu helfen. Doch Klara machte sich schwer.

»Was ist los, Mama? Geht es dir nicht gut?« Helene fasste ihre Mutter am Arm. Zusammen mit Georg gelang es ihnen, sie aufzurichten und ins Wohnzimmer auf die Couch zu bringen. Fanny setzte sich neben sie und hielt ihre Hand.

»Gnädige Frau?«, hauchte sie voller Fragen. Helene kehrte in den Flur zurück, wo Henri den Telefonhörer an sich genommen hatte, der Klara aus der Hand geglitten war.

»Hallo?«, meldete er sich verhalten. Eine Pause folgte.

»Ich verstehe. Ja. Ist gut. Mhm. Ja.«

Still legte er auf. Zuletzt hatte er nur geflüstert. Mit starrem Blick schaute er Helene an, dann Georg. Klaras Schluchzen erklang aus dem Wohnzimmer, und ein eisiger Schauer erfasste Helene. »Was ist denn?«, fragte sie ungeduldig.

Schwer schluckend strich Henri sich das Haar zurück. »Es ist Eva.«

Helene stockte der Atem. Sie wagte kaum nachzuhaken, tat es aber doch: »Was … was ist denn mit ihr?«

»Sie ist tot.« Henris Stimme war rau und leise. Seine Erklärung hatte er so ungläubig vorgetragen, dass Helene nicht sicher war, ob sie ihn richtig verstanden hatte.

Sie neigte sich vor. »Was sagst du da?« Sie spürte Georgs Hand auf ihrem Arm, doch sie riss sich von ihm los.

»Eva ist tot«, wiederholte Henri fassungslos.

Helene schüttelte den Kopf. »Nein!«, flüsterte sie entschieden und spürte eine Beklemmung in sich aufwallen, die sie zu ersticken drohte.

Neben ihr tat Georg einen langen Seufzer. »Wie ist das passiert?«

»Es gab Komplikationen bei der Geburt.« Henris Miene drückte tiefes Bedauern aus.

»Der Termin sollte doch erst in ein paar Wochen sein«, murmelte Helene, verzweifelt suchend nach der Logik in diesem Irrsinn.

»Es ging zu früh los«, erläuterte Henri. »Alfred wollte sie noch ins Krankenhaus bringen. Doch es war zu spät.«

»Das Kind?« Helene hob in leiser Hoffnung die Brauen. Henri presste mühsam die Lippen aufeinander und schüttelte den Kopf. »Hat's nicht geschafft.«

Helene begann zu zittern. Tränen drängten sich in ihren Blick, und mit einem Mal wich die Kraft aus ihrem Körper. Georg umfasste sie. Weinend drückte sie das Gesicht gegen seine Brust. Sie konnte es nicht glauben. Ihre engste Freundin war gestorben und mit ihr das Baby, das sie sich so sehr gewünscht hatte.

»Bitte, Hedwig, einen starken Kaffee für uns alle«, sagte Henri an das Dienstmädchen gewandt, das hilflos in der Tür stand und auf Aufgaben wartete. Hinter ihr schnäuzte Bruni sich ins Taschentuch.

»Sehr wohl.« Hedwig riss Bruni im Vorbeigehen am Ärmel mit, und beide huschten hinunter in die Küche.

Helene machte sich langsam von Georg frei und sah im Wohnzimmer nach ihrer Mutter. Klara starrte mit glitzernden Augen vor sich hin. Ihr Blick war leer, als wäre sämtlicher Glaube an das Gerechte und Gute aus ihrem Herzen gewichen.

»Mama?« Helene hockte sich vor sie.

Klara sah durch sie hindurch. Sie sprach leise und wie zu sich selbst: »Am Anfang war ich dagegen, dass Alfred die Tochter eines Politikers heiratet. Es war Theos Idee. Er dachte wohl, die kluge, gewissenhafte Eva könne Alfred erden. Ich war anderer Meinung.«

»Eva war das Beste, was dieser Familie passieren konnte.« Tränen flossen über Helenes Wangen.

»Ja. Das war sie.«

Hedwig brachte den Kaffee und reichte jedem eine Tasse.

»Ich muss zu Alfred«, sagte Henri.

Alle sahen ihn verwundert an. Helene kam an seine Seite. »Ich werde dich begleiten.«

⪢ Kapitel 27 ⪡

Gespenstischer Nebel lag über Marienburg, verhüllte ganze Straßenzüge und Häuser. Es war längst Tag, doch die Sonne konnte sich einfach nicht gegen das satte Wolkengeflecht durchsetzen. Alfred erwartete seine Geschwister im Salon. Obgleich der großen gelben Flammen im Kamin, fehlte es an Wärme. Eine eisige Stille hatte sich im Haus eingenistet.

»Ich kann es einfach nicht glauben.« Helene schloss Alfred in die Arme. Er hielt seine Schwester so fest, wie er es seit Kindheitstagen nicht mehr getan hatte. Langsam löste er sich von ihr. Für einen Moment standen sich die ungleichen Brüder gegenüber. Alfreds Augen waren tiefrot.

»Es tut mir unendlich leid, Alfred«, sagte Henri.

»Ich habe sie verloren«, wimmerte Alfred und ergab sich willenlos der Umarmung seines kleinen Bruders. »Meine liebe, gute Eva. Wie soll ich nur ohne sie leben?«

Helene rückte an ihre Brüder heran, schlang die Arme um die beiden und für einen Augenblick standen sie eng beisammen. Vereint in Trauer.

»Was soll ich denn jetzt nur machen? Die Kinder, sie brauchen doch ihre Mutter.« Alfreds Hilflosigkeit war herzzerreißend.

Henri reichte ihm ein Taschentuch. Helene fasste Alfred sanft am Arm. »Ich helfe dir mit den Kindern. Wir alle werden das tun.«

Henri nickte einvernehmlich. »Wo sind die zwei?«

»Im Spielzimmer, mit dem Dienstmädchen«, antwortete Alfred matt.

Es läutete an der Tür. Helene kehrte in den Flur zurück, um nachzusehen, wer es war.

»Der Bestatter ist da, gnädiger Herr«, berichtete der Hausdiener pflichtbewusst, kämpfte jedoch sichtlich mit seinen Gefühlen. Köchin und Küchenmädchen schluchzten im Korridor zum Gesindetrakt. Jeder Winkel des Hauses war in Trauer gehüllt.

Helene holte tief Luft. »Also gut«, raunte sie, wie um sich selbst zu beruhigen. Der Kummer sollte sie nicht lähmen.

Sie sah nach ihren Brüdern. Henri hatte sich neben Alfred aufs Sofa gesetzt, der den Kopf in seine Hände gestützt hatte und mit tränenerstickter Stimme sprach: »Ich kann nicht. Kann sie nicht gehen lassen.« Wie von Sinnen wippte er unruhig mit den Knien. Dabei schien er unfähig zu handeln, geschweige denn, sich um das zu kümmern, was unweigerlich anstand.

»Ich mache das«, entschied Helene. Sie nickte dem Bestatter zu und führte ihn die Treppe hinauf. Oben war der Flur dunkler und beengender, als sie ihn in Erinnerung hatte. Ihr Herz schlug schnell, raste beinahe, in Erwartung dessen, was sich hinter Evas Schlafzimmertür verbarg. Sie wies den Bestatter an, ihr einen Moment allein mit ihrer Schwägerin zu geben. Der Mann zeigte sich rücksichtsvoll und wartete.

Helene überwand sich und betrat das abgedunkelte Zimmer. Zuallererst ging sie zum Fenster. Sie zog die Vorhänge auf, und das weiße Licht des dunstigen Tages erhellte den Raum. Noch einmal kam ihr der Gedanke vom Leichentuch, das sich in der Früh angekündigt hatte. Sie holte tief Luft, bündelte ihre Kraft und ging langsam zum Bett. Sofort stiegen ihr wieder die Tränen in die Augen. Eva sah aus, als würde sie schlafen. Das Kind, fest in rosafarbene Tücher gewickelt, hatte man ihr in den Arm gelegt. Eine dunkle Haarlocke auf der Stirn der Kleinen sah aus wie gemalt. Mit dem Grübchen im Kinn und der niedlichen Stupsnase hatte sie Ähnlichkeit mit ihrer älteren Schwester.

Helene ließ sich auf der Bettkante nieder, strich dem Baby mit dem Zeigefinger über die Wange und schluckte schwer ob der kühlen Haut. Eine Gänsehaut erfasste sie. Wie ungerecht doch alles war, dachte sie frustriert und wütend. Das Leben war aus dem kleinen Mädchen gewichen, noch bevor es begonnen hatte. Dann richtete Helene ihren Blick auf ihre liebste Freundin und ihr Herz schnürte sich zusammen. Wie schön Eva doch war. Selbst im Tod.

Spatzen stritten lauthals im Ahorn, darunter hüpfte eine Amsel über das feuchte Gras. Das gelbe Herbstlicht brachte die Natur zum Funkeln. Ein letztes Mal, bevor die Jahreszeit wieder wechselte und der Winter alles in einen tiefen Schlaf versetzen würde.

Auf der im Schatten der Eichen gelegenen Terrasse hatte

sich ein Großteil der Trauergesellschaft versammelt. Darunter waren Verwandte, Freunde, das gesamte Hauspersonal und viele aus der Belegschaft der Fabrik. Helene saß neben ihrer Mutter auf einer Bank. Klaras Leid ließ sich vor allem an den Augen ablesen. Ihre Pupillen waren große dunkle Löcher, ihre Lider geschwollen. Fanny war bemüht gewesen, die gnädige Frau für die Trauerfeier herzurichten, doch sie hatte ihr vor Kummer verzerrtes Gesicht nicht überschminken können. Helene strich ihrer Mutter tröstlich über den Arm. Sie reagierte nicht. Wie betäubt klammerte sie sich an ihr Cognacglas, als wäre es ihre Rettungsleine.

»Mein aufrichtiges Beileid.« Vogelsang hatte rücksichtsvoll auf den rechten Moment gewartet, der Familie sein Mitgefühl zu bekunden. Obwohl er Eva nur einmal begegnet war, rang er sichtlich um Fassung. Er hatte sein Haar mit Pomade gebändigt und es streng nach hinten gekämmt, was seiner Erscheinung zusätzliche Seriosität verlieh.

»Es tut uns so leid«, unterstützte Franziska seine Anteilnahme und ergriff seine Hand. Beide tauschten kurz einen Blick. Helene hatte bereits geahnt, dass sie füreinander Gefühle hegten. Klarheit zu haben, entlockte ihr ein zaghaftes Lächeln.

Bedienstete verteilten Kaffee, Tee und Gebäck. Man sprach leise und hauptsächlich über Evas Wirken und Ableben. Mal ehrerbietig, mal pietätlos.

»Die gute Frau von Ratschek war einfach zu unbekümmert. Sie hatte ein blumenkohlartiges Gewächs im Bauch. Sie hätte keine Kinder mehr haben dürfen«, ließ Wunderlichs Assistentin verlauten.

»Die armen Kinder. Der arme Alfred. Was für ein Verlust«, wiederholte jemand. Vieles klang für Helene nach leeren Phrasen und Heuchelei. Es stieß ihr bitter auf. Ebenso verhielt es sich mit der Anwesenheit von Grohé und dessen steifer Gemahlin. Alfred hingegen hatte den Gauleiter persönlich begrüßt. Er schien sich durch sein Kommen geehrt zu fühlen. Wie absurd! Helene rang um Fassung, als Grohé Georgs Hand schüttelte und ihn zur Aufnahme in die Partei beglückwünschte.

»Männer wie Sie braucht unser Land«, hörte sie Grohé sagen. Gereizt sah sie sich um, suchend nach etwas, das ihr Frieden schenkte. Unwillkürlich fand ihr Blick den Garten, der sich um das Haus legte. Auf der Wiese am schmalen gepflasterten Weg sah sie Viktor und Evi. Sie hatten Anita zwischen sich an die Hand genommen und ließen sie hüpfen. Als sie stolperte, richtete Viktor sie blitzschnell wieder auf. Verdattert stand sie da und sah auf ihre nun grasgrünen Knie. Bevor sie sich entschieden hatte, zu weinen, begann Evi fürsorglich, ihr den Schmerz wegzupusten. Anitas anschließendes Gekicher war bis auf die Terrasse zu hören. Mit Leichtigkeit durchdrang es das eintönige Gemurmel und Gerede der Leute.

Verlangsamt kehrte Helene zurück in die Wirklichkeit, als sie Astrids Stimme vernahm. »Sie war eine so aufopfernde Mutter, unsere Eva.«

»Ja, wahrlich. Sie wurde von allen verehrt«, teilte Georg sich mit, der hinter Helene getreten war und eine Hand auf ihre Schulter gelegt hatte.

»Viel zu jung musste sie von uns gehen«, warf Evas Mutter

Ingelore mit erstickter Stimme ein und weinte bitterlich in ihr Taschentuch. »Warum lässt Gott so etwas geschehen? Das ist nicht recht!«

»Der Herr ruft seine Engel früh zu sich.« Astrids Versuch, zu trösten, schüttelte Ingelore regelrecht, aber sie nickte.

»Ach, Lorchen.« Evas Vater nahm seine Frau in den Arm, dann wandte er sich an Klara. »Wir müssen uns über die Kinder unterhalten.«

Benommen sah sie zu ihm auf.

»Aber doch nicht heute, Franz«, schalt Ingelore ihn. Er ließ sich von ihr aber nicht abhalten.

»Jetzt da unsere liebe Eva gestorben ist, da haben wir überlegt, ob es nicht das Beste wäre, Viktor und Evi zu uns zu holen. Immerhin ist Alfred ein schwerbeschäftigter Unternehmer. Er wird wohl kaum Zeit für zwei kleine Kinder haben, und wir würden es nur ungern sehen, wenn unsere einzigen Enkel ausschließlich von Kindermädchen großgezogen werden würden.«

»Ihr wollt sie mit nach Westerland nehmen?« Helene wusste von Eva, dass sie dort mittlerweile ihren festen Wohnsitz hatten.

»Und damit die Kinder von allem trennen, was sie kennen und lieben?«, fasste Georg zusammen, was gegen diesen Plan sprach.

Helene dachte laut. »Sylt ist weit weg von hier.«

»Das Klima ist ideal für Heranwachsende«, tönte Franz. »Und ich denke nicht, dass Alfred etwas dagegen einzuwenden hätte.«

Klara schaute die beiden mit flatterndem Blick an.

»Wir müssen das nicht jetzt entscheiden«, antwortete Helene für ihre Mutter.

»Selbstverständlich nicht.« Ingelore hielt sich zurück, aber in den Augen ihres Mannes stand eine Entschlossenheit, die so schnell nicht vergehen würde.

Die beiden verabschiedeten sich, und in Helene klang das Vorhaben, ihren Neffen und ihre Nichte an die Nordseeinsel zu verlieren, nach. Sie schluckte einen festsitzenden Kloß hinunter und schüttelte sich unmerklich, um die aufkommenden Tränen zurückzuhalten. In den vergangenen acht Tagen hatte sie so viele davon vergossen, dass ihre Schläfen dauerhaft pochten. Nun musste sie einen Weg finden, die Trauer zu transformieren.

⋙ Kapitel 28 ⋘

Pünktlich zum Advent hin fiel der erste Schnee in Köln. Dem früh einbrechenden Winter verdankte Helene eine Erkältung, die sie in der Nacht kaum hatte schlafen lassen. Niesend und schnäuzend war sie von Klara nach dem Frühstück in die Küche geschickt worden, wo Käthe mit ihrer legendären Hühnerbrühe Abhilfe schaffen sollte. Anstatt sich aber auszuruhen, probierte Helene ein neues Rezept aus. Unter Brunis kritischem Blick mischte sie Kirschwasser und Zuckersirup mit Gelatine und kochte es auf.

»Und das sollen Fruchtgummis werden?« Bruni hielt das Gesicht über den Topf und wartete den aufsteigenden Duft ab.

Käthe schubste sie zur Seite. »Die gnädige Frau weiß genau, was sie da tut. Jetzt geh und hol die Kartoffeln aus dem Keller.«

Bruni huschte davon. Käthe schloss rasch die Küchentür und zog eine Zeitung aus ihrer Schürzentasche. »Sie warten doch auf Nachricht aus Hamburg, richtig?«

Helene nickte verwirrt, dann fiel ihr ein, wie dünn die Wände waren und dass sich in der alten Villa nichts verheimlichen ließ.

»Das sollten Sie lesen, Frau Kronenberg.« Käthes Ton war nicht nur ernst, er war unheilverkündend.

Helene nahm die Zeitung an sich. Ihr fiel auf, dass sie nicht von hier war. Ehe sie fragen konnte, wie Käthe daran gekommen war, fanden ihre Augen einen mit rotem Stift markierten Artikel. Sie las, und wurde kreidebleich.

Hamburger Fabriken zwangsenteignet

Nach dem im Juni 1933 verabschiedeten Gesetz zum volks- und staatsfeindlichen Vermögen hat Gauleiter Kaufmann entschieden, die Geschäftsleitungen dreier namhafter Hamburger Unternehmen neu zu besetzen. Unter anderem wurde die Süßwarenmanufaktur Spiegel beschlagnahmt. Der Besitz wird an volksgetreue Bürger umverteilt.

Helene schaute fassungslos zu Käthe auf. »Woher hast du diese Zeitung?«

»Die wurde für Sie abgegeben, an der Hintertür, gnädige Frau.«

»Von wem?« Sie sprang vom Stuhl auf.

»Irgendein älterer Mann, vollbärtig. Ich weiß nicht, wer er war.«

Helene rannte los.

»Er ist sicher schon weg«, rief Käthe ihr hinterher, aber Helene hörte nicht mehr hin.

Sie riss die Hintertür auf, lief über den Hof auf die Straße. Hastig schickte sie ihren Blick in alle Richtungen. Sie folgte einem inneren Impuls, der sie weiter in die Stadt hineinführte. Der Wind verwehte den Pulverschnee und erschwerte die Sicht, als Helene sich bis zu einer Kreuzung vorwagte. Auf der anderen Seite glaubte sie einen Bekannten zu entdecken. Noch einmal spurtete sie los, so dass jeder Atemzug in ihrer Kehle brannte.

»Konni?«, rief sie, sobald sie in Hörweite war.

Der Mann drehte sich zu ihr um. Sein Gesicht war in eine dunkle Kapuze gehüllt. Helene verengte ihre Augen, um besser sehen zu können, doch sie kam nur schwer gegen den schräg fallenden Niederschlag an. Der Mann hob eine Hand, und sie sah, wie sich sein Bart in einem Lächeln verzog. Er war es, tatsächlich, ihr Bonbonmeister aus Hamburg.

Sie standen sich gegenüber, zwischen ihnen rauschten Autos durch das Schneetreiben. Helene winkte ihn zu sich, aber er blieb, wo er war. Sein Lächeln wurde zu einem bedauernden, traurigen. Er deutete ein Nicken an, dann kam ein Omnibus zwischen sie. Schnee wurde aufgewirbelt und baute sich wie eine Mauer vor Helene auf. Nachdem sie sich endlich gelegt hatte, war Konni verschwunden. Helene verharrte verwirrt an Ort und Stelle. Sie schlotterte vor Kälte. Ihr Atem stieg als Dampfwolke vor ihr auf.

»Frau Kronenberg!«, hörte sie Fanny rufen. Hinter ihr knirschten Schritte im Schnee. Helene stand noch immer wie gebannt da. Fanny legte ihr von hinten einen dicken Wollschal um die Schultern. »Wollen Sie sich etwa eine Lungenentzündung holen?« Sie hatte Käthe im Schlepptau, die ihr abgehetzt beipflichtete. Widerstandslos ließ Helene sich von den beiden zurückbegleiten.

In der Küche hüllte Fanny sie in eine Decke und rubbelte ihr über die Arme. Klara stand, sich räuspernd, im Türrahmen und sah mit übertrieben besorgter Miene auf ihre Tochter herab. »Was in aller Welt wolltest du denn da draußen? Du bist doch nicht etwa fiebrig, Leni?« Sie fühlte ihre Stirn.

Helene schob die mütterliche Hand beiseite. »Bin ich nicht. Ich dachte nur, da wäre …«

»Wäre was?«, fragte Klara ungeduldig. Fanny und Käthe beugten sich unmerklich vor, und Helene schaute in lauter erwartungsvolle Gesichter.

»Ach, gar nichts«, antwortete sie barsch.

Klara blieb noch einen Moment skeptisch, ehe sie sich an die Köchin wandte. »Das Mittagessen, Käthe.«

»Jaja. Ist schon recht.« Käthe nickte zerstreut und begann in hektischer Eile die Mahlzeit vorzubereiten.

Sobald Klara mit Fanny wieder nach oben gegangen war, setzte sie Helene eine Tasse mit Hühnerbrühe vor. »Wer war der Mann?«, fragte sie im Flüsterton.

»Ein alter Freund.« Helene stierte ratlos vor sich hin. »Aus Hamburg.«

»Oha, das ist nicht mal eben um die Ecke. Warum wollte er nicht reinkommen? Er hätte sich aufwärmen können. Und was Warmes essen. Der Gute sah ziemlich ausgelaugt aus, wenn Sie mich fragen.« Mit einem Ruck hob Käthe eine Lammkeule auf ein großes Holzschneidebrett.

»Ich weiß es nicht.«

»Hm. Ist ja seltsam«, murrte Käthe nachdenklich. »Er hat ein bisschen so ausgesehen, als wäre er auf der Flucht.« Käthe rieb das Fleisch mit Rosmarin und Petersilie ab, würzte es mit Pfeffer und Salz. »Entschuldigung, aber würden Sie mal …« Ächzend, mit der schweren Keule in der Hand, deutete sie zum großen Backofen hin. Helene öffnete die Ofentür. Hitze schlug ihr entgegen. Kurz verlor sich ihr Blick in den züngelnden Flammen. Ein furchtbares Gefühl stieg in ihr auf. Eine Beklemmung, eine Angst, eine Vorahnung, dass ihnen allen etwas Verheerendes bevorstand. Schwäche überkam sie. Ihr wurde schwarz vor Augen. Sie musste sich setzen.

»Machen Sie langsam, gnädige Frau.« Käthe reichte ihr ein feuchtes Tuch, zog sich einen Stuhl zu ihr heran und bettete Helenes Füße auf ihrem Schoß. »Soll ich Sie hochbringen, Frau Kronenberg? Wollen Sie sich hinlegen?«

»Nein. Es geht schon wieder. Danke. Es war nur ein wenig aufreibend.«

»Verstehe«, raunte Käthe. »Sie haben schon so viel durchmachen müssen. Wo mag er sein? Ihr Herr Spiegel?«

Helene dachte nach. Es gab viele Möglichkeiten, doch nur an eine wollte sie glauben. Das Bild von einer zerklüfteten Küste und weißen Sandstränden flimmerte vor ihrem geistigen Auge auf. So stellte sie sich Tel Aviv vor. Die Stadt, in der Frederik Familie hatte. Das hatte er ihr erzählt. Was, wenn sie seine Zuflucht geworden war?

»Er ist in Sicherheit«, sagte sie und warf die Zeitung zum Brennstoff in den Kamin.

⋟ Kapitel 29 ⋞

1. September 1939

Die Mittagssonne schien durch das Blattwerk der Bäume, in deren Schatten Stühle und Bänke aufgestellt worden waren. Auf einem langen Tisch stapelten sich in buntes Papier eingepackte Geschenke. Eine rosafarbene Girlande schmückte den breiten Türrahmen, weiße Luftballons waren daran angebracht und bewegten sich im lauen Spätsommerwind.

»Kinder! Wir wollen die Torte anschneiden.« Helene schirmte ihre Augen mit der Hand vom Sonnenlicht ab.

»Nur noch eine Minute«, bat Viktor und lugte unter der Binde hervor, die seine Augen bedeckte.

»Mir soll's recht sein. Es ist ja nur eine Eistorte. Und sie ist gigantisch. Da bleibt mehr für mich.« Helenes Drohung überzeugte die kleinen Gäste sofort. Blitzschnell flitzten sie über die Wiese und ließen den armen Viktor beim Blindekuh-Spiel allein. Mit staunenden Blicken und Ausrufen versammelten sie sich am eingedeckten Tisch. Vornan nahm Evi Platz – direkt bei der Torte: ein zweistöckiges Meisterwerk aus Vanille-, Schokolade- und Erdbeereis, verziert mit Karamell und Himbeerkonfekt. Käthe hatte sich selbst übertroffen. Franziska zündete die Kerzen an – zehn an der Zahl,

Robert stülpte sich auf Evis Geheiß einen Partyhut über. »Du musst dir was wünschen!«

Evi schenkte ihm ein breites Grinsen. »Gut, dann wünsche ich mir …«

»Halt, Mausekind! Du darfst deinen Wunsch niemandem verraten.« Alarmiert hatte sich Klara auf ihrer Liege aufgerichtet. Sie nahm die Sonnenbrille ab und zwinkerte Evi zu. »Du weißt, wie man sagt: Sonst geht der Wunsch nicht in Erfüllung.«

Evi nickte entschlossen. Sie kniff kurz die Augen zu, um ihren Wunsch festzuhalten, holte tief Luft und pustete alle Kerzen auf einmal aus. Ihre Mühe wurde von ihren Gästen mit Jubel und schallendem Applaus belohnt. Dünne Rauchfäden stiegen von den Kerzen auf, deren Dochte noch glommen. Franziska und Helene verteilten die Tortenstücke auf die Teller. Sofort wurde sich darüber hergemacht.

»Du bist zu spät!«, schimpfte Viktor, als sein Vater zur Feier stieß. Fast hatte er seine Größe erreicht.

»Verzeiht. Es war viel los in der Fabrik«, sagte er, küsste seine Tochter auf die Wange und rieb sich die nun klebrige Nase mit einem Taschentuch sauber. Alfred sank in einen Stuhl. Helene reichte ihrem Bruder ein Gedeck quer über den Tisch.

»Können wir Topfschlagen spielen?« Anitas Idee erfuhr augenblicklich großen Zuspruch von den Geburtstagsgästen. Es wurde gehopst und in die Hände geklatscht, was das Zeug hielt.

»Wenn alle genug Kuchen hatten«, entgegnete Franziska. Dank ihrer zahlreichen jüngeren Geschwister war sie daran gewöhnt, Kinder zu beaufsichtigen und zu beschäftigen. Sie kannte genügend Spiele und Vergnügungen, und die Kleinen liebten sie dafür.

»Sind fertig! Es kann losgehen.« Ungeduldig zupfte Anita an Franziskas Ärmel.

»Na, schön.« Sie säuberte ihren Handschuh von Sahneresten und folgte der vorfreudig kichernden Meute auf die Wiese. Vogelsang ging ihr etwas verhaltener hinterher. Es war ihm anzusehen, dass die Lautstärke des Kindergeburtstages seine Nerven strapazierte, dennoch machte er sich nützlich, gab eine Tüte mit gemischten Bonbons in den Topf und versteckte ihn zwischen dem weißen Lavendel.

»Und du kommst auch mit, Vati.« Evi nahm Alfred an die Hand.

Grinsend willigte er ein. »Es wird Zeit, dass Henri wiederkommt«, sagte er an Helene gewandt.

»Warum? Du machst das doch ganz gut.«

Lachend verdrehte er kurz die Augen, bevor er sich von seiner Tochter zum Topfschlagen bringen ließ.

»Ich mach das schon.« Helene half Hedwig die Reste der Torte hineinzubringen. Zwar hatte Käthe sie auf ein Eisbett gelegt, die milde Luft jedoch brachte die Sahne bereits zum Verlaufen. Als Helene mit dem Servierteller in der Hand das Wohnzimmer betrat, stutzte sie. Ihre Mutter und Georg saßen erwartungsvoll um das Radiogerät geschart. Käthe, Robert, Bruni und Hedwig hatten ihre Arbeit unterbrochen und standen ebenfalls lauschend im Übergang zum Salon.

»Dreh das mal lauter!«, forderte Klara.

Georg drehte den Regler hoch.

»Um was geht es?« Helene verstand nur einen Bruchteil dessen, was der Mann im Radio von sich gab. Auch die Mienen der Bediensteten verrieten ratlose Anspannung.

»Gott steh uns bei.« Klara schaltete den Empfänger aus. Ihr Blick aber blieb darauf geheftet.

Bestürzt schaute Georg zu Helene. »Deutschland hat Polen überfallen.«

»Was?« Helene glaubte, ihren Ohren nicht zu trauen.

Befangene Blicke wurden gewechselt.

»Ein Angriff, Lenchen«, erklärte Georg behutsam. »Hitler hat wahrgemacht, was einige befürchtet haben.«

Sorgfältig stellte Helene die Servierplatte auf dem Beistelltisch ab, bevor sie ihr aus den Händen gleiten konnte. Sie zitterte am ganzen Leib.

Georg kam zu ihr, legte den Arm um sie und brachte sie zum Sessel. Langsam sank sie hinein.

»Und was … heißt das jetzt für uns?«, meldete Hedwig sich zurückhaltend.

»Ja, was bedeutet das?« Käthes Frage galt den Männern im Raum, doch es war Helene, die ihr Antwort gab. Leise und von einer unheilvollen Gewissheit eingenommen.

»Ich glaube, wir haben gerade den Zweiten Weltkrieg begonnen.«

Die Worte fegten wie ein Eissturm durch ihren Körper. Ihr sorgenvoller Blick glitt hinaus in den Garten, von wo aus das unbeschwerte Kinderlachen zu ihnen drang. Es schreckte einen Spatzenschwarm auf, der daraufhin zwitschernd hinweg schwirrte. Wolken waren aufgezogen. Schon bald würden sie den Himmel verdunkeln.